银领工程——计算机项目案例与技能实训丛书

文秘办公自动化

（第 2 版）

（累计第 6 次印刷，总印数 21000 册）

九州书源　编著

清华大学出版社

北　京

内 容 简 介

本书主要介绍文秘办公自动化的基础知识和基本技巧。内容包括使用 Windows XP 办公的基本操作、文件的管理、账户和背景设置、中文输入法的使用、使用 Word 制作办公文档的基本和高级操作、数据的计算及管理、使用 PPT 制作日常办公所需演示文稿的基本操作及高级设置、在网络中搜索并下载资源的方法、QQ 即时通信软件的使用、收发电子邮件、网上预订及快递查询的技巧、打印机和扫描仪等常用办公设备的使用以及杀毒软件、系统备份软件的操作等。

本书采用了基础知识、应用实例、项目案例、上机实训、练习提高的编写模式，力求循序渐进、学以致用，并切实通过项目案例和上机实训等方式提高应用技能，适应工作需求。

本书提供了配套的实例素材与效果文件、教学课件、电子教案、视频教学演示和考试试卷等相关教学资源，读者可以登录 http://www.tup.com.cn 网站下载。

本书适合作为职业院校、培训学校、应用型院校的教材，也是非常好的自学用书。

图书在版编目（CIP）数据

文秘办公自动化/九州书源编著. —2 版. —北京：清华大学出版社，2011.12
银领工程——计算机项目案例与技能实训丛书

ISBN 978-7-302-27023-2

I. ①文… II. ①九… III. ①办公自动化-教材 IV. ①C931.4
中国版本图书馆 CIP 数据核字（2011）第 201600 号

责任编辑：赵洛育 刘利民
版式设计：文森时代
责任校对：张兴旺
责任印制：王秀菊

出版发行：清华大学出版社   地   址：北京清华大学学研大厦 A 座
          http://www.tup.com.cn   邮   编：100084
          社   总   机：010-62770175   邮   购：010-62786544
          投稿与读者服务：010-62776969,c-service@tup.tsinghua.edu.cn
          质 量 反 馈：010-62772015,zhiliang@tup.tsinghua.edu.cn
印 装 者：三河市李旗庄少明印装厂
经   销：全国新华书店
开   本：185×260   印   张：17.5   字   数：404 千字
版   次：2011 年 12 月第 2 版   印   次：2011 年 12 月第 1 次印刷
印   数：1～6000
定   价：32.80 元

产品编号：042655-01

丛 书 序

Series Preface

本丛书的前身是"电脑基础·实例·上机系列教程"。该丛书于 2005 年出版，陆续推出了 34 个品种，先后被 500 多所职业院校和培训学校作为教材，累计发行 **100 余万册**，部分品种销售在 50000 册以上，多个品种获得**"全国高校出版社优秀畅销书"一等奖**。

众所周知，社会培训机构通常没有任何社会资助，完全依靠市场而生存，他们必须选择最实用、最先进的教学模式，才能获得生存和发展。因此，他们的很多教学模式更加适合社会需求。本丛书就是在总结当前社会培训的教学模式的基础上编写而成的，而且是被广大职业院校所采用的、最具代表性的丛书之一。

很多学校和读者对本丛书耳熟能详。应广大读者要求，我们对该丛书进行了改版，主要变化如下：

- 建立完善的立体化教学服务。
- 更加突出"应用实例"、"项目案例"和"上机实训"。
- 完善学习中出现的问题，更加方便学生自学。

一、本丛书的主要特点

1．围绕工作和就业，把握"必需"和"够用"的原则，精选教学内容

本丛书不同于传统的教科书，与工作无关的、理论性的东西较少，而是精选了实际工作中确实常用的、必需的内容，在深度上也把握了以工作够用的原则，另外，本丛书的应用实例、上机实训、项目案例、练习提高都经过多次挑选。

2．注重"应用实例"、"项目案例"和"上机实训"，将学习和实际应用相结合

实例、案例学习是广大读者最喜爱的学习方式之一，也是最快的学习方式之一，更是最能激发读者学习兴趣的方式之一，我们通过与知识点贴近或者综合应用的实例，让读者多从应用中学习、从案例中学习，并通过上机实训进一步加强练习和动手操作。

3．注重循序渐进，边学边用

我们深入调查了许多职业院校和培训学校的教学方式，研究了许多学生的学习习惯，采用了基础知识、应用实例、项目案例、上机实训、练习提高的编写模式，力求循序渐进、学以致用，并切实通过项目案例和上机实训等方式提高应用技能，适应工作需求。唯有学以致用，边学边用，才能激发学习兴趣，把被动学习变成主动学习。

二、立体化教学服务

为了方便教学，丛书提供了立体化教学网络资源，放在清华大学出版社网站上。读者登录 http://www.tup.com.cn 后，在页面右上角的搜索文本框中输入书名，搜索到该书后，单击"立体化教学"链接下载即可。"立体化教学"内容如下。

- **素材与效果文件**：收集了当前图书中所有实例使用到的素材以及制作后的最终效果。读者可直接调用，非常方便。
- **教学课件**：以章为单位，精心制作了该书的 PowerPoint 教学课件，课件的结构与书本上的讲解相符，包括本章导读、知识讲解、上机及项目实训等。
- **电子教案**：综合多个学校对于教学大纲的要求和格式，编写了当前课程的教案，内容详细，稍加修改即可直接应用于教学。
- **视频教学演示**：将项目实训和习题中较难、不易于操作和实现的内容，以录屏文件的方式再现操作过程，使学习和练习变得简单、轻松。
- **考试试卷**：完全模拟真正的考试试卷，包含填空题、选择题和上机操作题等多种题型，并且按不同的学习阶段提供了不同的试卷内容。

三、读者对象

本丛书可以作为职业院校、培训学校的教材使用，也可作为应用型本科院校的选修教材，还可作为即将步入社会的求职者、白领阶层的自学参考书。

我们的目标是让起点为零的读者能胜任基本工作！

欢迎读者使用本书，祝大家早日适应工作需求！

九州书源

前 言

Preface

如今，电脑在办公领域已被广泛应用，办公自动化速度也日益提升，熟练操作电脑、使用现代化办公软件、硬件设备，并结合网络应用进行工作和管理已成为众多文秘办公人员必须具备的能力。

本书按照文秘办公的要求，结合行业应用的特点，采用"基础+实例+上机"的一体化教学方式，讲解办公人员最需要掌握的知识和技能，并能运用这些知识制作实用的文秘办公文档，全面提高读者的办公能力。

📖 本书的内容

本书共 13 章，可分为 6 个部分，具体内容如下。

章　节	内　容	目　的
第1部分（第1~3章）	文秘办公的基础知识、Windows XP的操作、文件的管理、办公环境的设置、电脑打字的应用	了解Windows基本操作 掌握电脑打字技巧
第2部分（第4~5章）	Word 2003文档打印、文字排版、页面设置以及表格和图片等对象的插入与编辑	掌握Word 2003文字排版、图文混排、页面设置等技巧，能制作出专业、美观的办公文档
第3部分（第6~7章）	Excel 2003工作表格式设置、公式与函数的应用、数据的管理、图表的使用、工作表的打印等	掌握Excel 2003数据计算、管理及表格设置等技巧，从而能够制作出专业、实用的电子表格
第4部分（第8~9章）	PowerPoint 2003幻灯片的基本操作和美化、幻灯片动画的设置与放映以及打包演示文稿等	掌握PowerPoint 2003幻灯片设计、动画设置及放映等技巧，能够制作出美观、富有吸引力的演示文稿
第5部分（第10~11章）	搜索与下载资料、即时商务通信、电子邮件的收发、网上预订机票与酒店以及快递查询等	掌握资料搜索与下载、即时通信和网上预订等技巧，使办公活动更加快捷
第6部分（第12~13章）	打印机、扫描仪、传真机、可移动设备等常用硬件压缩软件、360安全卫士以及杀毒软件、硬盘备份工具Ghost	掌握软、硬件的使用，为日常办公提供便利，同时能够有效地保护电脑安全

✍ 本书的写作特点

本书图文并茂、条理清晰、通俗易懂、内容翔实，在读者难于理解和掌握的地方给出了提示或注意，并加入了文秘办公自动化实用技巧，使读者能快速提高软、硬件使用技能。另外，本书还配置了大量的实例和练习，让读者在不断的实际操作中强化掌握书中讲解的内容。

本书每章按"学习目标+目标任务&项目案例+基础知识与应用实例+上机及项目实训+练习与提高"结构进行讲解。

- ➥ **学习目标**：以简练的语言列出本章知识要点和实例目标，使读者对本章将要讲解的内容做到心中有数。

- ➥ **目标任务&项目案例**：给出本章部分实例和案例结果，让读者对本章的学习有一个具体的、看得见的目标，不至于感觉学了很多却不知道干什么用，以至于失去学习兴趣和动力。

- ➥ **基础知识与应用实例**：将实例贯穿于知识点中讲解，使知识点和实例融为一体，让读者加深理解思路、概念和方法，并模仿实例的制作，通过应用举例强化巩固小节知识点。

- ➥ **上机及项目实训**：上机实训为一个综合性实例，用于贯穿全章内容，并给出具体的制作思路和制作步骤，完成后给出一个项目实训，用于进行拓展练习，还提供实训目标、视频演示路径和关键步骤，以便于读者进一步巩固。

- ➥ **项目案例**：为了更加贴近实际应用，本书给出了一些项目案例，希望读者能完整了解整个制作过程。

- ➥ **练习与提高**：本书给出了不同类型的习题，以巩固和提高读者的实际动手能力。

另外，本书还提供有素材与效果文件、教学课件、电子教案、视频教学演示和考试试卷等相关立体化教学资源，立体化教学资源放置在清华大学出版社网站（http://www.tup.com.cn），进入网站后，在页面右上角的搜索引擎中输入书名，搜索到该书，单击"立体化教学"链接即可。

☺ 本书的读者对象

本书主要供各大中专院校和各类电脑培训学校作为文秘办公类教材使用，也可供计算机初学者、文秘、助理等相关人员使用。尤其适合作为职业院校和应用型本科院校的教材使用。

✉ 本书的编者

本书由九州书源编著，参与本书资料收集、整理、编著、校对及排版的人员有：羊清忠、陈良、杨学林、卢炜、夏帮贵、刘凡馨、张良军、杨颖、王君、张永雄、向萍、曾福全、简超、李伟、黄沄、穆仁龙、陆小平、余洪、赵云、袁松涛、艾琳、杨明宇、廖宵、牟俊、陈晓颖、宋晓均、朱非、刘斌、丛威、何周、张笑、常开忠、唐青、骆源、宋玉霞、向利、付琦、范晶晶、赵华君、徐云江、李显进等。

由于作者水平有限，书中疏漏和不足之处在所难免，欢迎读者朋友不吝赐教。如果您在学习的过程中遇到什么困难或疑惑，可以联系我们，我们会尽快为您解答。联系方式是：

E-mail：book@jzbooks.com。

网　　址：http://www.jzbooks.com。

编　者

导　读

Introduction

章　名	操　作　技　能	课 时 安 排
第1章　Windows XP 入门	1．现代文秘办公基本要求 2．启动与退出 Windows XP 3．熟练使用鼠标 4．掌握菜单的基本操作 5．了解桌面图标的创建方法 6．掌握窗口的基本操作	2 学时
第2章　Windows XP 进阶	1．掌握文件与文件夹的操作 2．学会应用程序基本操作 3．了解用户账户的创建方法 4．了解桌面背景的设置	2 学时
第3章　中文输入法	1．认识键盘 2．认识中文输入法 3．掌握拼音输入法 4．了解五笔输入法	3 学时
第4章　Word 2003 基本操作	1．启动与退出 Word 2003 2．认识 Word 2003 工作界面 3．了解使用模板新建文档的方法 4．掌握编辑文本的方法 5．掌握设置文本与段落格式的方法 6．了解打印文档的方法	2 学时
第5章　Word 2003 高级应用	1．熟练掌握文字排版知识 2．掌握页面设置的方法 3．掌握创建与设置表格的方法 4．熟练掌握图文混排的方法	4 学时
第6章　Excel 2003 基本操作	1．掌握工作表的基本操作 2．掌握单元格的基本操作 3．熟练掌握数据输入的方法 4．了解工作表格式的设置	2 学时
第7章　Excel 2003 高级应用	1．掌握公式和函数的使用 2．了解管理数据的方法 3．了解用图表分析数据的方法 4．熟练掌握打印工作表的方法	4 学时

续表

章　　名	操 作 技 能	课 时 安 排
第8章　PowerPoint 2003 基本操作	1．认识 PowerPoint 2003 2．掌握新建演示文稿的方法 3．掌握幻灯片的基本操作 4．了解美化幻灯片的方法	2 学时
第9章　PowerPoint 2003 高级应用	1．熟练掌握幻灯片设计技巧 2．掌握创建动画的方法 3．掌握幻灯片放映的方法 4．了解打包演示文稿的方法	4 学时
第10章　Internet 基础知识	1．掌握连接 Internet 的方法 2．掌握浏览网上信息的方法 3．熟练掌握搜索网络资料的方法 4．熟练掌握下载网络资源的方法	2 学时
第11章　办公网络化	1．掌握使用 QQ 即时通信的方法 2．掌握收发电子邮件的方法 3．了解预订机票、酒店的方法 4．了解查询快递的方法	2 学时
第12章　常用办公设备	1．掌握移动设备的使用 2．掌握打印机的使用 3．掌握扫描仪的使用 4．熟悉传真机的使用 5．熟悉刻录机的使用	3 学时
第13章　常用办公软件	1．掌握压缩软件 WinRAR 的使用 2．了解金山词霸 2011 的使用 3．了解 Windows 图片和传真查看器的使用 4．掌握 360 安全卫士的使用 5．掌握 360 杀毒软件的使用 6．了解 Ghost 备份工具的使用	3 学时

目 录

Contents

第 1 章　Windows XP 入门

学习目标

- ☑ 了解现代文秘办公的基本要求
- ☑ 掌握启动与退出 Windows XP 的方法
- ☑ 掌握菜单的基本操作
- ☑ 熟悉创建桌面图标的方法
- ☑ 掌握窗口的基本操作

目标任务&项目案例

启动 Windows XP

Windows 桌面

快捷菜单

"开始"菜单

排列桌面图标

认识窗口

　　通过使用 Windows XP 操作系统，可以管理文件、进行自动化办公、享受音乐与视频以及玩网上游戏等。本章将介绍文秘办公基础知识、Windows XP 的启动与退出、鼠标的操作、认识桌面、菜单、桌面图标和窗口的基本操作等知识。

1.1　现代文秘办公基本要求

随着时代的不断发展，现代文秘办公不仅对行业办公知识有着要求，而且对电脑操作知识也有相应的要求。下面具体讲解文秘办公与电脑操作的基本知识。

1.1.1　文秘办公知识

作为一名合格的文秘办公人员，首先应明确自己的工作范围和工作原则。下面分别进行介绍。

1．文秘办公工作范围

文秘办公人员工作繁多，在日常工作中需要管理文件、安排活动和对外联络等，其工作范围可分类如下。

- **管理文件**：管理文件要做到文件不丢失、不混乱、不积压和不损坏等。管理好文件不仅要有科学的登记和分类，还要详细阅读文件，以便及时进行查询。
- **安排活动**：安排活动包括日常活动、特殊活动（如会议、约谈等）和出差等活动的安排。安排时应张弛有度、衔接合理、科学巧妙。
- **对外联络**：领导不可能也毋需事必躬亲，很多事都要靠秘书去联络，如领导与领导之间，领导与其他秘书人员之间，领导与机关之间，领导与本系统内、外单位之间，都应当有广泛的联系，都需要秘书充当桥梁作用。
- **采集信息**：秘书应是领导的情况采集器。了解情况的渠道有看文件、听会、听汇报、交朋友、收集各种信息和做调查等。
- **起草文稿**：对于一些办公文稿、通知和讲演稿等，都需要秘书参与起草。秘书应对相应材料进行收集整理，将其转换为较为正式的语言文字，并对文稿进行加工核准，形成一个比较准确的材料。
- **处理事务**：秘书有很多事务性的事要做，如接待客人、拆阅书信、领东西和看病等。某种程度上，秘书要起管家的作用。

2．文秘办公工作原则

文秘工作应遵循准确、迅速、求实及保密等原则，下面分别进行介绍。

- **准确原则**：秘书是领导的助手，文秘工作是领导工作的重要组成部分。领导工作具有全局性和广泛性，可以说，秘书工作的准确性在一定程度上保证了领导工作的准确性。因此，文秘工作必须有认真的态度，做到办文要准、办事要稳、情况要实、主意要慎，切忌丢三忘四、粗枝大叶、马马虎虎、心中无数。
- **迅速原则**：秘书处理工作的快慢、效率的高低往往直接影响到整个工作的进展。有时会因为办事不及时而丧失良机、贻误大事，甚至造成严重后果。因此，秘书应做到工作及时、高效，尽可能缩短办事时限。
- **求实原则**：求实是一切工作的准则，秘书工作是为领导决策提供依据，尤其应该实事求是，否则就可能造成领导工作的失误。同时，秘书工作必须尊重客观事实，不能脱离社会实际情况，更不能为了个人或小团体的利益弄虚作假。

➥ **保密原则**：秘书人员经常接触领导和一些重要文件，参加一些重要会议，了解一些重要机密，因而可能掌握一些机密大事或其他不公开的事宜。因此，保密不仅是文秘工作必须遵守的准则，同时也是秘书部门的一项职责。文秘人员应在工作中保证文件、资料的安全，如在包装、运转中制定安全措施，同时，要保证自己知密不泄密，做到守口如瓶、滴水不漏。

1.1.2　电脑操作知识

电脑及其常用外设作为现代化办公设备，不仅可对大量文档、数据进行处理，还能提高工作效率。在办公过程中需要掌握软件办公、硬件办公以及网络办公等操作知识，下面分别进行介绍。

➥ **软件办公**：在办公的过程中通过使用电脑软件，完成文档的编辑制作、数据的计算存储和演示文稿的制作等操作。如图 1-1 所示为使用 Word 制作的招聘启事；如图 1-2 所示为使用 Excel 制作的业务员工资表。

图 1-1　使用 Word 制作的招聘启事

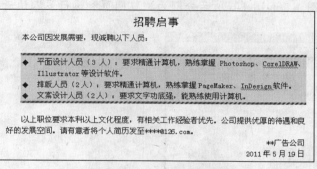

图 1-2　使用 Excel 制作的业务员工资表

➤ **硬件办公**：指将电脑与打印机、扫描仪、传真机和移动设备等结合使用，从而完成文件的打印、扫描和传送等工作。如图 1-3 所示为使用打印机打印文件；如图 1-4 所示为使用传真机发送文件。

图 1-3　使用打印机打印文件　　　　　　图 1-4　使用传真机发送文件

➤ **网络办公**：指将电脑与网络相结合，实现办公资源共享、即时通讯和协同合作等操作。如图 1-5 和图 1-6 所示分别为浏览网页和进行多人语音会议。

 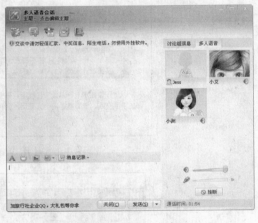

图 1-5　浏览网页　　　　　　　　　　图 1-6　多人语音会议

1.1.3　应用举例——连接电脑组件

　　若在办公过程中因工作需要对电脑进行了搬迁，则在搬迁后需要将其各个组件进行重新连接。本例将练习连接电脑组件的方法。

　　操作步骤如下：

　　（1）将显示器带有针形插头的信号线一端与电脑主机箱背面的显示器插口相连。连接好后，将插头上的螺帽按顺时针方向旋转，使其与插口连接稳固，如图 1-7 所示。

　　（2）将显示器的电源线插在电源插座上即可完成显示器的连接。

　　（3）将键盘插头插入机箱背面与键盘插头颜色相同的 PS/2 圆形插孔中，如图 1-8 所示。

图 1-7　连接显示器

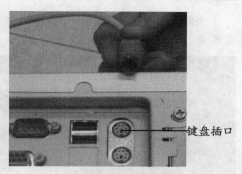

图 1-8　连接键盘

（4）同样，将鼠标插头插入机箱背面与鼠标插头颜色相同的 PS/2 圆形插孔中，如图 1-9 所示。

（5）将主机箱的电源线插在已准备好的电源插座上，完成办公电脑的连接，如图 1-10 所示。

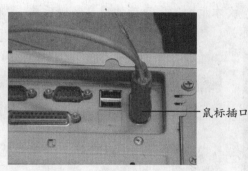

图 1-9　连接鼠标

图 1-10　连接主机电源

1.2　启动与退出 Windows XP

启动与退出 Windows XP 是使用 Windows XP 最基本的操作，用户必须熟练掌握这些操作。本节将分别介绍启动与退出 Windows XP 的操作方法。

1.2.1　启动 Windows XP

启动操作系统是进行电脑办公的第一步，当电脑安装了 Windows XP 操作系统后，即可对其进行启动操作。

【例 1-1】　启动 Windows XP 操作系统。

（1）打开外部电源，并依次打开显示器和主机上的电源开关。

（2）开机后系统开始自检，自检后出现 Windows 引导画面，如图 1-11 所示。

📢提示：

自检即电脑开机时，自动对电脑中的一些重要硬件设备（如内存、显卡和键盘等）进行检测，确认各设备工作正常后将系统的引导权交给操作系统。

（3）稍等片刻即可进入 Windows XP 的欢迎界面，如图 1-12 所示。单击窗口右侧的用户名，以该用户的身份登录 Windows XP。

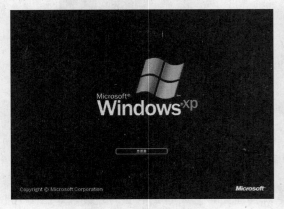

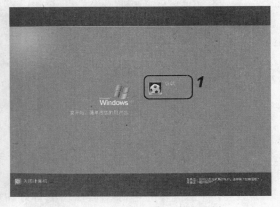

图 1-11　系统引导画面　　　　　　　　　图 1-12　Windows XP 欢迎界面

（4）在如图 1-13 所示的"输入密码"文本框中输入正确的用户密码后单击 ➡ 按钮，即可进入 Windows XP 桌面，如图 1-14 所示。

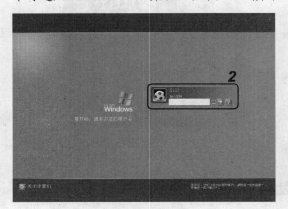

图 1-13　输入密码　　　　　　　　　　图 1-14　Windows XP 桌面

1.2.2　退出 Windows XP

退出 Windows XP 一定要按正常程序进行，非正常关闭可能会造成数据丢失和资源浪费，严重时还将造成系统损坏。

【例 1-2】　退出 Windows XP。

（1）关闭所有的应用程序，单击任务栏中的 开始 按钮，在弹出的"开始"菜单中选择"关闭计算机"命令，如图 1-15 所示。

（2）打开"关闭计算机"对话框，单击 ⓞ 按钮，退出 Windows XP 并关闭电脑，如图 1-16 所示。

🔊提示：

在进入 Windows XP 欢迎界面时，单击欢迎界面左下角的"关闭计算机"图标，就会退出欢迎界面并关闭电脑。

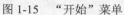

图 1-15 "开始"菜单   图 1-16 "关闭计算机"对话框

"关闭计算机"对话框中其他选项的含义如下。

- **待机**：电脑待机时，将关闭显示器和硬盘，以减少电脑的耗电量。要重新使用电脑时，可按下"Wake Up"键快速退出等待状态，并且桌面恢复到等待前的状态。一般情况下，当工作过程中短时间离开电脑时，应使用待机状态来节省电能。需要注意的是，待机状态时没有将桌面状态保存到磁盘，因此，在待机状态时发生的电源故障可能会导致未保存的信息丢失。

- **重新启动**：保留用户本次开机更改了的 Windows 设置，并将内存中的信息保存到硬盘上，关闭并再次启动电脑。

1.2.3 应用举例——多用户登录

如果系统有多个用户存在，则在进入欢迎界面时会出现多个用户名供用户选择。本例将介绍多用户登录的方法。

操作步骤如下：

（1）启动电脑，进入 Windows XP 欢迎界面，如图 1-17 所示。

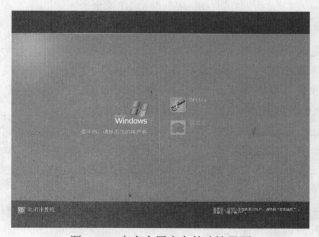

图 1-17 有多个用户名的欢迎界面

（2）将光标移至需要登录的用户名上，单击即可以该用户的身份登录。

1.3　Windows 组件及鼠标操作

要使用电脑进行各种办公操作，首先就要了解 Windows 的各个组成部分，并且掌握鼠标的操作方法。下面进行具体介绍。

1.3.1　认识 Windows XP 桌面

启动 Windows XP 后，用户首先接触到的就是 Windows XP 桌面，它由桌面背景、桌面图标、"开始"按钮、任务栏、语言栏和鼠标光标组成，如图 1-18 所示。下面分别对其主要组成部分进行介绍。

图 1-18　Windows XP 桌面

> **桌面背景：** 桌面背景是操作系统为用户提供的一个图形界面，其作用是让系统的外观变得更加明亮鲜艳。用户可以根据需要设置不同的桌面背景。

> **桌面图标：** 桌面图标可以代表一个常用的程序、文档、文件夹或打印机等，它是一种快捷方式。双击桌面图标可以快速启动或打开应用程序、文档和文件夹等。Windows XP 默认的桌面上只有"回收站"图标。

> **开始 按钮：** 开始 按钮位于桌面的左下侧，其作用是显示"开始"菜单。几乎所有的操作都可以通过"开始"菜单来进行。

> **任务栏：** 任务栏位于"开始"按钮的右侧，主要由快速启动栏、应用程序列表和通知区域等组成。

> **语言栏：** 浮动在 Windows XP 桌面最前面的工具条就是语言栏，它用于显示当前系统所使用的语言和输入法。

- **鼠标光标**：鼠标光标是鼠标在桌面中的显示形式，用于指示在电脑屏幕上与鼠标同步移动的各种形状。

1.3.2　灵活使用鼠标

在 Windows XP 中，大多数操作都是通过使用鼠标来进行的，因此灵活使用鼠标相当重要。下面就对鼠标的基本操作和光标的常见形状进行介绍。

1. 鼠标的基本操作

鼠标的基本操作有以下几种。

- **移动鼠标**：将鼠标放在桌面或鼠标垫上，握住鼠标然后用手腕和手指带动鼠标做平面移动，光标会在电脑屏幕中同步移动。当光标指向屏幕上的某一对象时，会出现相应的提示信息。
- **单击鼠标**：将右手食指放在鼠标左键上，按下鼠标左键再快速释放的过程称为单击鼠标。单击操作常用于选择对象，被选中的对象呈高亮显示，若在空白处单击，则会取消对对象的选择。
- **双击鼠标**：双击可以看作是连续且快速的两次单击操作，即用食指连续且快速地按鼠标左键两次，常用于执行程序或打开文件等。如在桌面上双击"我的电脑"图标，将打开"我的电脑"窗口。
- **拖动鼠标**：拖动是将光标移动到某个对象上按住鼠标左键不放，然后移动鼠标把对象从屏幕的一个位置拖动到另一个位置，最后释放鼠标左键的过程，常用于移动对象的位置。
- **右击鼠标**：右击鼠标就是单击鼠标右键，它与单击操作类似，其方法是用中指按下鼠标右键并快速释放，常用于弹出某个对象的快捷菜单。
- **滚轮的使用**：此操作对有滚轮的鼠标有效，常用于浏览多页面和有滚动条的页面。可通过右手食指控制滚轮向上或向下滚动。

2. 光标的常见形状

使用鼠标时，光标会因操作不同而呈现不同的形状，下面分别对光标形状所代表的含义进行介绍。

- （**正常选择**）：它是光标的基本形状，表示准备接受用户指令。
- （**忙**）：系统在处理较大的任务，正处于忙碌状态，此时不能执行其他操作。
- （**后台操作**）：系统正在执行某操作，要求用户等待。
- Ⅰ（**文字选择**）：此光标出现在可以输入文字的地方，表示此处可输入文本内容。
- （**移动**）：该光标在移动窗口或图片时出现，使用它可以移动整个窗口或图片。
- ↔和↕（**水平和垂直调整**）：光标处于窗口或图片的四边，拖动鼠标可改变窗口或图片的大小。
- 和（**对角线调整**）：出现在窗口或图片的四个角上，拖动鼠标可改变窗口或图片的高度和宽度。
- （**链接选择**）：光标所在的位置是一个超链接。
- ＋（**精确选择**）：在某些应用程序中系统准备绘制一个新的对象。

9

↪ ⃠ （不可用）：光标所在的按钮或某些功能不能使用。

1.3.3 菜单的基本操作

菜单是提供各个操作命令的场所，通过执行相应的菜单命令可完成相应的操作，以实现不同的需求。Windows XP 中主要包含"开始"菜单、标准菜单和快捷菜单 3 种，下面分别进行介绍。

1. "开始"菜单的操作

单击任务栏左端的 开始 按钮，便可打开 Windows XP 的"开始"菜单，如图 1-19 所示。在其中将光标移动到所需的命令上，该命令将变成蓝色显示，此时单击便可执行相应的命令或者打开相应的窗口。

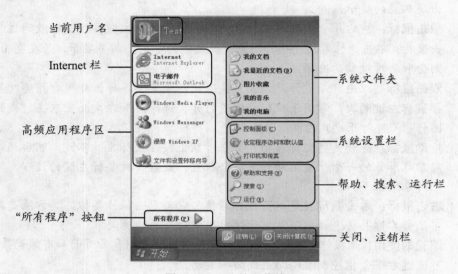

图 1-19 "开始"菜单

"开始"菜单大体可分为 8 个部分，各部分的含义和作用分别介绍如下。

↪ **当前用户名**：位于"开始"菜单的最顶部，用于显示当前登录的用户名。

↪ **Internet 栏**：默认情况下，该栏包含 Internet Explorer 浏览器和 Outlook Express 电子邮件收发程序的快捷启动按钮。

↪ **高频应用程序区**：也称为"历史记录"栏，显示用户最近打开程序的快捷按钮。Windows XP 操作系统根据用户使用程序的频率，自动地将使用频率较高的程序显示在该区域，以使用户在下一次使用时能方便、快捷地打开所需程序。用户可以指定该区域中显示的程序数量。

↪ **"所有程序"按钮 ▷**：单击"所有程序"按钮 ▷，将弹出所有应用程序的快捷启动菜单。

↪ **系统文件夹**：主要包括"我的电脑"、"我的文档"、"我的音乐"和"图片收藏"等常用文件夹。

➦ **系统设置栏**：包括"控制面板"和"打印机和传真"等快捷启动命令。通过它们可以打开相应的对话框来设置系统参数或添加和设置打印机、传真等。

➦ **帮助、搜索、运行栏**：可以完成获取帮助、搜索文件和运行程序等操作。

➦ **关闭、注销栏**：用于进行关闭电脑、重新启动电脑、注销当前用户等操作。

2．标准菜单的操作

在使用电脑的过程中会经常对标准菜单进行操作，其使用方法非常简单，即首先单击菜单栏中相应的菜单项，将弹出其下拉菜单，然后移动光标到所需的命令上，该命令将变成蓝色显示，如图 1-20 所示，单击即可执行该命令。

3．快捷菜单的操作

快捷菜单又叫右键菜单，在目标对象上单击鼠标右键，在弹出的快捷菜单中选择所需命令，可快速执行与该对象相关的操作，如图 1-21 所示。

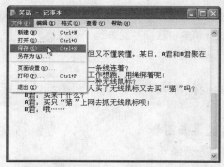

图 1-20　标准菜单

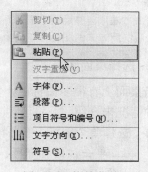

图 1-21　快捷菜单

✍**技巧**：

有些菜单中还包含有子菜单，即将光标指向其中的某个命令后，会再弹出一个子菜单，其中是更细分的命令。

1.3.4　操作桌面图标

Windows XP 桌面图标的操作主要包括：添加桌面图标、选择桌面图标、排列桌面图标、重命名桌面图标及删除桌面图标。下面分别进行介绍。

1．添加桌面图标

为了使操作更加方便，可以为桌面添加图标。

【例 1-3】　将"我的电脑"和"我的文档"图标显示在桌面上。

（1）单击 ❚ 开始 按钮，弹出"开始"菜单。

（2）将光标移动到"我的电脑"选项上并单击鼠标右键，在弹出的快捷菜单中选择"在桌面上显示"命令，如图 1-22 所示。

（3）在"我的文档"选项上执行相同的操作，将"我的电脑"和"我的文档"图标显示在桌面上，如图 1-23 所示。

图 1-22　快捷菜单

图 1-23　显示图标

🔔注意：

> 以上方法只能在桌面上显示系统文件夹，而要在桌面上显示非系统文件快捷图标，则可以在要添加桌面快捷方式的图标上单击鼠标右键，在弹出的快捷菜单中选择"发送到/桌面快捷方式"命令。

2．选择桌面图标

当桌面上有很多图标时，如何选择所需的桌面图标呢？下面将桌面图标的选择分为以下几种情况来介绍。

> ↩ **选择单个图标**：将光标移动到需要选择的桌面图标上，单击该图标即可。被选中的图标将以高亮显示，如图 1-24 所示。

> ↩ **选择多个不相邻的图标**：如果需要选择多个不相邻的图标，可在选择第一个图标后，按住"Ctrl"键，同时逐一单击其他需要选择的图标。

> ↩ **选择多个相邻图标**：如果要选择多个相邻图标，可将光标移动到要选择范围的一角，按下鼠标左键不放并拖动，将需要选择的图标圈在矩形框中，释放鼠标即可。

————选择前

————选择后

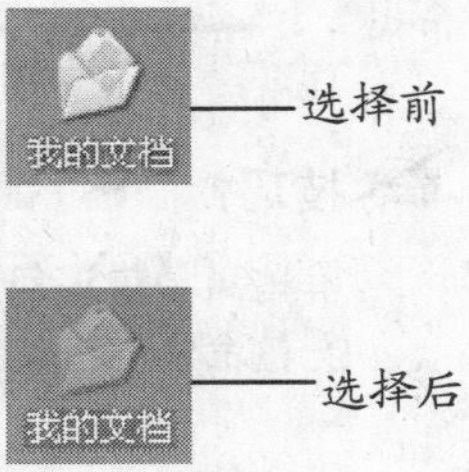

图 1-24　选择单个图标

3．排列桌面图标

若桌面上的快捷图标过多，会造成屏幕杂乱无章，这样既影响视觉效果，又不利于快速地找到需要选择的图标，导致工作效率降低。这时，可以利用 Windows XP 提供的命令来按一定方式排列图标，使桌面整洁美观。

【例 1-4】　对桌面图标进行排列。

（1）在桌面空白处单击鼠标右键，在弹出的快捷菜单中选择"排列图标"命令，如图 1-25 所示。

（2）在弹出的子菜单中，分别选择"对齐到网格"与"自动排列"命令，即可将桌面图标自动排列整齐，如图 1-26 所示。

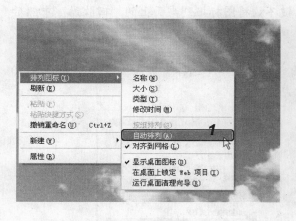

图 1-25　选择"排列图标"命令

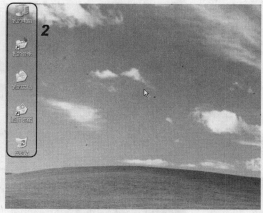

图 1-26　对齐后的图标

提示：

> 在"排列图标"子菜单中，若选择"类型"命令，则桌面图标将按类型进行排列；若选择"大小"命令，则桌面图标按文件大小进行排列；若选择"名称"命令，则桌面图标将按名称顺序进行排列；若选择"修改时间"命令，则桌面图标将按文件修改时间进行排列。

4．重命名桌面图标

在 Windows XP 操作系统中，还可根据需要对桌面图标进行重命名操作。

【例 1-5】　对桌面图标进行重命名操作。

（1）在"快捷方式 到我的音乐"图标上单击鼠标右键，在弹出的快捷菜单中选择"重命名"命令，如图 1-27 所示。

（2）图标名将反白显示，输入新的图标名后，在桌面空白处单击或按"Enter"键完成重命名，如图 1-28 所示。

图 1-27　"重命名"命令

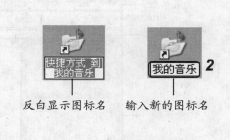

反白显示图标名　　　输入新的图标名

图 1-28　重命名图标

5．删除桌面图标

用户可以根据需要清理不需要的桌面图标，使电脑桌面更加整洁、美观。删除桌面图标有多种方法，下面介绍几种常用的方法。

 选择要删除的图标后，按住鼠标左键不放将图标拖到桌面上的"回收站"中然后释放鼠标，如图 1-29 所示。

 选择图标后按"Delete"键。

 选择图标后单击鼠标右键，在弹出的快捷菜单中选择"删除"命令，如图 1-30 所示。

图 1-29　拖动删除图标　　　　　　　图 1-30　使用菜单删除图标

1.3.5　窗口的基本操作

Windows 的中文意思就是窗口，在 Windows XP 中绝大部分的编辑操作都是以窗口的形式进行的，因此，学习对窗口的操作是非常有必要的。下面将认识窗口的组成、学习窗口的各种基本操作，包括窗口的最小化/最大化、移动窗口、切换窗口和关闭窗口等。

1．认识窗口的组成

Windows XP 中的系统窗口在外观组成结构上都比较类似（只是窗口的内容会有所不同），主要包括标题栏、菜单栏、工具栏、地址栏、任务窗格、窗口工作区、滚动条和状态栏等。如图 1-31 所示为"我的电脑"窗口。

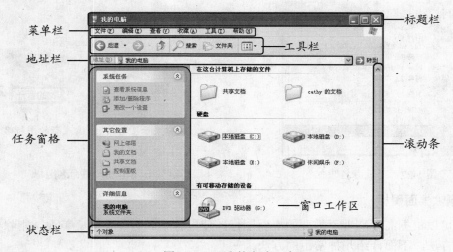

图 1-31　"我的电脑"窗口

窗口中各组成部分的作用介绍如下。

❧　**标题栏：** 标题栏用于显示窗口的名称以及对该窗口进行最大化、最小化、关闭和移动等操作，由"窗口控制菜单"按钮🔲、窗口名以及窗口控制按钮🔲🔲❌3 部分组成，如图 1-32 所示。

"窗口控制菜单"按钮 　　　　　　　　　　　　　　　　　　　　窗口控制按钮

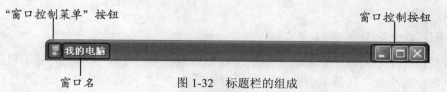

窗口名　　　　　　　　　图 1-32　标题栏的组成

❧　**菜单栏：** 菜单栏中有多个菜单项，每一个菜单项包含一组菜单命令，而菜单命令下可能还包含有子菜单，通过这些菜单命令可以完成各种操作。单击菜单栏中的某个菜单项，在弹出的下拉菜单中选择相应的菜单命令便可执行。

❧　**工具栏：** 工具栏位于菜单栏的下方，它以小图标按钮的形式列出了一些常用的命令，如"后退"按钮◀、"前进"按钮▶和"搜索"按钮🔍等，单击某个按钮将执行相应的功能或命令。

❧　**地址栏：** 地址栏用于显示文件的路径，单击其右侧的∨按钮，在弹出的下拉列表中选择所需对象，可打开相应的窗口访问本地或网络文件。

❧　**任务窗格：** 任务窗格是 Windows XP 的一大特色功能，它显示了当前对象的信息及一些常用命令。任务窗格中的信息和命令按照其作用被分为若干栏，单击每栏中的一个超链接，系统将执行相应的命令。

❧　**窗口工作区：** 窗口工作区位于任务窗格右侧，是窗口中最大的区域，用于显示操作的对象及结果。

🔊**提示：**

单击工具栏中向下的黑色小箭头按钮▾时，会弹出一个下拉菜单，在菜单中可以选择需要执行的命令；在任务窗格中各栏的右侧都有一个⌃按钮，单击该按钮可隐藏该栏中的命令或信息，此时⌃按钮变成⌄按钮，单击可再次展开该栏中的内容。

❧　**滚动条：** 当窗口大小容纳不下窗口中的所有内容时，可通过拖动滚动条或单击垂直滚动条两端的⌃或⌄按钮及水平滚动条两端的⟨或⟩按钮，对窗口中的内容进行查看。

❧　**状态栏：** 状态栏用于显示当前工作状态和提示信息，可以通过选择"查看/状态栏"命令来控制状态栏的显示和隐藏。

2．打开与关闭窗口

在 Windows XP 中，大多数的程序和操作都是以"窗口"形式呈现在用户面前的，以方便用户进行各类操作。打开窗口可以通过以下几种方式实现。

❧　当启动某个应用程序或双击打开某个文件或文件夹时，都将打开一个与其相对应的窗口。

❧　单击选择对象后按"Enter"键，可打开对象窗口。

❧　在对象图标上单击鼠标右键，在弹出的快捷菜单中选择"打开"命令。

关闭不再使用或重复的窗口，可使桌面保持整洁，便于操作。关闭窗口可以通过以下几种方式实现。

❧ 单击窗口标题栏右侧的"关闭"按钮☒。

❧ 在菜单栏中选择"文件/关闭"命令。

❧ 按"Alt+F4"快捷键。

3．最小化/最大化/还原窗口

窗口的最小化是指将窗口以标题按钮的形式缩放到任务栏中，而不在屏幕上显示。如果要将一个窗口最小化，只需单击窗口标题栏中的"最小化"按钮▭即可，如图1-33所示。当需要再次显示窗口时，只需在任务栏中单击最小化的窗口任务按钮即可。

图1-33　最小化窗口

最大化窗口是指把当前窗口放大到整个屏幕，以便于操作。如果要将一个窗口最大化，可单击该窗口标题栏中的"最大化"按钮▢，如图1-34所示。

图1-34　最大化窗口

还原窗口是指将窗口恢复到操作前的状态，主要包括以下两种情况。

❧ 当窗口最大化后，"最大化"按钮▢将变成"还原"按钮▢，单击"还原"按钮▢，可将最大化的窗口还原为最初的状态。

当窗口最小化到任务栏中后，在任务按钮区中单击相应任务按钮，即可将其还原。

技巧：

双击窗口的标题栏也可以最大化窗口，再次双击窗口的标题栏即可将窗口还原。

4．改变窗口大小

最大化与最小化窗口只是在窗口的两种状态下切换，如果想随意改变窗口大小，则需要手动调整。

【例1-6】　调整窗口的大小。

（1）将光标移至窗口的上边缘或下边缘，当光标由 ↖ 形状变成 ↕ 形状时，按住鼠标左键不放并拖动即可改变窗口高度。

（2）将光标移至窗口的左边缘或右边缘，当光标由 ↖ 形状变成 ↔ 形状时，按住鼠标左键不放并拖动即可改变窗口宽度。

（3）将光标移至窗口的 4 个对角，当光标由 ↖ 形状变成 ↘ 或 ↗ 形状时，按住鼠标左键不放并拖动即可同时改变窗口的宽度与高度，如图 1-35 所示。

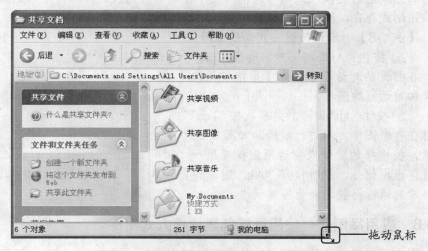

图 1-35　改变窗口大小

5．移动窗口

当窗口挡住了桌面上其他窗口或内容时，可以移动窗口来显示其他内容。使用鼠标移动窗口的操作非常简单，只需将光标移至窗口标题栏上，按住鼠标左键并拖动，到达所需位置后释放鼠标即可。另外，用户还可以通过键盘来移动窗口。

【例1-7】　通过键盘移动窗口的位置。

（1）选择需要移动的窗口，按 "Alt+Space" 键，效果如图 1-36 所示。

（2）按 "M" 键，此时在窗口标题栏上出现一个 ✛ 形状的光标，按键盘上的 "↑"、"↓"、"←"、"→" 方向键可移动窗口，如图 1-37 所示。

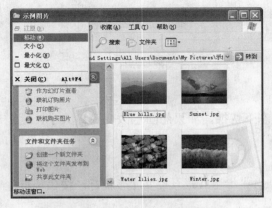

图 1-36　按 "Alt+Space" 键效果

图 1-37　移动窗口

6．切换窗口

在 Windows XP 中无论打开多少个窗口，当前窗口只有一个且所有的操作都是针对当前窗口进行的，因此，要对其他窗口进行操作就要先将其切换为当前窗口。要在打开的多个窗口之间进行切换，只需单击任务栏中窗口对应的按钮即可，但对话框不会在任务栏中以按钮形式存在，因此要切换至对话框时可使用按键方式进行。

【例 1-8】　通过按键方式切换窗口。

（1）按住 "Alt" 键不放，再按 "Tab"
键，在打开的对话框中显示了当前打开的
窗口和对话框的图标。

（2）按住 "Alt" 键不放并多次按 "Tab"
键可在各个图标之间进行切换，如图 1-38
所示。被选择的窗口或对话框图标将用一
个蓝色线框框住，此时松开 "Alt" 键，该
窗口或对话框将被切换为当前状态。

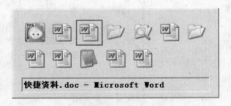

图 1-38　切换窗口

1.3.6　应用举例——使用鼠标创建快捷方式图标

用户可以将"开始"菜单中的程序创建为桌面快捷方式，同时，还可以将文件夹或文件创建为桌面快捷方式。下面练习在桌面上创建 C 盘根目录下的 Downloads 文件夹的快捷方式图标。

操作步骤如下：

（1）在桌面空白处单击鼠标右键，在弹出的快捷菜单中选择"新建/快捷方式"命令，如图 1-39 所示。

（2）打开"创建快捷方式"对话框，单击 浏览(R)... 按钮，如图 1-40 所示。

（3）打开"浏览文件夹"对话框；在"浏览文件夹"对话框的目录树列表框中选择 C:\Downloads 选项，单击 确定 按钮，如图 1-41 所示。

（4）返回"创建快捷方式"对话框，单击 下一步(N) > 按钮，如图 1-42 所示。

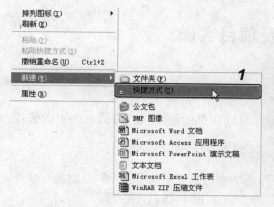

图 1-39　选择"新建/快捷方式"命令

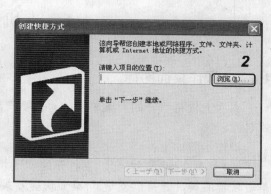

图 1-40　"创建快捷方式"对话框

图 1-41　"浏览文件夹"对话框

图 1-42　选择项目位置

（5）打开"选择程序标题"对话框，在"键入该快捷方式的名称"文本框中输入快捷方式名称，单击 完成 按钮，如图 1-43 所示。

（6）在桌面创建的快捷方式如图 1-44 所示。

图 1-43　"选择程序标题"对话框

图 1-44　创建的快捷方式

1.4　上机及项目实训

1.4.1　操作桌面图标

本次上机将"开始"菜单中的"扫雷"游戏发送到桌面建立快捷方式，并更改快捷方式名称。

操作步骤如下：

（1）单击 开始 按钮，在打开的"开始"菜单中选择"所有程序/游戏/扫雷"命令并单击鼠标右键，选择"发送到/桌面快捷方式"命令，如图1-45所示。

（2）在桌面创建"扫雷"游戏的快捷方式后，在该图标上单击鼠标右键，在弹出的快捷菜单中选择"重命名"命令，如图1-46所示。

图1-45　选择"桌面快捷方式"命令

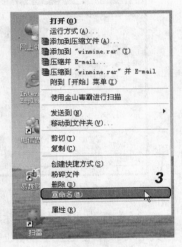

图1-46　选择"重命名"命令

（3）将"扫雷"重命名为"扫雷游戏"，按"Enter"键即可，如图1-47所示。

图1-47　重命名快捷方式

1.4.2　登录 Windows XP

综合本章所学知识登录多用户 Windows XP，并按要求输入密码。主要操作步骤如下：

（1）打开外部电源并依次打开显示器和主机的电源开关。

（2）稍等片刻进入 Windows XP 的欢迎界面，如图1-48所示。

（3）单击需要登录的用户名，显示密码文本框，输入正确的密码，单击➡按钮，如图1-49所示。

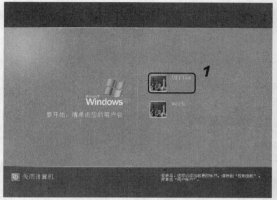

图 1-48　Windows XP 欢迎界面

图 1-49　输入正确的密码

1.5　练习与提高

（1）启动电脑，并登录 Windows XP。

（2）将桌面图标按"大小"方式自动排列，并对齐到网格，如图 1-50 所示。

图 1-50　排列图标

（3）将高频程序区中的程序发送到桌面创建快捷方式，如图 1-51 所示。

图 1-51　创建程序的快捷方式

（4）使用创建快捷方式的方法，将 C 盘根目录下的 Program Files 文件夹创建为桌面快捷方式，如图 1-52 所示。

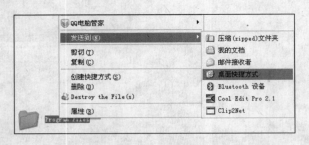

图 1-52　创建文件夹快捷方式

文秘办公中需要注意的操作

本章主要介绍了文秘办公的基础知识，作为一名文秘办公人员，不仅应明确自己的工作范围，坚持自己的工作原则，还应在课后练习一些 Windows 的基础操作，这里总结在操作中的一些注意事项。

❧ 在连接显示器时要注意插口的方向，否则将无法正确插入，而且还有可能损坏插头的针脚。

❧ 在启动 Windows XP 时要注意顺序，必须先打开显示器，再启动主机。

第 2 章　Windows XP 进阶

学习目标

- ☑ 掌握文件及文件夹的操作
- ☑ 掌握应用程序的基本操作
- ☑ 熟悉创建用户账户的方法
- ☑ 熟悉桌面背景的设置

目标任务&项目案例

复制文件

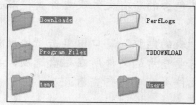

选择文件

创建用户账户

资源管理器

设置桌面背景

　　利用电脑处理纷繁复杂的文件以及对各类文件进行管理，可大大提高办公效率。要实现电脑高效率办公的目的，需要用户掌握文件及文件夹、应用程序的操作及 Windows XP 账户设置等知识，其中以文件及文件夹的操作尤为重要。

2.1　文件及文件夹的操作

文件及文件夹的操作包括文件及文件夹的选择、新建、复制、移动和删除等，这些操作是每个办公人员必须掌握的技能，也是进行电脑办公最基本的技能，因此需要熟练掌握，下面首先来认识一下文件及文件夹的管理场所。

2.1.1　文件及文件夹的管理场所

在电脑中可以通过"我的电脑"窗口和资源管理器来查看和管理电脑中的文件和文件夹，下面将分别进行介绍。

1．"我的电脑"窗口

学会对文件及文件夹进行查看，是学会管理电脑中的文件的前提条件。在知道文件及文件夹的保存位置后，双击"我的电脑"图标，打开"我的电脑"窗口就可以通过以下两种方法对其进行查看。

➥ **通过双击盘符或文件夹查看**：根据文件及文件夹的保存路径先双击磁盘图标，在打开的窗口中显示该磁盘下包含的文件及文件夹，再双击文件所在的文件夹即可在打开的窗口中查看其包含的所有文件及文件夹，双击所需文件，在启动的程序窗口中查看文件内容。

➥ **通过地址栏查看**：在"我的电脑"窗口中单击"地址栏"右侧的 ✓ 按钮，在弹出的下拉列表框中选择需要查看的文件所在磁盘选项，再在打开的磁盘窗口中依次双击文件夹图标打开文件夹窗口进行查看。

📢**提示：**

> 文件路径是指文件或文件夹存放的位置。路径的结构一般包括磁盘名称、文件夹名称和子文件夹名称等，它们中间用斜线"\"隔开。

2．资源管理器

资源管理器是管理电脑资源的重要平台，它在普通系统窗口的左侧增加了一个目录窗格，清晰地显示当前电脑中所有资源的文件夹，如图 2-1 所示。

图 2-1　用资源管理器查看电脑中的资源

◀》提示：

> 在目录树结构中单击带田按钮的文件夹，可展开下一级目录，此时该按钮变为曰按钮，并且在右侧的窗口中将显示当前文件夹下的所有内容。

打开资源管理器的常用方法有如下两种。

> ◢　在桌面上的"我的电脑"图标■或■开始■按钮上单击鼠标右键，在弹出的快捷菜单中选择"资源管理器"命令。

> ◢　在"我的电脑"窗口中单击工具栏中的"文件夹"按钮■可打开资源管理器。

△注意：

> 工具栏中的"文件夹"按钮■不是用来新建文件夹的，而是用来打开资源管理器的。

2.1.2　文件及文件夹的显示方式

在"我的电脑"窗口和资源管理器中查看文件及文件夹的方式有很多种，包括缩略图、图标和平铺等。用户可以根据需要选择不同的显示方式。

改变文件及文件夹显示方式的方法主要有以下两种。

> ◢　打开相应的窗口，单击"查看"菜单项，在弹出的下拉菜单中选择"缩略图"、"平铺"、"图标"、"列表"或"详细信息"命令，可以相应方式显示文件及文件夹，如图 2-2 所示。

> ◢　单击窗口工具栏中的"查看"工具按钮■，在其下拉菜单中选择所需显示方式，如图 2-3 所示。

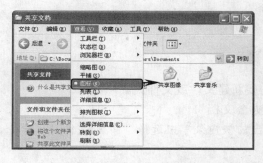

图 2-2　单击"查看"菜单项

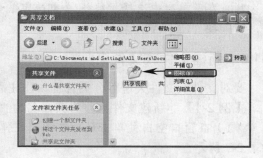

图 2-3　单击"查看"工具按钮

2.1.3　选择文件或文件夹

要对文件或文件夹进行各种操作，首先必须选择文件或文件夹。选择文件或文件夹的方法有多种，下面分别进行介绍。

1．选择单个文件或文件夹

单击要选择的文件或文件夹，被选中的文件或文件夹将以反白形式（蓝底白字）显示。用鼠标在空白处单击可取消文件或文件夹的选中状态，如图 2-4 所示

 未选中的文件夹———共享图像 ———选中的文件夹

图2-4 选择单个文件夹

2. 选择多个相邻的文件或文件夹

选择多个相邻文件或文件夹的方法主要有以下两种。

➥ 单击选择一个文件或文件夹，按住"Shift"键不放并单击另一个文件或文件夹，可选择两个文件或文件夹之间所有连续的文件或文件夹。

➥ 在窗口空白处按住鼠标左键拖动，将出现一个矩形框。当矩形框覆盖了要选择的文件或文件夹后，释放鼠标左键即完成选择操作，如图2-5所示。

3. 选择多个不相邻的文件或文件夹

要选择多个不相邻的文件或文件夹时，可按住"Ctrl"键，依次单击所需文件或文件夹即可，如图2-6所示。

图2-5 选择多个相邻文件或文件夹　　　　　图2-6 选择不相邻的文件或文件夹

4. 选择所有文件及文件夹

如果要选择所有的文件及文件夹，可以用以下两种方法快速选择所有文件及文件夹：

➥ 在菜单栏中选择"编辑/全部选定"命令。

➥ 按"Ctrl+A"键。

2.1.4 新建文件或文件夹

要对文件及文件夹进行分类管理，往往需要新建文件或文件夹。

【例2-1】 新建文件夹并将其命名为"办公文档"。

（1）在窗口空白处单击鼠标右键，在弹出的快捷菜单中选择"新建/文件夹"命令，如图2-7所示。

（2）新建的文件夹名默认为"新建文件夹"并呈可编辑状态，可对其进行重命名，这里输入"办公文档"文本，按"Enter"键或在空白处单击完成操作，如图2-8所示。

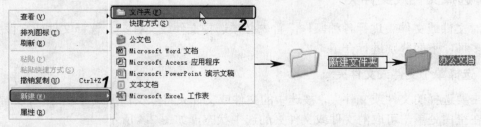

图2-7 选择"新建/文件夹"命令　　　　　图2-8 为新建文件夹命名

在"新建"子菜单中，可根据需要选择所需类型的文件命令，新建一个对应的文件。值得注意的是，在"新建"子菜单下的文件类型是根据系统中安装的软件决定的，例如，只有在安装了 Microsoft Office 组件后才会出现 Microsoft Word。

2.1.5　重命名文件或文件夹

为了更好地管理文件或文件夹，通常会在新建文件或文件夹后对其进行重命名操作，以方便下次调用。在同一个文件夹中不能出现相同名称的文件或文件夹，因此在重命名文件或文件夹时应注意名称不能重复，否则将无法完成重命名操作。

【例 2-2】　将"办公文档"文件夹重命名为"办公资料"文件夹。

（1）在"办公文档"文件夹上单击鼠标右键，在弹出的快捷菜单中选择"重命名"命令，如图 2-9 所示。

（2）此时原文件或文件夹名称以反白显示，在反白显示的文件或文件夹名称框中输入新的名称"办公资料"。

（3）按"Enter"键或在窗口中的空白处单击，确认名称完成重命名操作，如图 2-10 所示。

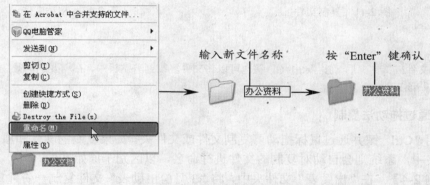

图 2-9　选择"重命名"命令　　　　　　　　图 2-10　重命名文件夹

选择需要重命名的文件或文件夹，按"F2"键也可以使文件或文件夹名称呈反白显示，并可修改其名称。

2.1.6　复制文件或文件夹

复制是指不做任何修改，使文件及文件夹重新生成一个完全相同的文件或文件夹。复制文件或文件夹可以通过使用 Windows 的"剪贴板"和拖动法来进行操作，下面具体进行介绍。

1．通过"剪贴板"复制

通过"剪贴板"复制文件或文件夹，事实上是先将选择的文件或文件夹复制到系统剪贴板中，再通过"粘贴"命令将系统剪贴板中的内容粘贴到需要复制到的位置。

【例2-3】 将"出勤表"文件夹中的"3月份出勤表"文件复制到"3月出勤表"文件夹中。

（1）在"出勤表"文件夹中选择"3月份出勤表"文件。

（2）选择"编辑/复制"命令，将对象复制到剪贴板中，如图2-11所示。

（3）打开"3月出勤表"文件夹，选择"编辑/粘贴"命令，将"3月份出勤表"文件粘贴到该文件夹中，如图2-12所示。

图2-11 复制文件　　　　　　　　　　　　　　　图2-12 粘贴文件

提示：

> 选择文件或文件夹后，按"Ctrl+C"键也可以将文件复制到剪贴板中，在需要的位置按"Ctrl+V"键可粘贴该文件。

2．通过拖动法复制

利用"Ctrl"键并通过鼠标拖动可复制文件或文件夹。如果复制的文件和原文件在同一个文件夹中，系统则会自动对复制的文件进行命名，以区别于原始文件。

【例2-4】 在"出勤表"文件夹中，将"3月份出勤表"文件复制一份并重命名为"4月份出勤表"。

（1）在"出勤表"文件夹中选择"3月份出勤表"文件。

（2）按住"Ctrl"键不放，在"3月份出勤表"文件上按住鼠标左键不放并拖动至文件夹中空白处，此时光标右下角会出现"+"形状，到达合适位置后，松开鼠标左键即可复制文件，如图2-13所示。

（3）复制的文件将被系统自动命名，将该文件重命名为"4月份出勤表"，如图2-14所示。

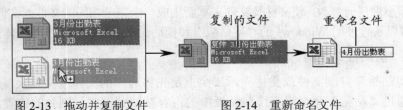

图2-13 拖动并复制文件　　　　　　图2-14 重新命名文件

2.1.7 移动文件或文件夹

在实际工作中，经常需要把文件或文件夹移动到其他位置进行保存，以便于文件的管理与备份。移动文件或文件夹可通过剪贴板和拖动法来进行操作，下面具体进行介绍。

1．使用剪贴板进行移动

与复制文件或文件夹不同的是，移动文件或文件夹后，原来位置上的文件及文件夹就不存在了。

【例 2-5】 将"工资表"文件夹中的"3 月份工资表"文件移到"工资统计"文件夹中。

（1）打开"工资表"文件夹，选择"3 月份工资表"文件。

（2）选择"编辑/剪切"命令，将对象剪切至剪贴板中，如图 2-15 所示。

（3）打开"工资统计"文件夹，选择"编辑/粘贴"命令，将"3 月份工资表"粘贴至该文件夹中，如图 2-16 所示。

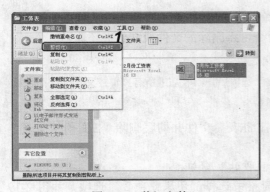
图 2-15 剪切文件

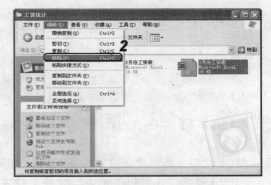
图 2-16 粘贴文件

📢**提示：**

> 选择文件或文件夹之后，按"Ctrl+X"键也可以将文件或文件夹剪切到剪贴板中，再切换到需要移动到的位置， 按"Ctrl+V"键则可将该文件或文件夹粘贴。

2．使用拖动法进行移动

通过鼠标拖动可快捷地移动文件或文件夹。

【例 2-6】 通过资源管理器将"工资表"文件夹中的"3 月份工资表"文件移至"工资统计"文件夹中。

（1）打开"工资表"文件夹，单击工具栏中的"文件夹"按钮 📁文件夹，打开资源管理器窗格并选择"工资统计"文件夹。

（2）选择"3 月份工资表"文件，按住鼠标左键不放拖动该文件至左侧窗格中的"工资统计"文件夹上，如图 2-17 所示。

图 2-17 拖动文件

（3）当"工资统计"文件夹呈蓝色反白显示时，松开鼠标左键即可。

2.1.8　删除及还原文件或文件夹

对于不需要的文件或文件夹，应及时将其删除以节省磁盘空间。如果不小心误删除了需要的文件或文件夹，还可将其还原。下面具体介绍删除和还原文件或文件夹的操作。

1．删除文件或文件夹

在 Windows XP 中，选择需要删除的文件或文件夹后按"Delete"键或选择"文件/删除"命令，然后在打开的如图 2-18 所示的"确认文件删除"对话框中单击 是(Y) 按钮，即可将文件或文件夹删除。

图 2-18　"确认文件删除"对话框

2．还原文件或文件夹

在 Windows XP 中，使用"Delete"键删除的文件或文件夹并没有真正从硬盘上删除，而是将其保存至"回收站"中，通过"还原"命令可将删除的文件或文件夹还原。

技巧：

> 在"回收站"窗口的左侧窗格中选择"清空回收站"选项后，回收站中所有文件或文件夹将彻底从硬盘上删除，无法再进行还原。

【例2-7】　在"回收站"中还原"3月份工资表"文件并彻底删除"2月份工资表"文件。

（1）双击桌面"回收站"图标 ，打开"回收站"窗口。

（2）选择"3月份工资表"文件，在左侧窗格中选择"还原此项目"选项，如图 2-19 所示。此时，"3月份工资表"文件将从"回收站"中消失并被还原到删除时所在的位置，如图 2-20 所示。

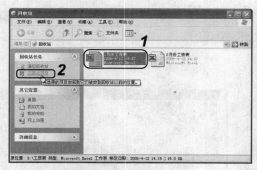

图 2-19　还原文件

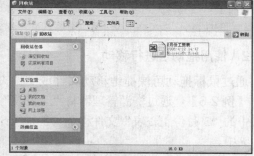

图 2-20　还原文件后的回收站

（3）在"回收站"窗口中选择"清空回收站"选项，可将回收站中的所有文件和文件夹删除。

提示：

> 在选择不需要的文件或文件夹后，可按"Shift+Delete"键将其彻底删除，且无法通过"回收站"还原。

2.1.9 搜索文件或文件夹

电脑中的文件日积月累会越来越多,如果记不全文件名或者记不住文件保存位置,查找起来会非常麻烦。使用 Windows XP 提供的搜索功能则会使文件查找变得轻松方便。

【**例 2-8**】 在电脑中查找文件名中包含"马尔代夫"的图片文件。

(1)单击 开始 按钮,在弹出的"开始"菜单中选择"搜索"命令。

(2)打开"搜索结果"窗口,在该窗口的左侧窗格中单击"图片、音乐或视频"超链接,如图 2-21 所示。

(3)在出现的窗格中选中 ☑ **图片和相片(P)** 复选框,在"全部或部分文件名"文本框中输入"马尔代夫",单击 搜索(R) 按钮,如图 2-22 所示。

(4)系统开始自动搜索符合设置条件的文件,并将结果在窗口中显示出来,如图 2-23 所示。

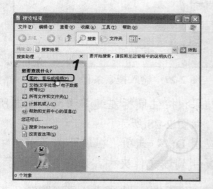

图 2-21 "搜索结果"窗口 图 2-22 设置搜索参数图 图 2-23 显示搜索结果

2.1.10 应用举例——文件夹综合操作

在 D 盘根目录中新建一个文件夹,并重命名为"3 月份统计",然后在本地硬盘中搜索包含"3 月份"的文档及电子表格,并将搜索到的文件复制到"3 月份统计"文件夹中。

操作步骤如下:

(1)双击"我的电脑"图标 ,打开"我的电脑"窗口,双击 D 盘图标,进入 D 盘根目录中。

(2)在 D 盘根目录空白处单击鼠标右键,在弹出的快捷菜单中选择"新建/文件夹"命令,如图 2-24 所示。

(3)新建的文件夹名称处于可编辑状态,输入新文件夹名"3 月份统计",如图 2-25 所示。

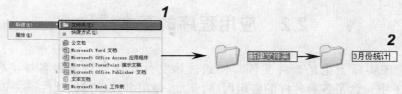

图 2-24 选择"新建/文件夹"命令   图 2-25 命名文件夹

（4）单击 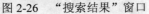开始 按钮，在弹出的"开始"菜单中选择"搜索"命令，打开"搜索结果"窗口。

（5）在"您要查找什么"栏中单击"文档（文字处理、电子数据表等）"超链接，如图2-26所示。

（6）在"完整或部分文档名"文本框中输入"3月份"，单击 搜索(R) 按钮，如图2-27所示。

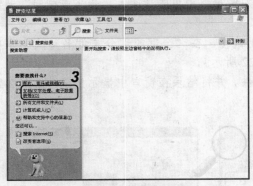

图2-26 "搜索结果"窗口

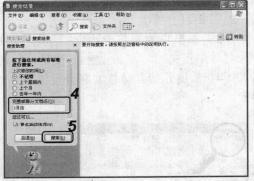

图2-27 输入搜索条件

（7）搜索结束后，在窗口中将显示出所搜索到的结果。按住鼠标左键并拖动，框选所有查找到的文件，再选择"编辑/复制到文件夹"命令，如图2-28所示。

（8）在打开的"复制项目"对话框中选择"办公应用D："选项，在展开的子节点中选择"3月份统计"文件夹，单击 复制 按钮，将文件复制到该文件夹中，如图2-29所示。

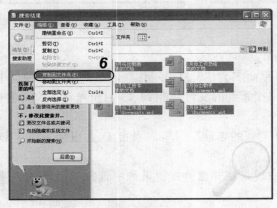

图2-28 选择文件

图2-29 "复制项目"对话框

2.2 应用程序的基本操作

应用程序实际上也是一种文件，但通过该文件可以完成各种各样的任务。事实上Windows XP中包含了各种各样的应用程序，例如，使用多媒体播放软件——Windows Media

Player 可以播放影音文件、欣赏音乐和观赏影片等；画图程序可以用于绘制简单的图形；而扫雷程序则可以提供游戏娱乐。下面具体讲解应用程序的启动与退出操作。

2.2.1　启动应用程序

要使用应用程序来完成各种任务，首先需要启动应用程序。启动应用程序的方法主要有以下几种。

- 通过"开始"菜单选择应用程序选项来启动应用程序。
- 通过快速启动栏启动应用程序。
- 通过双击与应用程序相关联的文件启动应用程序。
- 通过双击桌面快捷方式图标启动应用程序。

如图 2-30 所示为通过"开始"菜单和高频应用程序栏启动 Word 2003 程序。

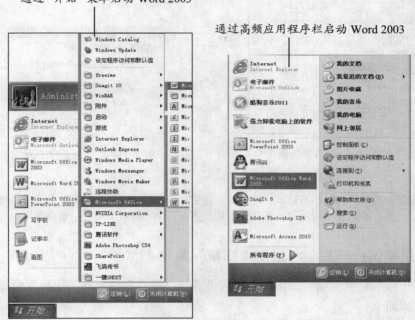

图 2-30　启动程序示意图

2.2.2　退出应用程序

程序使用完毕后，需要将其关闭，即退出该程序。由于程序的操作界面实际上也是一个窗口，因此退出程序的方法与关闭窗口的方法相同，这里不再赘述。

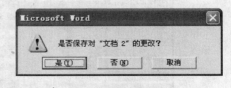

图 2-31　是否保存文件

需要注意的是，在退出某些应用程序时，如果被修改过的文件没有保存，则系统将打开一个提示对话框，询问是否保存文件。如图 2-31 所示为关闭 Microsoft Word 窗口时打开的提示对话框。

2.2.3　强制退出应用程序

若应用程序在运行时出现故障，使用默认的方法无法将其关闭且该应用程序中的各种操作已经无法正常进行时，就必须强制退出该应用程序。操作步骤如下：

【例2-9】　强制退出未响应的程序。

（1）同时按"Ctrl+Alt+Del"键，打开"Windows 任务管理器"窗口。选择"应用程序"选项卡，会发现所有 Microsoft Word 程序后面状态都为"未响应"，如图2-32所示。

（2）选择一个未响应的 Microsoft Word 程序，单击 结束任务(E) 按钮。

（3）打开如图2-33所示的"结束程序"对话框，单击 立即结束(E) 按钮。

图 2-32　"Windows 任务管理器"窗口

图 2-33　"结束程序"对话框

📢提示：

在任务栏的空白处单击鼠标右键，在弹出的快捷菜单中选择"任务管理器"命令，也可以打开任务管理器。此外，通过该窗口的"关机"菜单项，还可以执行待机、关机、重启等操作。

2.2.4　应用举例——启动与退出"扫雷"游戏

通过"开始"菜单启动"扫雷"游戏，再通过"游戏"菜单的"退出"命令退出游戏。操作步骤如下：

（1）选择"开始/所有程序/游戏/扫雷"命令，如图2-34所示。

（2）打开"扫雷"程序窗口，选择"游戏/退出"命令退出该游戏，如图2-35所示。

图 2-34　启动"扫雷"程序

图 2-35　退出"扫雷"程序

2.3 Windows XP 个性化设置

用户在使用电脑的过程中，还可以根据自己的喜好和实际需要，对电脑进行个性化设置，如创建与删除用户账户和设置桌面背景等，下面分别进行介绍。

2.3.1 创建与删除用户账户

在 Windows XP 中可为每个用户设置一个账号并设置账号使用电脑的权限。用户可通过自己的账号登录系统，并根据所持权限使用电脑，从而有效地保证系统安全。

1. 创建账户

在 Windows XP 中要使用多个账户首先需创建账户。

【例 2-10】 创建名为"New"的管理员账户。

（1）选择"开始/控制面板"命令，打开"控制面板"窗口。

（2）在"控制面板"窗口中选择"用户账户"选项，如图 2-36 所示。

（3）打开"用户账户"窗口，单击"创建一个新账户"超链接，如图 2-37 所示。

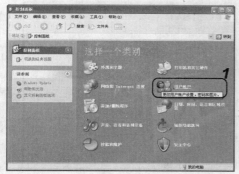

图 2-36 "控制面板"窗口　　　　　　　图 2-37 "用户账户"窗口

（4）在"为新账户起名"界面中输入新账户名称，这里输入"New"，单击 下一步(N) > 按钮，如图 2-38 所示。

（5）在"挑选一个账户类型"界面中选择账户类型，这里选中 ◉计算机管理员(A) 单选按钮，单击 创建帐户(C) 按钮创建新账户，如图 2-39 所示。

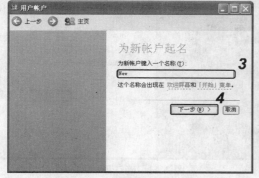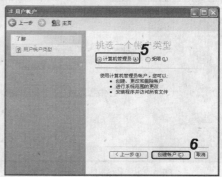

图 2-38 为新账户起名　　　　　　　图 2-39 选择账户类型

（6）在返回的窗口中即可查看创建的新账户，如图 2-40 所示。

创建的新账户 ——

图 2-40　创建的新账户

2．删除账户

如果某个账户多余或长期未使用，则需删除该账户，这时必须以计算机管理员的身份登录系统来进行删除操作。

【例 2-11】　删除名为"New"的账户。

（1）以计算机管理员身份登录系统，打开"用户账户"窗口，在其中选择需要删除的账户名称，这里选择"New"账户，如图 2-41 所示。

（2）在"您想更改 New 的账户的什么？"在界面中单击"删除账户"超链接，如图 2-42 所示。

图 2-41　"用户账户"窗口　　　　　　图 2-42　选择"删除账户"选项

（3）在"您想保留 New 的文件吗？"界面中单击 删除文件(N) 按钮，如图 2-43 所示。

（4）在"您确实要删除 New 的账户吗？"界面中单击 删除帐户(Y) 按钮，将"New"账户彻底删除，如图 2-44 所示。

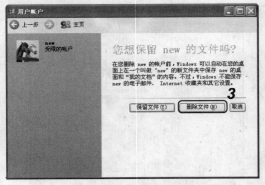

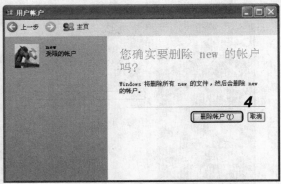

图 2-43　询问是否删除文件　　　　　　图 2-44　确认删除账户

2.3.2　设置桌面背景

在 Windows XP 中，用户可以通过控制面板更改桌面背景，使桌面更美观。更改桌面背景主要通过控制面板中的"外观和主题"选项来完成。

【例 2-12】　将"blue hills"图片设置为桌面背景。

（1）单击 开始 按钮，在弹出的快捷菜单选择"控制面板"命令，打开"控制面板"窗口。

（2）在"控制面板"窗口中选择"外观和主题"选项。

（3）打开"外观和主题"窗口，单击"更改桌面背景"超链接，如图 2-45 所示。

（4）打开"显示 属性"对话框，在"背景"列表框中选择需要的背景图片或单击 浏览(B)... 按钮，如图 2-46 所示。

图 2-45　"外观和主题"窗口　　　　　图 2-46　"显示 属性"对话框

（5）打开"浏览"对话框，从中选择需要设置为背景的图片，这里选择"Blue hills.jpg"图片（我的文档:\图片收藏\实例图片\Blue hills.jpg），单击 打开(O) 按钮，如图 2-47 所示。

（6）返回"显示 属性"对话框，单击 确定 按钮应用新的桌面背景，其效果如图 2-48 所示。

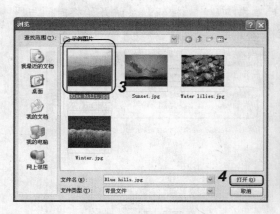
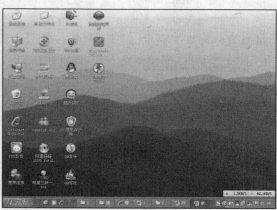

图 2-47　"浏览"对话框　　　　　　　图 2-48　设置的桌面背景

2.3.3 调整日期与时间

如果系统的日期与时间显示不正确，可以通过控制面板进行设置，并且可与 Internet 时间服务器同步。

【例2-13】 设置系统时间与 Internet 同步。

（1）选择"开始/控制面板"命令，打开"控制面板"窗口。

（2）在"控制面板"窗口中选择"日期、时间、语言和区域设置"选项，如图 2-49 所示。

（3）在打开的"日期、时间、语言和区域设置"窗口中单击"更改日期和时间"超链接，如图 2-50 所示。

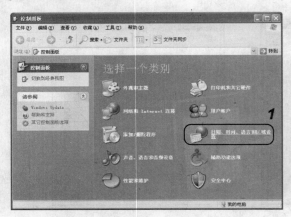

图 2-49 "控制面板"窗口   图 2-50 "日期、时间、语言和区域设置"窗口

（4）打开"日期和时间 属性"对话框，在默认打开的选项卡中的"日期"和"时间"栏中对系统时间进行调整，完成后单击 确定 按钮即可，这里单击"Internet 时间"选项卡，如图 2-51 所示。

（5）在"Internet 时间"选项卡中选中☑自动与 Internet 时间服务器同步(S)复选框，在"服务器"下拉列表框中选择一个服务器选项，然后单击 立即更新(U) 按钮，系统开始将时间与服务器同步，完成后单击 确定 按钮，如图 2-52 所示。

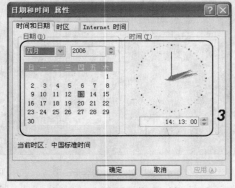
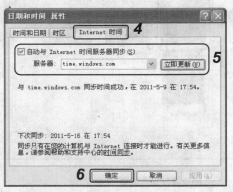

图 2-51 设置日期和时间   图 2-52 将系统时间与 Internet 同步

2.3.4 应用举例——启用"来宾"账户

本例练习在办公局域网中启用"来宾"账户。通过启用该账户可以实现办公网络资源的共享。

操作步骤如下：

（1）选择"开始/控制面板"命令，打开"控制面板"窗口。

（2）在"控制面板"窗口中选择"用户账户"选项。

（3）打开"用户账户"窗口，在其中可以看到当前系统中的用户账户，"Guest"账户图标显示为"来宾账户没有启用"，单击该账户图标。

（4）在"您想要启用来宾账户吗"界面中单击 启用来宾帐户(T) 按钮，如图 2-53 所示。

（5）返回"用户账户"窗口，此时"Guest"账户图标中显示为"来宾账户处于启用状态"完成来宾账户的启用，如图 2-54 所示。

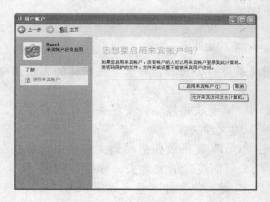

图 2-53 "控制面板"窗口 　　　　图 2-54 "用户账户"窗口

2.4 上机及项目实训

2.4.1 创建"公司档案"文件夹系统

本次上机将利用文件及文件夹的选择、新建、复制、移动、删除等操作在 F 盘根目录下创建一个"公司档案"的文件夹系统，其整体结构布局如图 2-55 所示。

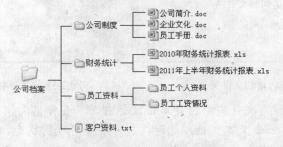

图 2-55 "公司档案"文件夹布局

操作步骤如下：

（1）双击"我的电脑"图标，打开"我的电脑"窗口，双击D盘图标，进入D盘。

（2）在D盘根目录空白处单击鼠标右键，在弹出的快捷菜单中选择"新建/文件夹"命令新建一个文件夹，其名称呈可编辑状态，在文本框中输入"公司档案"后单击窗口空白处即可。其操作过程如图2-56所示。

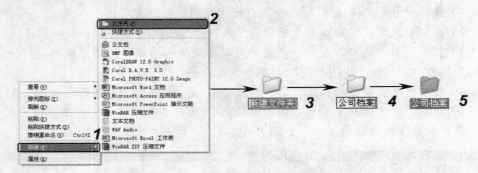

图2-56　创建"公司档案"文件夹

（3）双击打开"公司档案"文件夹，使用与新建"公司档案"文件夹相同的方法新建"公司制度"文件夹。

（4）选择"公司制度"文件夹，按住"Ctrl"键不放并拖动到文件夹中任意空白处，松开鼠标左键，复制一个名为"复件 公司制度"的文件夹。

（5）选择"复件 公司制度"文件夹，按住"Ctrl"键不放并拖动到文件夹中任意空白处，松开鼠标左键，复制一个名为"复件 复件 公司制度"的文件夹，如图2-57所示。

（6）选择"复件 公司制度"文件夹，按"F2"键，使文件名呈可编辑状态，输入"财务统计"后在窗口空白处单击完成重命名文件夹操作。使用相同的方法将"复件 复件 公司制度"文件夹重命名为"员工资料"，如图2-58所示。

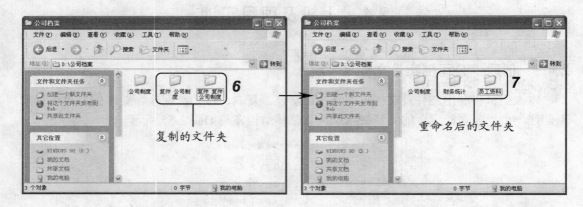

图2-57　鼠标拖动复制文件夹　　　　　图2-58　重命名后的文件夹

（7）在"公司档案"文件夹空白处单击鼠标右键，在弹出的快捷菜单中选择"新建/文本文档"命令，创建一个文本文档。此时，文件名呈可编辑状态，输入"客户资料"后按"Enter"键，如图2-59所示。

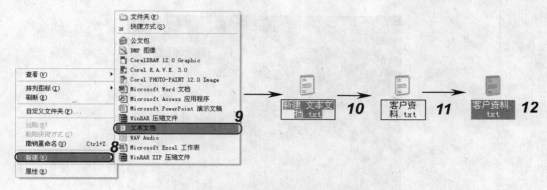

图 2-59　创建"客户资料"文本文档

（8）在"公司档案"文件夹窗口中单击 _{文件夹} 按钮，打开"资源管理器"窗口。在目录树结构中选择"公司资料"文件夹，在右边的窗口中显示出该文件夹下的所有内容，如图 2-60 所示。

（9）在"公司资料"文件夹中选择"公司简介"Word 文件，按"Shift"键并选择"员工手册"Word 文件，选择它们之间的所有文件。

（10）按住鼠标左键拖动选择的文件至"资源管理器"窗口的"公司档案"文件夹下的"公司制度"文件夹上，当其变为高亮显示时松开鼠标左键，将选择文件移动到"公司制度"文件夹下。拖动过程如图 2-61 所示。

（11）使用相同的方法将"2010 年财务统计报表"与"2011 年上半年财务统计报表"两个文件移动到"财务统计"文件夹中。

（12）将"员工个人资料"与"员工工资情况"文件夹移至"员工资料"文件夹中。至此，"公司档案"文件夹建立完毕。

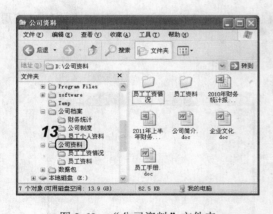

图 2-60　"公司资料"文件夹

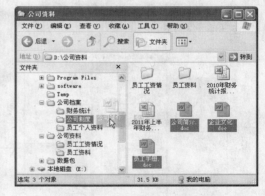

图 2-61　移动文件

2.4.2　设置"办公"账户及桌面背景

综合利用本章所学的知识，设置一个名为"办公"的管理员账户，并为其设置桌面背景，其效果如图 2-62 所示。

图 2-62　设置桌面背景

本练习可结合立体化教学中的视频演示进行学习（立体化教学:\视频演示\第 2 章\设置"办公"账户及桌面背景.swf）。主要操作步骤如下：

（1）打开"用户账户"窗口。

（2）新建名为"办公"的新账户。

（3）为"办公"账户设置桌面背景。

2.5　练习与提高

（1）在 E 盘中新建一个名为"公司合同"的文件夹，将其移动到 F 盘根目录后，再将其复制一份到 D 盘的"公司档案"文件夹中。

（2）从"开始"菜单中启动"记事本"程序，如图 2-63 所示，并使用不同的方法退出"记事本"程序。

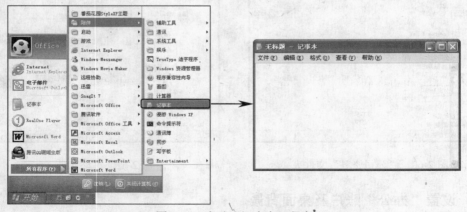

图 2-63　启动"记事本"程序

（3）在"图片收藏"文件夹中选择一张图片并将其设置为桌面背景。

（4）创建一个名为 Test 的受限账户并尝试修改其账户图片为图 2-64 所示效果。本练习可结合立体化教学中的视频演示进行学习（立体化教学:\视频演示\第 2 章\创建账户并修改图片.swf）。

图 2-64　创建的新账户

 总结 Windows XP 进阶操作的方法

　　本章主要介绍了文件管理、应用程序以及个性化设置等 Windows XP 进阶操作，要想熟练使用 Windows XP，课后还必须学习和总结一些操作方法，这里总结以下几点供大家参考和探索。

- 在命名文件或文件夹时应注意，同一文件夹中不允许有两个相同名称的文件或文件夹。
- 若在进行文件和文件夹的操作过程中出现了错误操作，且又未进行其他操作前，可通过按"Ctrl+Z"键，或选择"编辑/撤销**"命令，又或者在窗口空白处单击鼠标右键，在弹出的快捷菜单中选择"撤销**"命令来恢复。
- Windows XP 的设置非常人性化，若用户习惯使用左手进行主要操作，则可以选择"开始/控制面板"命令，打开"控制面板"窗口，双击"鼠标"图标，打开"鼠标 属性"对话框，在"按钮"选项卡的"鼠标键配置"栏中选中 习惯左手(L) 单选按钮，单击 应用(A) 按钮应用设置，再单击 确定 按钮，鼠标左右键的功能将互换。
- 若不喜欢系统自带的用户账户头像，用户可以将保存在电脑中的图片设为头像图片。打开"用户账户"窗口，在"或挑选一个用户做更改"栏下选择要设置的账户，打开"您想更改您的账户的什么？"窗口，单击"更改我的图片"超链接，在打开的"为您的账户挑一个新的图像"窗口中单击"浏览图片"超链接，在打开的"打开"对话框中选择需要的图片即可。

第 3 章 中文输入法

学习目标

☑ 认识键盘
☑ 学会添加输入法
☑ 使用不同的拼音输入法输入文字
☑ 使用五笔输入法输入通知

目标任务&项目案例

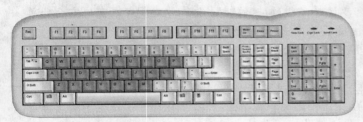

键盘

添加输入法

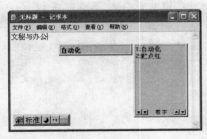

使用智能 ABC 输入法输入文字

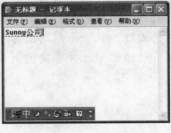

使用微软拼音输入法输入文字

使用五笔输入法输入"通知"

  在使用电脑管理文件或编辑各类文件时，都需要输入中文。不论是最简单的重命名文件夹，还是编写一份报告、制作一份工资表等，都需要先学会输入中文。本章将具体讲解中文的输入方法，包括认识键盘及键盘的正确操作方法、拼音输入法和五笔字型输入法的使用等。

3.1 认识键盘

键盘是电脑的重要外部设备，也是向电脑输入文字、信息、程序的基础工具。因此，熟悉与掌握键盘是输入汉字的基本要求和前提。要想准确、快速并轻松地通过键盘输入文字，首先要了解键盘中各按键的分布位置。

键盘上的按键按功能可分成 5 个区：主键盘区、功能键区、光标控制区、数字小键盘区及电源控制区，如图 3-1 所示。下面具体进行介绍。

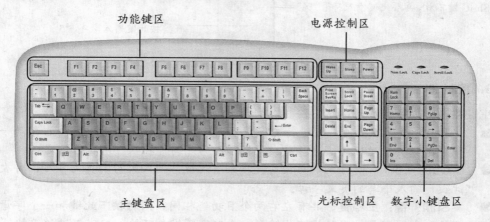

图 3-1 键盘分区

3.1.1 主键盘区

主键盘区是键盘上最重要的区域，也是使用最频繁的区域，它的主要功能是用于录入数据、程序及文字等。主键盘区包括字母键、数字与符号键、控制键、标点符号及一些特殊符号键，如图 3-2 所示。下面对其主要键位进行介绍。

图 3-2 主键盘区

1．字母键

在字母键的键面上标有A～Z的大写字母键位安排并与英文打字机的字母键完全相同，每个键可输入大小写两种字母。按"Caps Lock"键可实现大小写的转换。

2．数字与符号键

主键盘区最上面一排的每个键面上都有上下两种符号，也称双字符键。上面的符号称为上档符号，下面的符号称为下档符号。数字与符号键包括数字、运算符号、标点符号和其他符号，按"Shift"键可实现符号的输入，如图3-3所示。

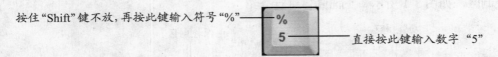

图3-3 数字与符号键

3．控制键

主键盘区的控制键较多，常用控制键的作用分别如下。

- "Tab"键：跳格键，在进行文字录入时，按下该键，光标快速向右移动一定的距离，可实现光标的快速移动。光标移动的距离可在软件中自行设定。
- "Caps Lock"键：大小写锁定键，按下此键，输入大写的英文字母，再次按下此键，输入小写的英文字母。
- "Shift"键：上档键，共有左右两个且功能相同；同时按下此键和一个字母键，可输入大写字母；同时按下此键和一个双字符键，可输入双字符键的上档符号。
- "Ctrl"键：共有左右两个且功能相同，在不同的软件中，功能定义不同。
- "Alt"键：特殊控制键，主要用于和F1～F12这12个功能键配合使用，可设置电脑的输入状态。
- "Enter"键：回车键，是使用最多的一个键。主要用途有两个，一是输入命令后，按下该键，让电脑执行输入的命令；二是在处理文字时，按下该键，可跳转到新的一行。
- "Back Space"键：退格键，用于删除光标左侧的字符，同时光标向左移动一个字符位置。
- "Space"键：空格键，位于主键盘区的下方，按一次该键，光标向右移动一个字符的位置。
- 快捷菜单键：该键位于主键盘区右下角"Win"键和"Ctrl"键之间。在Windows 95/98/NT/2000/XP操作系统中，按下该键后会弹出相应的快捷菜单。
- "Win"键：Windows功能键，该键键面上标有Windows窗口图案，在Windows XP/Vista操作系统中，按下该键后会打开"开始"菜单。

3.1.2 光标控制区

光标控制区位于主键盘区与数字小键盘区的中间，如图3-4所示，其中集合了所有对光标进行操作的按键以及一些页面操作功能键。主要按键的功能介绍如下。

- "Insert"键（插入键）：当该键有效时，输入的字符插入在光标出现的位置；当该键无效时，输入字符将改写光标处字符。

➥ "Delete"键（删除键）：用于删除光标右侧的字符。

➥ "Home"键（行首键）：在文字处理软件中，
按下该键可以使光标回到一行的行首。在移动
时，只有光标移动，汉字不会动。该键在文字排
版时的使用非常广泛。例如，按"Ctrl+Home"
键，可将光标快速移动到文档的开头。

➥ "End"键（行尾键）：该键的作用与"Home"
键相反。在文字处理软件中，按下该键，光标将
移动到本行行尾。按"Ctrl+End"键，则会将光
标快速移动到文档的末尾。

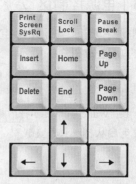

图 3-4　光标控制区

➥ "Page Up"键（向前翻页键）：按下该键，可
使屏幕快速向前翻一页。在文字处理软件中编辑文档时，若想对前面的部分进行
修改，可使用该键。按几次"Page Up"键，相应的向前翻几页。

➥ "Page Down"键（向后翻页键）："Page Down"键与"Page Up"键的功能相
反。按下该键，屏幕向后翻一页。在文字处理软件中编辑文档时，可以使用该键
向后翻页。如果已达到文档最后一页，则该键不能使用。

➥ "↑""↓""←""→"光标移动键：上、下、左、右 4 个光标键用于将光标向
4 个方向移动，每按一次移动一个字符的位置。移动时，输入的文本不会移动。

3.1.3　功能键区

功能键区位于键盘的顶端，包括"Esc"键和"F1"～"F12"键，如图 3-5 所示。在
不同的软件中，各键的功能不同，还可以自己定义各键的作用。使用功能键可以快速完成
一些操作，节省时间。例如，按"F1"键，通常情况下将打开帮助文档。

图 3-5　功能键区

3.1.4　数字小键盘区

数字小键盘区位于键盘的右下部分，如图 3-6
所示。数字小键盘区中共有 17 个键位，其中提供
了所有用于数字操作的键，包括数字键和运算符
号键。通常用于进行数字操作。

数字小键盘区中的"Num Lock"键又称为数
字锁定键，它主要用于打开与关闭数字小键盘区。
当键盘右上角第一个指示灯亮时，数字小键盘区
为开启状态，按下"Num Lock"键后，指示灯灭，
数字小键盘区为关闭状态，此时不能用于输入。

图 3-6　数字小键盘区

3.1.5　电源控制区

电源控制区位于光标控制区的上方，包括"Wake Up"、"Sleep"和"Power"3个键，各键的功能如图3-7所示。

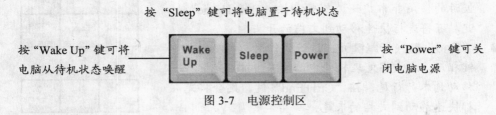

图3-7　电源控制区

3.2　键盘指法要求

在进行键盘操作时，需要掌握正确的操作姿势、键盘基准键位和键盘手指分工等。本节将介绍这些知识。

3.2.1　正确的操作姿势

在使用键盘输入字符时，应采用正确的打字姿势，如图3-8所示。错误的姿势不仅会影响输入速度，还会增加用户的工作疲劳感，造成视力下降和腰背酸痛的情况。要养成良好的打字姿势，应注意以下几点：

- 身体坐正，全身放松，双手自然放在键盘上，腰部挺直，上身微前倾。身体与键盘的距离大约为20cm。
- 眼睛与显示器屏幕的距离约为30～40cm，且显示器的中心应与水平视线保持15°～20°的夹角。另外，不要长时间盯着屏幕，以免损伤眼睛。
- 双脚的脚尖和脚跟自然地放在地面上，大腿自然平直，小腿与大腿之间的角度接近90°。
- 坐椅的高度应与电脑键盘、显示器的放置高度相适应。一般以双手自然垂放在键盘上时，肘关节略高于手腕为宜。显示器的高度以操作者坐下后，其目光水平线处于显示屏幕上方的2/3处左右为宜。

图3-8　正确操作姿势

3.2.2　基准键位及十指分工

在打字前应熟悉并练习基准键位及十指的分工操作，为以后快速准确地进行打字奠定基础。下面分别介绍其具体操作。

1．基准键位

为了规范操作，计算机的主键盘区划分了一个区域，称为基准键位区。基准键位区包

括 "A" 、 "S" 、 "D" 、 "F" 、 "J" 、 "K" 、 "L" 及 ";" 8 个键位。

在准备使用键盘时，首先将双手放在基准键位区上，可发现在 "F" 键和 "J" 键上各有一个凸起的小横杠，这是两个食指定位点，主要是为了方便寻找到基准键位。

使用键盘时，先将左手的食指放在 "F" 键上，右手的食指放在 "J" 键上，然后将中指、无名指和小指依次放下找准基准键位，基准键位手指分工如图 3-9 所示。

2. 十指分工

在确定了基准键位之后，就可以为各个手指划分控制区域。手指键位分工如图 3-10 所示。凡两斜线范围内的键位，都必须由规定的手指管理。当要按基准键以外的键位时，手指从基准键位出发，按完键后马上返回基准键位。

图 3-9　基准键位手指分工　　　　　　　　图 3-10　手指键位分工

3.2.3　应用举例——指法练习

启动记事本程序，按键盘手指键位分工，输入下列字母及符号。

1. 基准键练习

输入以下字符，练习基准键的操作，注意区分大小写。

Aaaaaa	ssssssss	dddddd	ffffffffff	gggggg	hhhhjjjj
kkkk	Aaahhh	sssjjjjjj	dddkkk	fffflllll	gghhhh
hhhhaaaa	jjjjjsss	kkkdd	Aafgdk	sfsgkl;	Alfsdk;;;
;;;lkkkfkd	fsd;kkksl	;lljk;;;kk;;;	;dddfsss	fdKKL	fKKL;

2. 上排字母键练习

上排字母键 QWERTYUIOP ，其中 "R" 、 "T" 、 "Y" 、 "U" 键分别用左右食指敲击； "Q" 、 "P" 键分别用左右小指敲击； "W" 、 "O" 键分别用左右无名指敲击； "E" 、 "I" 键分别用左右中指敲击。在击键时用相应的手指敲击，完成后立即回到其基准键位上。

输入以下字符，练习上排字母键的操作，注意区分大小写。

IIII	IIiii	iiii	EEEE	EEee	eeee
IEIE	IeIe	iEiE	Dedd	dddii	dike
ddei	diik	kkie	RRRR	RrrR	rRRr
TTTTT	ttTT	TTTT	YYYY	YYyy	YyyY
Uuuu	UUUU	RYYY	RRYY	RRYY	TTUU

TTTT	uuuu	UTTT	Wwww	wwww	qqqq
Qqqq	Qqqqq	qqqq	Oooo	oooo	oooo
Pppp	pppp	wwqq	wwqq	Wqqq	Wwqq

3．下排字母键练习

下排字母键 Z X C V B N M ，其中"V"、"B"和"N"、"M"键分别用左右食指敲击；"C"键用左手中指敲击；"X"键用左手无名指敲击；"Z"键用左手小指敲击。在击键时用相应的手指敲击，完成后立即回到其基准键位上。

输入以下字符，练习下排字母键的操作，注意区分大小写。

Vvvv	vvvv	bbbb	bbbb	nnnn	mmmm
Vmvm	vmvm	vmmv	vmMm	vmvm	vmvm
Bnbn	bnbn	bnbn	BNBN	BNBN	ccxx
Cccc	ccccc	ccccc	xxxx	XXXX	ZZZZ
Cczz	cczz	cczz	cczz	ccxx	ccxx
ZXCZ	ZXCZ	zxcz	Xacz	Zxcc	zxccz
Xxcc	xxcc cczz	xccz	xczz	Xzcc	Zxcz

3.3　认识中文输入法

电脑默认的输入法是英文输入法，要在电脑中输入中文，则需要使用中文输入法。本节将介绍中文输入法的选择及其安装与删除。

3.3.1　选择中文输入法

在 Windows XP 中，常见的中文输入法有全拼输入法、智能 ABC 输入法、微软拼音输入法、内码输入法及郑码输入法等。需要输入中文时，可根据自身情况选择相应的输入法。

【例 3-1】　通过输入法列表选择中文输入法。

（1）启动输入文字的应用程序，如"记事本"程序。

（2）单击语言栏上的 按钮，在弹出的输入法列表中选择需要使用的输入法，如图 3-11 所示。选择不同的输入法后，语言栏左侧会显示不同的图标。

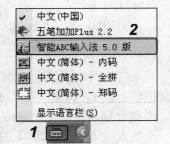

图 3-11　选择输入法

提示：

在 Windows XP 中，默认情况下按"Ctrl+Shift"键可以在输入法之间进行切换；按"Shift+空格键"可在中文输入法与英文输入法之间进行切换。

3.3.2　安装与删除系统输入法

在 Windows XP 中内置了多种输入法，用户可根据需要对其进行添加或删除。

【例 3-2】 添加微软拼音输入法。

（1）在语言栏的 按钮上单击鼠标右键，在弹出的快捷菜单中选择"设置"命令。

（2）打开"文字服务和输入语言"对话框，单击 添加(D)... 按钮，如图 3-12 所示。

（3）打开"添加输入语言"对话框，选中 ☑键盘布局/输入法(K) 复选框，并在其下拉列表框中选择"微软拼音输入法 2003"选项，单击 确定 按钮，如图 3-13 所示。

（4）返回"文字服务和输入语言"对话框，单击 确定 按钮完成输入法的添加，打开输入法列表，即可看到添加的微软拼音输入法，如图 3-14 所示。

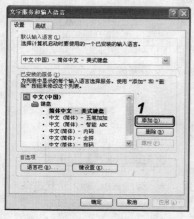

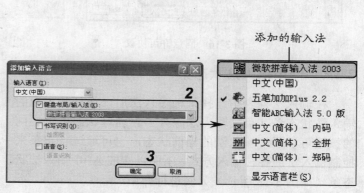

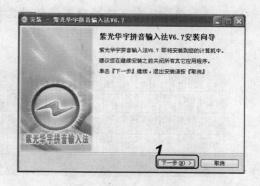

图 3-12　单击"添加"按钮　　　图 3-13　选择需添加的输入法　　　图 3-14　确认添加输入法

提示：

在"文字服务和输入语言"对话框中选择输入法选项，单击 删除(R) 按钮可将其删除。

3.3.3 安装其他输入法

对于非 Windows XP 自带的输入法，使用上面讲解的方法是无法进行安装的，此时需要进行手动安装。

【例 3-3】 安装紫光华宇拼音输入法 V6.7。

（1）通过 http://www.unispim.com/ 下载安装程序。解压后双击安装程序，在打开的安装向导对话框中单击 下一步(N)> 按钮，如图 3-15 所示。

（2）在打开的对话框中阅读用户许可协议，选中 ⊙我愿意接受本协议条款(A) 单选按钮，然后单击 下一步(N)> 按钮，如图 3-16 所示。

（4）单击 下一步(N)> 按钮，在打开的对话框中设置安装路径，再依次单击 下一步(N)> 按钮，在"准备安装"对话框中单击 安装(I) 按钮开始安装。

（5）安装完成后，将打开如图 3-17 所示的对话框，单击 完成(F) 按钮完成安装。

图 3-15　安装向导

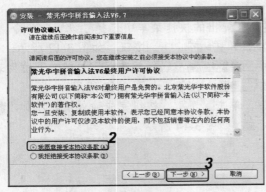
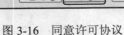
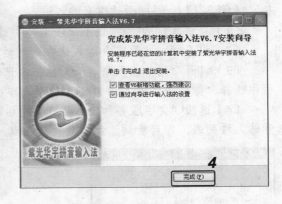

图 3-16 同意许可协议   图 3-17 安装完成

3.3.4 使用输入法状态条

在输入法列表中选择某种输入法后，将打开对应的
输入法状态条（英文输入法除外）。通过状态条上不同
的按钮可以了解输入法的当前状态，也可通过状态条来
控制输入法的各种输入方式。下面以智能 ABC 输入法状
态条（如图 3-18 所示）为例进行介绍：

图 3-18 智能 ABC 输入法状态条

> ❧ "中文/英文切换"按钮：单击它可在中文和英文输入状态间切换，这里表示可
> 以输入中文；当该图标显示为Ａ时，表示只能输入英文。
>
> ❧ "全角/半角切换"按钮：单击它可在全角或半角符号输入状态间切换。这里表
> 示处于半角状态，全角状态为●。在全角输入状态下输入的字母、字符或数字占
> 一个汉字的位置，在半角输入状态下输入的字母、字符或数字只占半个汉字的
> 位置。
>
> ❧ "中/英文标点切换"按钮：单击它可在中文和英文标点输入状态间进行切换，
> 这里表示处于中文标点输入状态，英文标点输入状态为。
>
> ❧ "软键盘开/关切换"按钮：输入法状态条上的软键盘用于特殊符号和特殊字符
> 的输入，如图 3-19 所示。在该按钮上单击鼠标右键，将弹出如图 3-20 所示的快捷
> 菜单，从中可选择所需的软键盘类型。

图 3-19 软键盘   图 3-20 选择软键盘类型

3.3.5 应用举例——删除郑码输入法

本例将练习删除系统中已经安装了的中文（简体）-郑码输入法。

操作步骤如下：

（1）在语言栏的 ▦ 按钮上单击鼠标右键，在弹出的快捷菜单中选择"设置"命令。

（2）打开"文字服务和输入语言"对话框，在"已安装的服务"列表框中选择"中文（简体）- 郑码"选项，如图 3-21 所示。

（3）单击 ▭ 删除(R) 按钮，再单击 ▭ 确定 按钮将中文（简体）-郑码输入法删除。

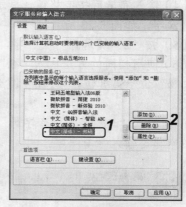

图 3-21 删除郑码输入法

3.4 拼音输入法

拼音输入法是最基本的输入法之一，它以汉字的拼音字母作为汉字编码来进行输入，因此容易学习和掌握。下面就对日常办公中最常用的智能 ABC 输入法和微软拼音输入法 3.0 进行详细介绍。

3.4.1 智能 ABC 输入法

智能 ABC 输入法是一种音码输入法，它是以拼音为基础，辅之以笔形输入，并以词组输入为主的具有一定智能化功能的汉字输入法。其智能化程度高，具有自动分词、自动造词、人工造词和记忆等功能。

使用智能 ABC 输入法输入汉字主要有以下几种方式：

➥ **全拼**：指在输入汉字时依次输入每个汉字的所有拼音字母，如要输入"电脑"，则应输入"diannao"并按空格键确认。

➥ **简拼**：指在输入汉字时只取各音节的第一个字母，如要输入"电脑"，则应输入"dn"并按空格键确认。

➥ **混拼**：指在输入两个音节以上的词语时，使用全拼与简拼相结合的方式进行输入，如要输入"电脑办公"，应输入"dnbangong"并按两次空格键。其中，第一次按空格键用于确认"dn"是输入"电脑"，第二次按空格键用于确认"bangong"是输入"办公"。

【例 3-4】 使用智能 ABC 输入法输入"文秘与办公自动化"。

（1）选择"开始/所有程序/附件/记事本"命令，打开"记事本"程序。

（2）单击语言栏上的 ▦ 按钮，在弹出的输入法列表中选择"智能 ABC 输入法 5.0 版"选项，此时将出现智能 ABC 输入法的状态条。

（3）在键盘上以全拼方式输入"文"字的拼音字母"wen"，此时光标右下方将出现一个提示框显示输入的字母，如图 3-22 所示。

（4）输入完毕后按空格键，提示框右侧出现了一个汉字选择框，其中列出了符合拼音的所有汉字，如图 3-23 所示。

（5）按"2"键选择"文"字，将其输入到"记事本"程序中的文本插入点处。

（6）使用相同的方法输入"秘"字的拼音字母"mi"，按空格键后在汉字候选框中可看到"秘"位于第 8 位，按"8"键选择"秘"字，将其输入到"记事本"程序中的文本插入点处。

（7）输入"与"字的拼音字母"yu"，按空格键后发现"与"字处于提示框的第一位，直接按空格键输入"与"字。

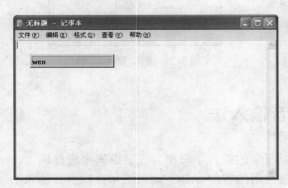

图 3-22　输入拼音

图 3-23　全拼输入

（8）采用混拼输入的方法输入"办公"，输入"bgong"后按空格键，在汉字选择框中进行选择，如图 3-24 所示。

（9）采用简拼输入的方法输入"自动化"，输入"zdh"后按空格键，在汉字选择框中进行选择，如图 3-25 所示。

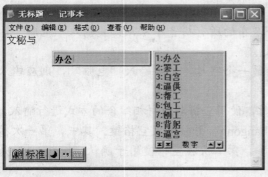

图 3-24　混拼输入

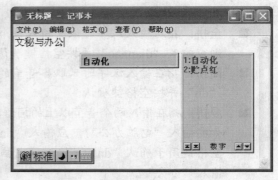

图 3-25　简拼输入

使用智能 ABC 输入法还可以快速输入中文数字，这对于财务办公的用户来说非常有用。该输入法规定，i 为输入小写中文数字的前导字符，I 为输入大写中文数字的前导字符。但这里的 I 应该按"Shift+I"键得到，而不是按"Caps Lock"键后按"I"键得到。其输入方法如表 3-1 所示。

表 3-1 智能 ABC 中的中文数字编码

输 入 内 容	编 码	输 入 内 容	编 码	输 入 内 容	编 码
一	i1	二	i2	三	i3
○	I0	十	is	百	ib
千	iq	万	iw	亿	ie
壹	I1	贰	I2	叁	I3
零	I0	拾	Is	佰	Ib
仟	Iq	万	Iw	亿	Ie

提示:

在表 3-1 中只列举了部分中文数字的输入编码,其他对应的中文数字编码可按相同的方法类推。

3.4.2 微软拼音输入法

微软拼音输入法 3.0 是 Windows XP 自带的一种智能型拼音输入法,它不仅支持简拼和混拼等输入方式,还支持中英文混合输入、双拼输入、模糊音输入和带声调的输入,且在安装了话筒的情况下具有语音输入的功能。在其状态条中单击"功能菜单"按钮 ,在弹出的菜单中选择"属性"命令,在打开的"微软拼音输入法 属性"对话框中就可以对其输入方式进行设置,如图 3-26 所示。下面对微软拼音输入法的特殊输入方式进行介绍。

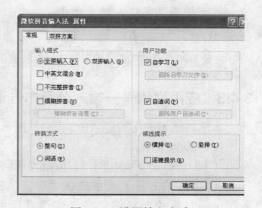

图 3-26 设置输入方式

➢ **中英文混合输入**:微软拼音输入法 3.0 新增的输入方式,即在输入汉字时可以连续地输入英文单词和汉语拼音,而不必切换中英文输入状态。微软拼音输入法会根据上下文自动判断输入类型,然后作相应的转换,如图 3-27 所示。

➢ **双拼输入**:即只需要按两个键即可将一个汉字显示在汉字提示框中,第一个键代表声母,第二个键代表韵母。使用该输入方式可以减少击键次数,提高汉字输入的速度,但需要用户记忆双拼的按键方案。

提示:

若对双拼按键方案不熟悉,用户还可以在微软拼音输入法的状态条中单击"功能菜单"按钮 ,在弹出的菜单中选择"属性"命令,在打开"微软拼音输入法 属性"对话框中单击"双拼方案"选项卡,即可查看详细的按键方案,如图 3-28 所示。

➢ **模糊音输入**:对于方言地区的用户,在使用拼音输入法时难免不够准确,遇到这种情况,就可以使用模糊拼音输入方式,即微软拼音输入法自动将容易混淆的拼音组成模糊音对,当用户输入模糊音对中的一个拼音时,另一个拼音也会出现在候选框中,以便用户快速选择。

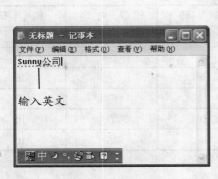

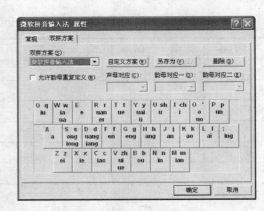

图 3-27　中英文混合输入　　　　　　　　　图 3-28　双拼方案

➷　**带声调输入**：在汉语拼音的输入过程中，用户可以在每个拼音的最后加上汉字的声调（按"1～4"键分别表示一到四声）作为音节区分，从而减少汉字的重码率，提高汉字输入的准确率。

🔔**注意**：

在使用带声调输入方式输入汉字时，若使用的是中英文混合输入方式，则无法同时支持带声调输入。

3.4.3　应用举例——输入公司广告语

本例将练习使用智能 ABC 和微软拼音输入法输入公司广告语"宾至如归，home 的享受"。操作步骤如下：

（1）选择"开始/所有程序/附件/记事本"命令，打开"记事本"程序。

（2）在输入法列表中选择"智能 ABC 输入法 5.0 版"选项，采用简拼输入的方法输入"bzrg"后按空格键，在汉字选择框中显示出"宾至如归"，按空格键确认输入，如图 3-29 所示。

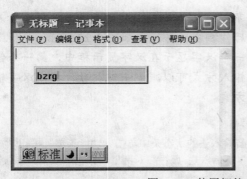

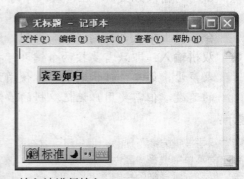

图 3-29　使用智能 ABC 输入法进行输入

（3）按键盘中的"，"键输入该符号，将输入法切换至微软拼音输入法 3.0，输入英文及汉字的全拼字母"homedexiangshou"，此时输入的字母下方出现虚线，如图 3-30 所示。

（4）按空格键输入法显示出自动识别字符，如图 3-31 所示，按"Enter"键确认输入。

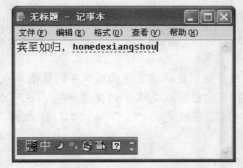

图 3-30　使用微软拼音输入法进行输入

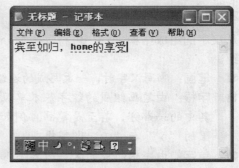

图 3-31　确认输入

3.5　五笔字型输入法

拼音输入法采用汉语拼音作为编码，因此上手难度较低、需要记忆的规则少，适合于社会各类人群，但这类输入法存在重码率高、录入速度相对较慢等缺点。如果要提高录入速度，使用五笔字型输入法是首选。五笔字型输入法具有重码率低、不受方言限制等优势，已在各行各业得到了普及，特别是受到了办公用户的青睐。

五笔字型按编码方式可分为五笔字型 86 版与五笔字型 98 版两种，目前众多的五笔字型输入法软件都以这两种编码方式为基础，如万能五笔字型输入法、五笔加加和智能陈桥五笔字型输入法等。本节将以王码五笔字型输入法 86 版为例，介绍五笔字型输入法的使用方法。

3.5.1　汉字的基本结构

五笔字型编码方案设计者王永民先生认为，汉字是一种意形结合的象形文字，形体复杂，笔画繁多，它最基本的成分是笔画，由基本笔画构成汉字的偏旁部首，再由基本笔画及偏旁部首组成全部的有形有意的汉字。下面具体进行介绍。

1. 汉字的笔画

笔画即是指书写汉字时，一次写成的一个连续不断的线条。根据各种笔画书写时的运笔方向不同，可将笔画归纳为 5 种，即横、竖、撇、捺和折。把这 5 个基本的笔画按照顺序、使用频率的高低用数字 1、2、3、4、5 五个代码进行排列，如表 3-2 所示。

表 3-2　汉字的 5 种笔画

笔 画 代 码	笔 画 名 称	运 笔 方 向	笔画及变形
1	横	左→右	一 ╱
2	竖	上→下	｜ 丨
3	撇	右上→左下	丿 一
4	捺	左上→右下	丶 、
5	折	带转折	乙 乛 𠃌 乳 乚 乚 𠃍 乛 乚

2．汉字的层次

从汉字的组成结构来看，可将汉字划分为 3 个层次：笔画、字根、单字。下面分别进行介绍。

- ➥ 笔画：书写汉字时，一次写成的连续的线条就叫笔画，它是构成汉字的最基本成分。
- ➥ 字根：由笔画组成的组字基本单位叫字根，它可以是汉字的偏旁部首，也可以是其中的一部分，甚至是笔画。例如，"江"字就是由"氵"与"工"组成的，这里的"氵"与"工"即字根。
- ➥ 单字：由字根组成的汉字叫单字。

汉字 3 个层次之间的关系如图 3-32 所示。

图 3-32　汉字的 3 个层次

3.5.2　字根结构分析

了解了汉字结构之后，下面学习字根间的结构关系。五笔字型将组成汉字的字根结构关系分为左右型、上下型和杂合型 3 种，分别用 1、2、3 型来表示。下面分别进行介绍。

1．左右型汉字（1 型）

左右型汉字是指能拆分成有一定距离的左右两部分或左中右 3 个部分的汉字。其中，每部分都可以单独成为字根或由几个字根组成，如图 3-33 所示。

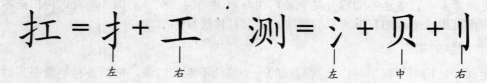

图 3-33　左右型汉字

2．上下型汉字（2 型）

上下型汉字是指能拆分成有一定距离的上下两部分或上中下 3 个部分的汉字。其中，每部分都可以单独成为字根或由几个字根组成，如图 3-34 所示。

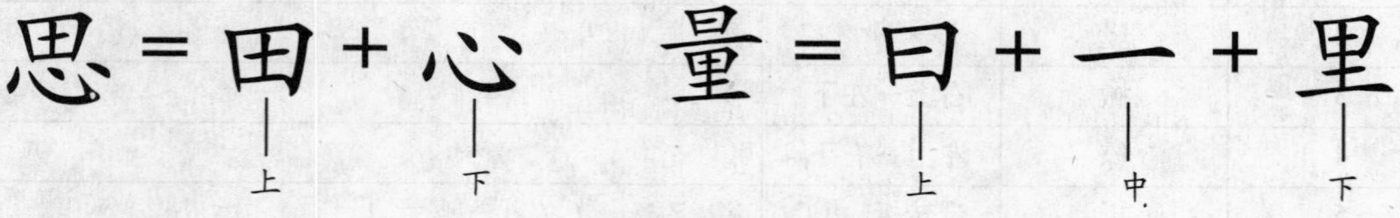

思 ＝ 田 ＋ 心　　量 ＝ 日 ＋ 一 ＋ 里

图 3-34　上下型汉字

3．杂合型汉字（3 型）

杂合型汉字是指各组成部分间没有明确的左右型或上下型关系的汉字。凡是组成整字的各部分不能明显地分隔为上下两部分或左右两部分的汉字都属于杂合型汉字，如图 3-35 所示。

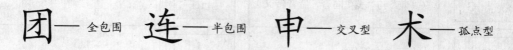

图 3-35　杂合型汉字

3.5.3　字根在键盘上的分布

基本字根按照五笔字型的组字频率与实用频率，在形、音、意方面进行归类，同时兼顾电脑标准键盘上 25 个英文字母（不包括 Z 键）的排列方式，将其合理地分布在"A～Y"键上，这就构成了五笔字型的字根键盘。

字根开始的笔画与 5 个区的笔画是相对应的。如"王"字的第一笔是横，应归为横区，即第一区；"目"字的第一笔是竖，应归为竖区，即第二区；"禾"字的第一笔是撇，应归为撇区，即第三区；"言"字的第一笔是捺，应归为捺区，即第四区；"已"字的第一笔是折就归为折区，即第五区。

五笔字型字根表如图 3-36 所示。

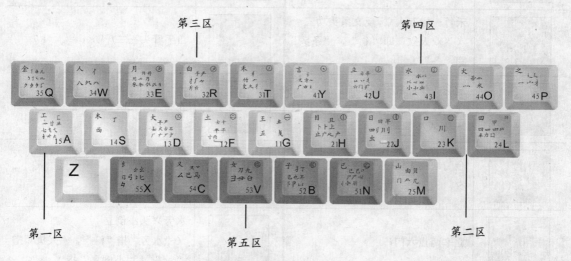

图 3-36　五笔字型字根表

为了让五笔字型初学者快速记住五笔字型字根，五笔字型发明人王永民先生特意编写了字根助记词，只要熟读五笔字型字根助记词即可快速记忆字根。

五笔字型字根助记词如表 3-3 所示。

表 3-3　五笔字型字根助记词

字　根	助　记　词	字　根	助　记　词
11G	王旁青头戈（兼）五一 （"兼"与"戈"同音，借音转义）	12F	土士二干十寸雨
13D	大犬三羊古石厂 （"羊"指羊字底"羊"）	14S	木丁西
15A	工戈草头右框七 （"右框"即"匚"）	21H	目具上止卜虎皮 （"具上"指具字的上部"且"） （"虎皮"分别指字根"广广"）
22J	日早两竖与虫依	23K	口与川，字根稀
24L	田甲方框四车力 （"方框"即"囗"）	25M	山由贝，下框几 （"下框"指字根"冂"）
31T	禾竹一撇双人立，反文条头功三一 （"双人立"即"彳"，"条头" 即"夂"）	32R	白手看头三二斤
33E	月乡（衫）乃用家衣底 （"乡"读"衫"，"家衣底"即 "豕　衣"）	34W	人和八，三四里
35Q	金勺缺点无尾鱼，犬旁留叉儿一点 夕，氏无七（妻）	41Y	言文方广在四一，高头一捺谁人去 （高字头"亠"，"谁"去"亻" 为"讠、𧾷"）
42U	立辛两点六门疒	43I	水旁兴头小倒立 （"水旁"指"氵"，"兴头"指 "兴"，"小倒立"指"⺌"）
44O	火业头，四点米 （"业头"即"业"）	45P	之字军盖建道底，摘礻（示）衤（衣）

续表

字　根	助　记　词	字　根	助　记　词
51N	已半巳满不出己，左框折尸心和羽（"左框"即"コ"）	52B	子耳了也框向上（"框向上"即"凵"）
53V	女刀九臼山朝西（"山朝西"即"彐"）	54C	又巴马，丢失矣（"丢失矣"为"厶"）
55X	慈母无心弓和匕，幼无力（"母无心"即"口"）（"幼"去"力"即"幺"）		

3.5.4　汉字的拆分

学习了字根及各字根在键盘上的分布后，下面开始学习将汉字拆分为字根的方法。汉字的拆分方法需按照以下几个原则进行。

🢂 **书写顺序**：在拆分汉字时，首先应按照汉字的书写顺序进行拆分，即从左到右，从上到下，从外到内。例如，"音"字应从上到下拆分为"立、日"。

🢂 **取大优先**：在拆分汉字时，应尽量使拆分出的字根笔画最多。例如，"夫"字应拆分为"二、人"，而不应拆分为"一、一、人"。

🢂 **能散不连**：指能将汉字拆分成"散"结构的字根就不拆分成"连"结构的字根。例如，"午"字应拆分为"⺧、十"（散开），而不应拆分为"丿、干"（相连）。

🢂 **能连不交**：指能将汉字拆分成相互连接的字根就不拆分成相互交叉的字根。例如，"天"字应拆分为"一、大"（相连），而不应拆分为"二、人"（相交）。

🢂 **兼顾直观**：指拆分出来的字根要符合一般人的直观感受。例如，"丰"字应拆分为"三、丨"，而不应拆分为"二、十"。

3.5.5　汉字的输入

学习了五笔字型字根及汉字拆分原则后，下面来学习输入汉字的基本方法。使用五笔输入法时可通过单字、特殊汉字、简码汉字和词组 4 种方式进行输入，下面分别进行介绍。

1．单字的输入

输入单个汉字时，其常规输入方法为取该汉字的第一、二、三、末笔 4 个字根。例如，要输入"输"字，先按拆分规则将其拆分为"车、人、一、刂" 4 个字根，再依次按这 4 个字根所在的"L"、"W"、"G"和"J"键即可。

如果输入的汉字拆分出来不足 4 个字根，则可能出现重码情况，即输完该字的字根后，会出现很多汉字供用户选择。这样的操作较繁琐费时，因此五笔输入法提供了"末笔字型交叉识别码"的方法来确定输入的汉字，如表 3-4 所示。

表 3-4   末笔字型交叉识别码

末笔识别码 字型识别码	横（1）	竖（2）	撇（3）	捺（4）	折（5）
左右型（1）	11 G	21 H	31 T	41 Y	51 N
上下型（2）	12 F	22 J	32 R	42 U	52 B
杂合型（3）	13 D	23 K	33 E	43 I	53 V

　　"末笔字型交叉识别码"分为"末笔识别码"和"字型识别码"。"末笔识别码"指汉字最后一笔笔画的代码，如果最后一笔为横，则代码为"1"；"字型识别码"指汉字字型的代码，其中左右型为"1"，上下型为"2"，杂合型为"3"。由此可见，"末笔字型交叉识别码"是由以上两个代码组合而成，如"仅"字的最后一笔为"﹨"，"末笔识别码"为"4"，字型为"左右型"，"字型识别码"为"1"，所以其"末笔字型交叉识别码"为"41"，对应的键位为"Y"键，在五笔输入法中依次输入"WCY"再按下空格键即可输入"仅"字。

提示：

当加了识别码之后仍不足4码时，可以按空格键代替。

2．特殊汉字的输入

对于特殊汉字，除使用上面的方法输入外，还有一些简便的输入方法，分别介绍如下。

➡ 键名汉字：该类汉字排在键位字根的首位，是该键位上的所有字根中最具代表性的字根。除"X"键上的"纟"字根外，其他字根本身也是一个有意义的汉字，其输入方法是连续按4次该键。例如，要输入键名汉字"目"，可连续按4次"H"键。按键对应的键名汉字如图3-37所示。

图 3-37   键盘上的键名汉字

➡ 成字字根：也称字根字，它是一个键位上除键名汉字之外既可以作为字根，又可以作为一个独立汉字的字。其输入方法是"键名代码+首笔代码+次笔代码+末笔代码"。如果要输入"用"字，则应先按该字根所在的"E"键，再依次以书写顺序按"T"、"N"和"H"键。

3．简码汉字的输入

根据汉字使用频率的高低，五笔字型输入法对一些常用汉字制定了一级简码、二级简码和三级简码规则，即只需按该汉字的前一个、两个或 3 个字根所在的键位，再按空格键即可输入该字。例如，若要输入一级简码中的"国"字，则只需按"L"键，再按空格键即可；若要输入二级简码中的"家"字，则只需按该字前两个字根所对应的"P"和"E"键，再按空格键即可。

除"Z"键外的 25 个键位分别对应一个一级简码汉字，如图 3-38 所示。

图 3-38　各键位对应的一级简码

4．词组的输入

通过五笔字型的词组输入功能可以一次性输入一个词组，无论该词组中包含多少个汉字，最多只取 4 码。其输入方法有以下几种。

- ➥ **双字词组**：即两个汉字构成的词组，其取码方法为分别取第一个和第二个汉字的前两码，共 4 码组成词组编码。例如，要输入词组"教程"，则分别取这两个字的前两个字根"土、丿"和"禾、口"，其编码为"FTTK"。
- ➥ **三字词组**：其取码方法为分别取前两个汉字的第一码，再取第三个汉字的前两码。例如，要输入词组"自动化"，则取前两个汉字的第一个字根"丿"和"二"，再取第三个汉字的前两个字根"亻、匕"，其编码为"TFWX"。
- ➥ **四字词组**：其取码方法为分别取每个字的第一码。例如，要输入词组"熟能生巧"，则各取每个汉字的第一码"亠、厶、丿、工"，其编码为"YCTA"。
- ➥ **多字词组**：指多于 4 个字的词组，其取码方法为取前 3 个字的第一码和最后一个字的第一码。例如，要输入词组"中央电视台"，则分别取"中"、"央"、"电"和"台"字的第一码"口、冂、曰、厶"，其编码为"KMJC"。

🔊 **提示：**

> 当组成词组中的汉字有成字字根时，对于相应字的取码应按照成字字根的规则来进行。例如，"方法"的编码为"YYIF"，当组成词组中的汉字有键名汉字时，对于相应的取码也应按照键名汉字的规则来进行，如"明白"的编码为"JERR"。

3.5.6　应用举例——输入汉字

本例将练习使用五笔字型输入法输入汉字"不能放弃自己的理想"，其中将运用到拆分汉字、输入单字和词组等知识点。下面先将该段文字逐字拆分成字根，如图 3-39 所示。

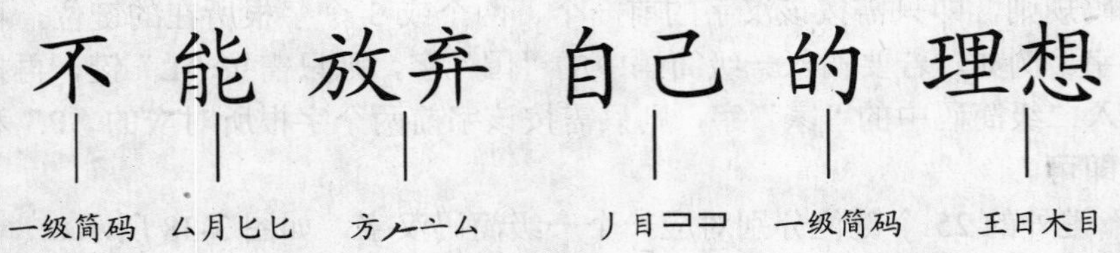

不 能 放弃 自己 的 理想

一级简码　厶月匕匕　方丿一厶　　　丿目二二　一级简码　王日木目

图 3-39　逐字拆分字根

操作步骤如下：

（1）启动"记事本"程序，切换到王码五笔字型输入法，准备输入。

（2）"不"字是一级简码，直接按其编码对应的"I"键，再按空格键输入。

（3）"能"字刚好能被拆分成 4 个字根，依次按其拆分字根对应的键位"C"、"E"、"X"和"X"输入"能"。

（4）"放弃"是一个词组，依次按每个字前两个字根所对应的键位"Y"、"T"、"Y"和"C"输入"放弃"。

（5）"自己"同样是一个词组，按照步骤（4）的方法，依次按"T"、"H"、"N"和 N"键即可。

（6）"的"字为一级简码，可以直接按其编码对应的"R"键，再按空格键输入。

（7）"理想"为词组，按照前面的操作方法依次按"G"、"J"、"S"和"H"键即可。

3.6　上机及项目实训

3.6.1　添加与删除输入法

本次上机将练习在 Windows XP 中删除微软拼音输入法，并添加中文（简体）–内码输入法。通过本节上机练习，读者应熟练掌握输入法的添加与删除方法。

操作步骤如下：

（1）在语言栏的输入法图标上单击鼠标右键，在弹出的快捷菜单中选择"设置"命令。

（2）在打开的"文字服务和输入语言"对话框的"已安装的服务"栏的列表框中选择"微软拼音输入法 2003"选项，单击 删除(R) 按钮，如图 3-40 所示。

（3）在"文字服务和输入语言"对话框中单击 添加(D)… 按钮。

（4）打开"添加输入语言"对话框，选中 ☑键盘布局/输入法(K) 复选框，在下方的下拉列表框中选择"中文（简体）–内码"选项，单击 确定 按钮，如图 3-41 所示。

（5）返回"文字服务和输入语言"对话框，单击 确定 按钮添加中文（简体）–内码输入法。

（6）完成添加后的输入法列表如图 3-42 所示。

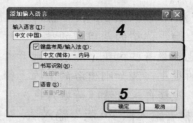

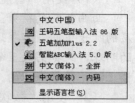

图 3-40 "文字服务和输入语言"对话框   图 3-41 选择输入法   图 3-42 添加的输入法

3.6.2 输入"通知"

综合利用本章所学的 3 种输入法，在记事本程序中输入一则放假通知，完成后的最终效果如图 3-43 所示（立体化教学:\源文件\第 3 章\通知.txt）。

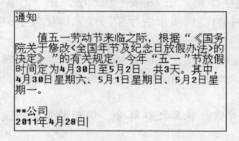

图 3-43 通知

本练习可结合立体化教学中的视频演示进行学习（立体化教学:\视频演示\第 3 章\通知.swf）。主要操作步骤如下：

（1）启动"记事本"程序，切换到王码五笔字型输入法。

（2）按词组输入法输入"通知"，如图 3-44 所示。

（3）切换到智能 ABC 输入法，输入如图 3-45 所示的文字部分。

（4）切换到微软拼音输入法，输入数字与文字的全拼得到落款日期，如图 3-46 所示。

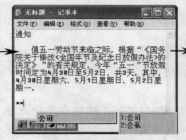

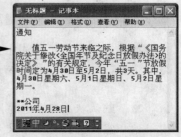

图 3-44 使用五笔输入法   图 3-45 使用智能 ABC 输入法   图 3-46 使用微软拼音输入法

3.7　练习与提高

（1）使用"智能 ABC 输入法 5.0 版"输入法，在"记事本"程序中输入以下文本：

曲曲折折的荷塘上面，弥望的是田田的叶子。叶子出水很高，像亭亭的舞女的裙。层层的叶子中间，零星地点缀着些白花，有袅娜地开着，有羞涩的打着朵儿的；正如一粒粒的明珠，又如碧天里的星星，又如刚出浴的美人。微风过处，送来缕缕清香，仿佛远处高楼上渺茫的歌声似的。（摘自朱自清《荷塘月色》）

（2）使用"微软拼音输入法 3.0 版"输入法，在"记事本"程序中输入以下文本：

月光如流水一般，静静地泻在这一片叶子和花上。薄薄的青雾浮起在荷塘里。叶子和花仿佛在牛乳中洗过一样；又像笼着轻纱的梦。虽然是满月，天上却有一层淡淡的云，所以不能朗照；但我以为这恰是到了好处——酣眠固不可少，小睡也别有风味的。月光是隔了树照过来的，高处丛生的灌木，落下参差的斑驳的黑影，却又像是画在荷叶上。（摘自朱自清《荷塘月色》）

（3）使用"王码五笔字型输入法 86 版"输入法，在"记事本"程序中输入以下文本：本练习可结合立体化教学中的视频演示进行学习（立体化教学\视频演示\第 3 章\使用五笔字型输入法输汉字.swf）。

方离柳坞，乍出花房。但行处，鸟惊庭树，将到时，影度回廊。

仙袂乍飘兮，闻麝兰之馥郁，荷衣欲动兮，听环佩之铿锵。靥笑春桃兮，云堆翠髻，唇绽樱颗兮，榴齿含香。

纤腰之楚楚兮，回风舞雪，珠翠之辉辉兮，满额鹅黄。出没花间兮，宜嗔宜喜，徘徊池上兮，若飞若扬。

蛾眉颦笑兮，将言而未语，莲步乍移兮，待止而欲行。美彼之良质兮，冰清玉润，美彼之华服兮，闪灼文章。

爱彼之貌容兮，香培玉琢，美彼之态度兮，凤翥龙翔。其素若何，春梅绽雪。其洁若何，秋菊被霜。

其静若何，松生空谷。其艳若何，霞映澄塘。其文若何，龙游曲沼。其神若何，月射寒江。应惭西子，实愧王嫱。

奇矣哉，生于孰地，来自何方，信矣乎，瑶池不二，紫府无双。果何人哉？如斯之美也！（摘自曹雪芹《红楼梦》）

经验技巧 **总结提高打字效率的方法**

本章主要介绍了使用中文输入法输入文字的操作，要想提高打字效率，除需经常练习指法外，还应学习和总结一些提高打字效率的方法，这里总结以下几点供大家参考和探索。

➥ 默认状态下，通过按"Ctrl+Shift"键可在各输入法之间依次进行切换，按"Ctrl+空格"键可在中文和英文输入法之间进行切换。

➥ 通过对输入法进行设置可实现输入法的快速切换，打开"文字服务和输入语言"对话框，在"默认输入语言"下拉列表框中选择常用输入法即可。

第 4 章　Word 2003 基本操作

学习目标

- ☑ 使用模板新建"报告"文档
- ☑ 输入并编辑"会议通知"文档
- ☑ 为"会议通知"文档设置格式

目标任务&项目案例

使用模板新建"报告"文档　　　　　　　　　　输入并编辑"会议通知"文档

会议通知

各部门管理人员：

　　为明确公司近期工作安排和远期战略发展规划，公司决定于明天下午 2 点在 1 号会议室召开公司发展规划会议。

**公司

2011 年 5 月 18 日

为"会议通知"文档设置格式

　　通过上述实例效果的展示可以发现：在 Word 文档中可以创建 Word 自带的格式和模板内容的文档，也可在新建的文档中输入并编辑文本，这些都是 Word 2003 的基本操作，是制作专业、美观的文档的前提。本章将介绍 Word 2003 的基本操作，包括 Word 2003 的启动与退出、认识 Word 2003、新建文档、编辑文本、设置文本与段落格式以及打印文档等。

4.1　认识 Word 2003

Word 2003 主要用于文字处理，具有直观、易学、易用等特点。使用它可制作出各种图文并茂的文档。本节将介绍 Word 2003 的工作界面和帮助的使用方法，但在使用之前应先掌握启动和退出该软件的方法。下面具体进行介绍。

4.1.1　启动 Word 2003

启动 Word 2003 的方法主要有以下几种。

- ➥　若为 Word 2003 创建了桌面快捷图标，可直接双击其快捷图标█。
- ➥　双击电脑中 Word 格式的文档。
- ➥　选择"开始/所有程序/Microsoft Office/Microsoft Office Word 2003"命令，如图 4-1 所示。

图 4-1　从"开始"菜单启动 Word 2003

4.1.2　认识 Word 2003 工作界面

启动 Word 2003 之后可看到 Word 2003 的工作界面，如图 4-2 所示。下面主要对其工具栏、任务窗格、文档编辑区及状态栏进行介绍。

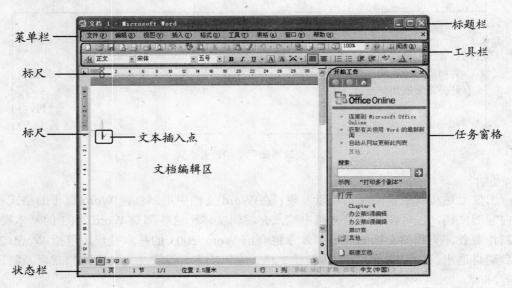

图 4-2　Word 2003 工作界面

1．工具栏

Word 2003 将一些常用的功能命令以按钮或列表框的形式集合在一起，形成工具栏。下面主要讲解常用工具栏和格式工具栏。

1）常用工具栏

常用工具栏中包括一些常规操作的按钮或列表框，通过它们可以快速对文档进行相应操作。其中各个部分的作用如图 4-3 所示。

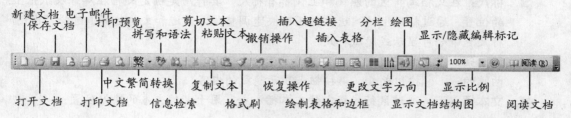

图 4-3 "常用"工具栏

2）格式工具栏

格式工具栏与常用工具栏的结构相似，主要用于对字符和段落格式进行设置，各部分的作用如图 4-4 所示。

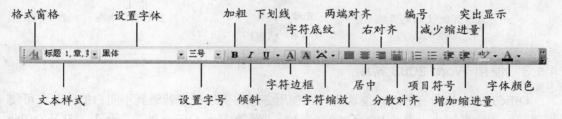

图 4-4 格式工具栏

2．任务窗格

Word 2003 的任务窗格将多种命令集合在一个窗口中，使用户能方便地执行相关任务。它位于工作界面右侧，其顶部的标题会随着任务类型的不同而发生变化，如图 4-5 所示。在任务窗格中可进行以下几种操作。

- ➥ 在任务窗格下方将显示最近打开的文档名，单击文档名可打开该文档。
- ➥ 单击任务窗格左上角的 ⊕⊕ 按钮，可跳转到最近几次浏览过的任务。
- ➥ 单击任务窗格右上角的 ▼ 按钮，在弹出的下拉列表框中可选择所需的任务类型。
- ➥ 单击任务窗格中的超链接或图标，可执行相应的命令。
- ➥ 单击任务窗格右上角的 × 按钮，可关闭任务窗格。

图 4-5 任务窗格

📢 提示：

3．文档编辑区

文档编辑区是 Word 2003 工作界面的重要组成部分，所有对文本的编辑操作都将在该区域中完成。该区域包含标尺、滚动条和文本插入点，下面分别进行介绍。

- ➥ **标尺**：在文档编辑区的左侧和上侧都有标尺，其作用是确定文档在屏幕及纸张上的位置，通过标尺上的缩进按钮还可快速调整段落缩进和文档边界。选择"视图/标尺"命令可显示或隐藏标尺。
- ➥ **滚动条**：当文档在编辑区内只显示了部分内容时，可以通过拖动滚动条或单击其两端的 ︿ 、 ﹀ 按钮或 ‹ 、 › 按钮来显示隐藏的内容。
- ➥ **文本插入点**：通过鼠标光标定位文本插入点，用于定位文本的输入位置。

4．状态栏

状态栏位于工作界面最下方，主要用于显示与当前工作相关的信息，如图 4-6 所示。

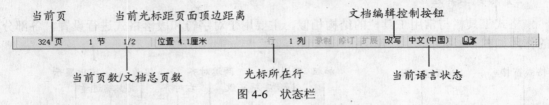

图 4-6　状态栏

4.1.3　使用 Word 2003 帮助

Office 2003 自带有帮助功能，用户在使用各组件的过程中若遇到不明白的问题，可使用该帮助功能来解决。启动 Word 2003 后选择"帮助/显示 Office 助手"命令，打开 Office 助手图标。在 Office 助手上单击鼠标右键，在弹出的快捷菜单中选择不同的命令可对其进行不同的设置，如图 4-7 所示。常用的菜单命令有以下几种：

- ➥ 选择"隐藏"命令可隐藏 Office 助手。
- ➥ 选择"选项"命令将打开"Office 助手"对话框的"选项"选项卡，从中可进行与 Office 助手相关的设置。
- ➥ 选择"选择助手"命令将打开"Office 助手"对话框的"助手之家"选项卡，从中可选择助手的形象。
- ➥ 选择"动画效果"命令，将显示 Office 助手的动画效果。

图 4-7　Office 助手和右键菜单

4.1.4　退出 Word 2003

使用完 Word 2003 后需要将软件关闭，这时就需要退出 Word 2003。常用的退出方法如下。

➥ 在 Word 2003 中选择"文件/退出"命令。

➥ 单击 Word 2003 窗口标题栏右侧的"关闭"按钮⊠。

➥ 按"Alt+F4"键。

➥ 在任务栏中的 █ Microsoft W. █ 按钮上单击鼠标右键，在弹出的快捷菜单中选择"关闭"命令。

4.1.5　应用举例——查找"样式"帮助信息

本例练习利用 Office 助手查找有关"样式"的帮助信息。

操作步骤如下：

（1）启动 Word 2003，默认情况下工作界面中将出现一个 Office 助手的卡通形象。如果没有出现，可选择"帮助/显示 Office 助手"命令。

（2）单击 Office 助手，在打开的"请问您要做什么？"对话框中输入要获取帮助的内容"样式"，单击 █搜索⑤█ 按钮，如图 4-8 所示。

（3）完成搜索后在 Word 2003 工作界面右侧将打开"搜索结果"任务窗格，并在其中显示出搜索到的相关主题，如图 4-9 所示。

（4）单击"创建新样式"超链接，在打开的窗口中将显示"创建新样式"的详细内容，如图 4-10 所示。

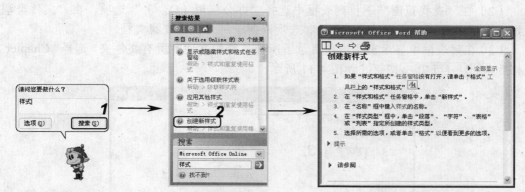

图 4-8　输入要获取帮助的内容　　图 4-9　搜索到的结果　　　　　　图 4-10　具体的帮助内容

4.2　文档的基本操作

Word 2003 以其工作界面美观、功能强大且易学易用等特点，已成为目前最流行的文字处理软件之一。要掌握 Word 2003 的使用，首先需要学会文档的基本操作，包括新建、打开、保存与退出文档等。下面具体进行介绍。

4.2.1　新建文档

文档是 Word 编辑的对象，所以，新建文档是进行其他操作的基础。Word 2003 在启动时会自动根据默认模板新建一个名为"文档 1"的空白文档。此外还可通过模板新建带有格式的文档，下面分别进行介绍。

1．新建空白文档

新建空白文档的常用方法有以下几种。

➥ 单击"常用"工具栏中的"新建"按钮 。

➥ 在 Word 2003 程序界面中按"Ctrl+N"键。

➥ 选择"文件/新建"命令，在界面右侧出现的任务窗格中单击"新建"栏中的"空白文档"超链接。

2．通过模板新建文档

选择"文件/新建"命令，在界面右侧出现的任务窗格中单击"模板"栏中的"本机上的模板"超链接，在打开的"模板"对话框中选择所需模板，单击 确定 按钮即可。

4.2.2 打开文档

要对文档进行修改或浏览，必须先将其打开。

【例 4-1】 打开电脑中的 Word 文档。

（1）选择"文件/打开"命令或单击常用工具栏中的"打开"按钮 ，打开"打开"对话框。

（2）在"查找范围"下拉列表框中选择"办公应用（D: ）"选项，在"文件类型"下拉列表框中选择"所有 Word 文档"选项，便于用户快速查找文档。

（3）在列表框中显示出了当前目录下所选类型的文件和所有文件夹，选择"Chapter 2"文档后单击 打开(O) 按钮，如图 4-11 所示。

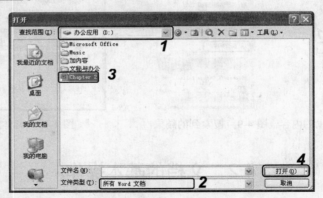

图 4-11 "打开"对话框

4.2.3 保存文档

要将编辑过的文档存储到自己的电脑中，就需要对文档进行保存。只有保存到电脑中的文档才能继续编辑，因此保存操作是文档编辑最基本也是最重要的操作之一。

保存文档的常用方法有以下几种。

➥ 选择"文件/保存"命令。

➡️ 单击"常用"工具栏中的"保存"按钮🔲。

➡️ 按"Ctrl+S"键。

执行保存操作后，将打开"另存为"对话框，在"保存位置"下拉列表框中为其指定保存路径后，在"文件名"下拉列表框中输入要保存的文件名称，单击 保存(S) 按钮即可将其保存，如图 4-12 所示。

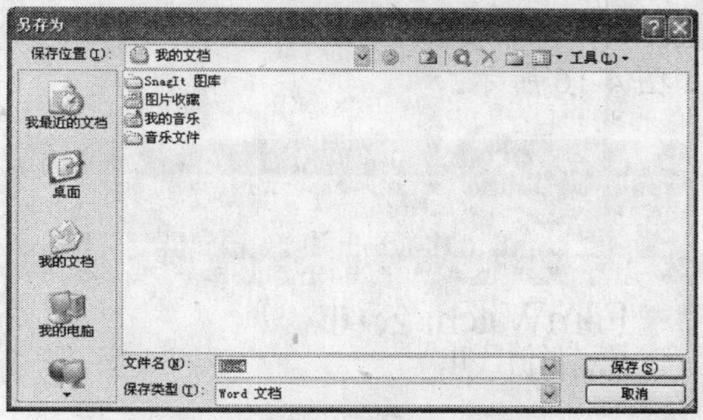

图 4-12　保存 Word 文档

🔔注意：

> 执行"保存"命令时，只有从未保存过的文档才会打开"另存为"对话框，若该文档已被保存过，则将直接保存文档；若要将打开的、修改过的文档保存为另外一个文档或保存到另外的位置，可选择"文件/另存为"命令，打开"另存为"对话框进行设置。

4.2.4　关闭文档

关闭文档的方法主要有以下几种：

➡️ 直接退出 Word 2003 可关闭所有打开的 Word 文档。

➡️ 选择"文件/关闭"命令来关闭当前打开的文档。

➡️ 单击菜单栏右侧的"关闭"按钮⊠来关闭当前打开的文档。

📢提示：

> 如果没有保存修改后的文档，关闭该文档时将会弹出提示对话框询问用户是否进行保存，如图 4-13 所示。单击 是(Y) 按钮后，将保存并关闭文档。

图 4-13　确定是否保存文档

4.2.5　应用举例——创建与保存"报告"文档

本例将根据 Word 2003 自带的"现代型报告"模板新建"报告"文档并保存文档（立体化教学:\源文件\第 4 章\报告.doc）。

操作步骤如下：

（1）选择"文件/新建"命令，在工作界面右侧出现"新建文档"任务窗格，在"模板"栏中单击"本机上的模板"超链接。

（2）在打开的"模板"对话框中单击"报告"选项卡，选择"现代型报告"选项，在"新建"栏中选中⊙文档(D)单选按钮，单击 确定 按钮，如图 4-14 所示。

（3）返回文档编辑区即可看到根据"专现代型报告"模板新建的文档，如图 4-15 所示。

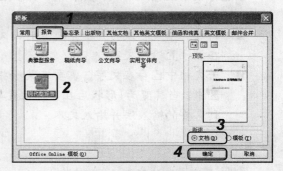

图 4-14　"模板"对话框

（4）单击"保存"按钮🔲，打开"另存为"对话框。在"文件名"文本框中输入"报告.doc"，在"保存位置"下拉列表框中选择"我的文档"选项并单击 保存(S) 按钮即可，如图 4-16 所示。

图 4-15　创建完成的文档效果

图 4-16　保存文档

4.3　编　辑　文　本

文本的编辑包括输入与选择文本、修改与删除文本、复制与移动文本、查找与替换文本、撤销与恢复文本等操作。本节将具体对这些操作进行介绍。

4.3.1　输入与选择文本

在 Word 文档中，输入和选择文本是最基本的编辑操作，下面分别进行介绍。

1．输入文本

除了普通的文字外，在 Word 中输入的文本内容还包括生僻汉字、特殊符号以及日期时间等，下面将分别介绍其输入方法。

1）输入普通文字

在进行文字的输入与编辑操作前，必须在需要输入文本的位置单击鼠标，定位文本插入点。输入普通文字分为两种情况。

- ➥ 新建一个文档或打开一个文档时，文本插入点位于整篇文档的最前面，可以直接在该位置输入文字。
- ➥ 若文档中已存在文字，需要在某一指定位置输入文字时，可将光标移至文档编辑区中，当其变为 I 形状后在目标位置单击即可将文本插入点定位在该处，然后切换到需要的输入法并输入文本。

📢 提示：

> 在默认情况下，Word 2003 的输入状态为"插入"状态。当改写按钮激活显示时，表示处于"改写"状态；当改写按钮灰色显示时，表示处于"插入"状态。双击该按钮或按"Insert"键可在"改写"和"插入"状态间进行切换。

74

2）输入特殊字符

除了使用输入法的软键盘输入特殊字符外，还可通过 Word 的插入功能输入特殊字符。

【例4-2】　输入"☺"符号。

（1）定位好文本插入点后，选择"插入/
符号"命令，打开"符号"对话框。

（2）在"字体"下拉列表框中选择字体，
这里选择"Wingdings"选项，在下面的列表
框中选择所需符号，这里选择"☺"选项，单
击 插入(I) 按钮，如图 4-17 所示，即可将该字
符输入到文档中光标插入点处。

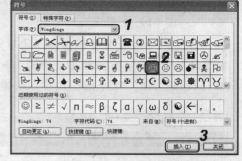

图 4-17　插入符号

3）输入日期和时间

在 Word 2003 中还可以直接插入系统的当前日期和时间，且可选择日期和时间的格式。

【例4-3】　插入当前日期并设置格式。

（1）将文本插入点定位到需要插入日期和时
间的位置，选择"插入/日期和时间"命令。

（2）打开"日期和时间"对话框，在"语言
（国家/地区）"下拉列表框中选择"中文（中国）"
选项，在"可用格式"列表框中列出了各种可用
的日期和时间的格式，如图 4-18 所示。

（3）选择一种格式并单击 确定 按钮，在文
档中插入指定格式的系统时间和日期。

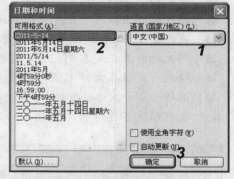

图 4-18　"日期和时间"对话框

📢**提示：**

按"Alt+Shift+D"键，可输入当前日期；按"Alt+Shift+T"键，可输入当前时间。

2. 选择文本

当要对输入的文本中某部分内容进行复制、删除、设置字体和格式等编辑操作时，需
要先选择该部分文本，确定编辑的对象。被选中后的文本呈反白显示，如图 4-19 所示。

选择文本的常用方法有以下几种。

> 将光标移到文档中，当其变成I形状时，在要选择文本的起始位置按住鼠标左键并
> 拖动至终止位置，起始位置和终止位置间的文本即被选择。

> 将文本插入点定位在需要选择文本的起始位置，按住"Shift"键并单击终止位置，
> 可选择起始位置和终止位置间的文本。

> 将文本插入点定位在需要选择文本的起始位置，按住"Shift"键并按键盘控制区
> 的光标键，可选择光标移动距离内的文本。

> 在文本中双击鼠标，可选择光标所在位置的单字或词组，如图 4-20 所示。

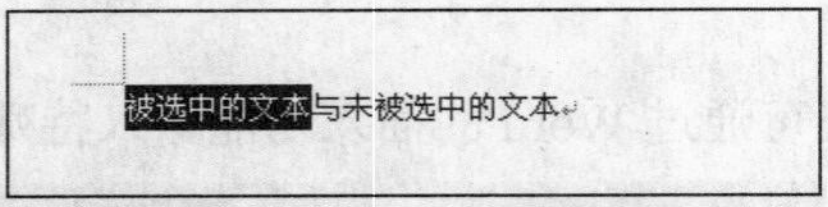

图 4-19　被选中的文本 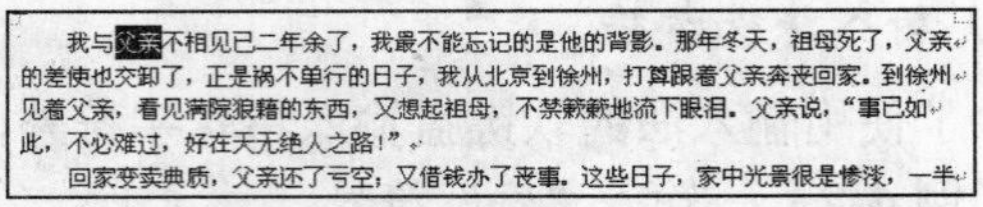　　　　　　　　图 4-20　选择单字或词组

⇨ 在文本中任意位置快速地单击鼠标 3 次，可选择光标所在位置的整个段落。

⇨ 按住 "Ctrl" 键并单击某句文本的任意位置可选择该句文本，如图 4-21 所示。

⇨ 按住 "Alt" 键并拖动鼠标可选择一块矩形文本，如图 4-22 所示。

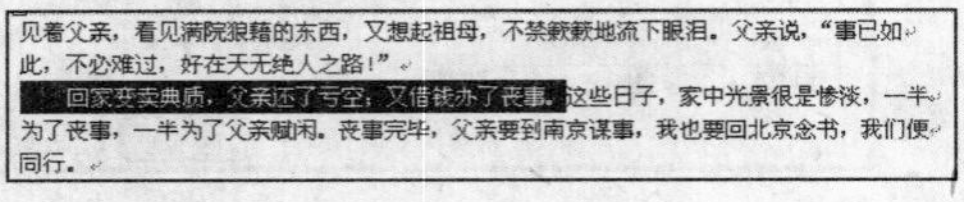

图 4-21　选择一句文本　　　　　　　　图 4-22　选择矩形文本

⇨ 将光标移至某行左侧，当其变为 形状时单击鼠标可选择该行，如图 4-23 所示。

⇨ 将光标移至段落的左侧，当其变为 形状时，双击鼠标可选择该段文本。

⇨ 将光标移至某行的左侧，当其变为 形状时，向上或向下拖动鼠标可选择多行文本。

⇨ 将光标移至正文左侧，当其变为 形状时，三击鼠标可选择整篇文档。

⇨ 将光标定位在文档中任意位置，按 "Ctrl+A" 键可选择整篇文档。

⇨ 选择一部分文本，按住 "Ctrl" 键可继续选择其他的文本，这些文本可以是连续的，也可以是不连续的，如图 4-24 所示。

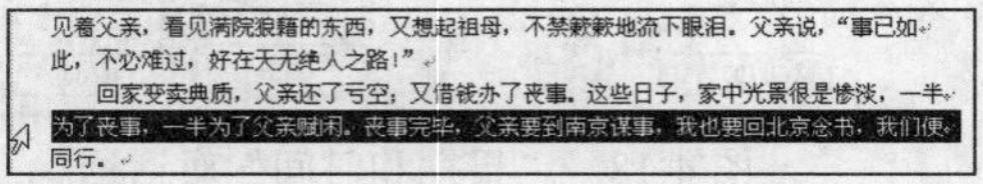

图 4-23　选择一行文本　　　　　　　　图 4-24　选择不连续文本

4.3.2　修改与删除文本

在文档中输入了错误文字或多余的内容时，需对文本进行适当的修改或删除。下面分别介绍修改与删除文本的方法。

1．修改文本

修改输入错误的文本，常用方法有以下几种。

⇨ 先删除错误的文本，再输入修改后的文本。

⇨ 在 "插入" 状态下，选择要修改的文本后，输入修改后的文本。

2．删除文本

删除多余或错误的文本，常用方法有以下几种。

⇨ 按 "Delete" 键可删除文本插入点右侧的文本。

⇨ 按 "Back Space" 键可删除文本插入点左侧的文本。

⇨ 选择文本后按 "Delete" 键或按 "Back Space" 键可删除选中的文本。

4.3.3　复制与移动文本

要输入与已经存在部分相同的内容文本，可使用复制已有文本的方法来快速得到相同文本，从而提高工作效率；若需要将某些文本从一个位置移动到另一个位置或从一个文档移动到另一个文档，则可使用移动操作。下面分别讲解复制与移动文本的方法。

1．复制文本

选择要复制的文本后，进行复制的方法有以下几种。

- 按"Ctrl+C"键复制，在目标位置按"Ctrl+V"键进行粘贴。
- 按住"Ctrl"键并拖动文本到需要的位置后释放鼠标。
- 选择"编辑/复制"命令或单击常用工具栏中的"复制"按钮 进行复制，将文本插入点定位到目标位置后选择"编辑/粘贴"命令，或单击常用工具栏中的"粘贴"按钮 进行粘贴。

2．移动文本

将选择的文本移动到指定位置，有以下几种方法。

- 按"Ctrl+X"键剪切选择的文本后，在目标位置按"Ctrl+V"键进行粘贴。
- 按住鼠标左键不放拖动文本到目标位置后释放鼠标。
- 选择"编辑/剪切"命令或单击常用工具栏中的"剪切"按钮 进行剪切，将文本插入点定位到目标位置后选择"编辑/粘贴"命令或单击常用工具栏中的"粘贴"按钮 进行粘贴。

3．选择性粘贴

在对文本进行复制与移动操作时，往往会将文本的格式一同进行复制与移动。如果要使移动或复制后的文本不再具有原来的格式，可采用选择性粘贴的方法。在复制或剪切文本后将文本插入点定位到目标位置后选择"编辑/选择性粘贴"命令，打开如图 4-25 所示的"选择性粘贴"对话框，在"形式"列表框中选择所需选项后单击 确定 按钮进行粘贴即可。

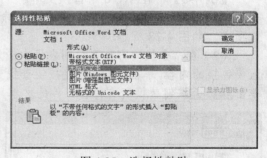

图 4-25　选择性粘贴

4.3.4　查找与替换文本

如果要在一篇较长的文档中查找特定的文本或要将多个相同的文本进行统一修改，可使用 Word 2003 的查找与替换功能。下面分别介绍其操作方法。

1．查找文本

在文档中可以通过 Word 自带的查找功能对需要查看的文本进行查找。

【例 4-4】　在 Word 中查找文本。

（1）打开文档，选择"编辑/查找"命令，打开"查找和替换"对话框，单击"查找"

选项卡，在"查找内容"下拉列表框中输入需查找的内容。

（2）单击 查找下一处(F) 按钮开始查找，当在文档中找到要查找的内容时，Word 将以高亮显示被查找到的文本，如图 4-26 所示。重复单击 查找下一处(F) 按钮，可逐一查找文档中相同的其他内容。

（3）单击"查找和替换"对话框中的 高级▼(M) 按钮，可展开对话框的高级设置部分，从中可对要查找文本的大小写和格式等进行更细致的设置，如图 4-27 所示。

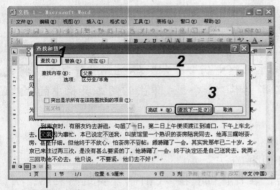

查找到的文本高亮显示

图 4-26 查找文本

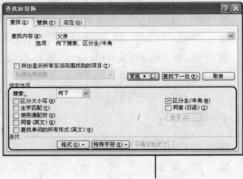

查找内容的高级选项

图 4-27 高级选项

2．替换文本

对文档中多次出现的相同错误文本，可以通过替换功能将其替换为正确或所需的文本。

【例 4-5】 在 Word 中替换文本。

（1）打开文档，选择"编辑/替换"命令，打开"查找和替换"对话框，单击"替换"选项卡，如图 4-28 所示。

（2）在"查找内容"下拉列表框中输入要查找的内容，在"替换为"下拉列表框中输入要替换的内容，单击 查找下一处(F) 按钮查找到符合条件的文本，单击 替换(R) 按钮进行替换，单击 全部替换(A) 按钮替换所有符合条件的文本，如图 4-29 所示。

图 4-28 "替换"选项卡

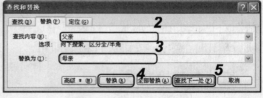

图 4-29 替换文本

4.3.5 撤销与恢复操作

如果在编辑文档的过程中进行了错误的操作，可以撤销操作使文档回到所需的状态。其操作方法有以下几种。

➥ 按"Ctrl+Z"键。

➥ 单击常用工具栏中的"撤销"按钮，可返回到上一步的操作。

- 单击按钮可以取消撤销操作，使文档恢复到撤销操作前的状态。
- 单击与按钮右侧的按钮，在弹出的下拉列表中选择某一步操作，可撤销或恢复操作到该步之前的状态，如图 4-30 所示。

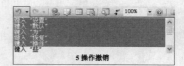

图 4-30　选择撤销操作

4.3.6　应用举例——输入并编辑“会议通知”文档

下面输入并编辑一则“通知”文档，其效果如图 4-31 所示（立体化教学:\源文件\第 4 章\通知.doc）。

会议通知
各部门管理人员：
为明确公司近期工作安排和远期战略发展规划，公司决定于明天下午 2 点在 1 号会议室召开公司发展规划会议。
**公司
2011 年 5 月 18 日

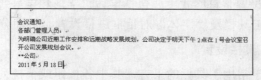

图 4-31　“会议通知”文档

操作步骤如下：

（1）在新建的空白文档中输入如图 4-32 所示的内容。

会议通知
各部门管理人员：
为明确单位近期工作安排和远期战略发展规划，单位决定于明天下午 2 点在 1 号会议室召开单位发展规划会议。
**单位

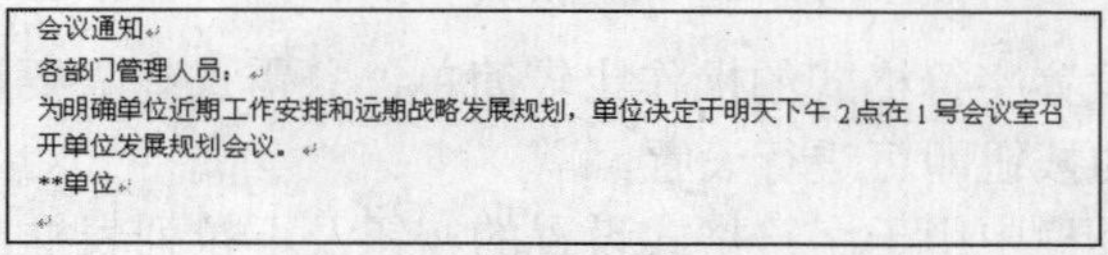

图 4-32　输入文本

（2）将文本插入点定位到最后一行，选择“插入/日期和时间”命令。

（3）打开“日期和时间”对话框，按如图 4-33 所示进行设置，单击确定按钮。

（4）选择“编辑/替换”命令打开“查找和替换”对话框，单击“替换”选项卡，在“查找内容”下拉列表框中输入“单位”，在“替换为”下拉列表框中输入“公司”，单击全部替换(A)按钮进行替换。

（5）在打开的对话框中显示了已替换的数量，单击确定按钮，如图 4-34 所示，返回“查找和替换”对话框后单击关闭按钮完成文档的编辑。

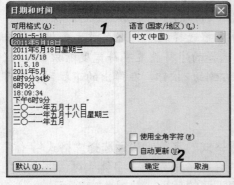

图 4-33　插入当前时间

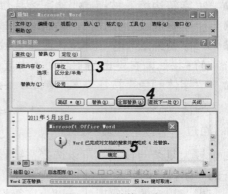

图 4-34　替换文本

4.4 文本与段落格式设置

在 Word 文档中输入的文本默认字体为"宋体"，字号为"五号"。为了突出文档内容，使文档清晰明了，更加美观，可对文本的字体、字形、字号、颜色和段落等进行设置，本节将分别进行介绍。

4.4.1 设置字符格式

在 Word 2003 中，设置字符格式主要包括字体、字形和字号等方面的设置。设置字符格式可以通过"格式"工具栏及"字体"对话框进行设置。下面分别进行介绍。

1. 通过"格式"工具栏设置

"格式"工具栏位于常用工具栏的下方，其中各按钮或下拉列表框都用于设置文本格式，如图 4-35 所示。

图 4-35 格式工具栏

通过格式工具栏设置字符格式的操作比较简单，只需选择需要设置格式的字符后，单击格式工具栏中相应的按钮即可进行设置。

下面介绍格式工具栏中用于字符格式设置的按钮及下拉列表框，各项的使用方法如下。

- ➧ "字体"下拉列表框 宋体 ：单击其右侧的 ▾ 按钮，在弹出的下拉列表中可选择字符的字体样式。
- ➧ "字号"下拉列表框 五号 ▾ ：单击其右侧的 ▾ 按钮，在弹出的下拉列表中可选择字符的字号大小。
- ➧ "加粗"按钮 **B** ：单击该按钮可将选择的字符设置为加粗字形。
- ➧ "倾斜"按钮 *I* ：单击该按钮可将选择的字符设置为倾斜字形。
- ➧ "下划线"按钮 U ：单击该按钮可为所选字符添加下划线，单击其右侧的 ▾ 按钮，在弹出的下拉列表中可以设置下划线的线型及颜色。
- ➧ "字符边框"按钮 A ：单击该按钮可为选择的字符添加边框。
- ➧ "字符底纹"按钮 A ：单击该按钮可为选择的字符添加底纹。
- ➧ "字符缩放"按钮 A ▾ ：单击该按钮可将选择的字符宽度放大一倍。单击其右侧的 ▾ 按钮，在弹出的下拉列表中可为选择的字符设置字符宽度缩放百分比。
- ➧ "字体颜色"按钮 A ▾ ：单击该按钮右侧的 ▾ 按钮，在弹出的下拉列表中可为选择的字符设置颜色。

2. 通过"字体"对话框设置

对于较为复杂的设置，可以选择需要设置格式的字符，然后选择"格式/字体"命令，在打开的"字体"对话框中进行详细设置，如图 4-36 所示为"字体"对话框中各项设置的作用。应用了相应的选项后就可以为字符设置不同的效果，如图 4-37 所示。

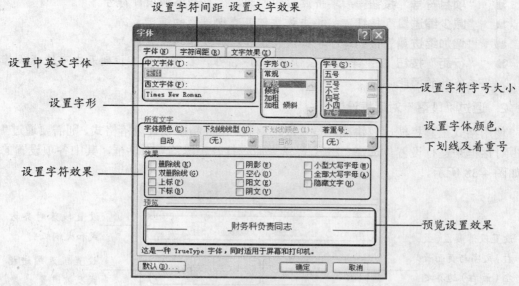

图 4-36 "字体"对话框

图 4-37 部分字符格式显示效果

4.4.2 设置段落格式

设置字符格式可以突出字符重点，而设置段落格式则可使整篇文档层次清晰、具有条理。在选择需设置的段落后，可通过格式工具栏、"段落"对话框或水平标尺进行设置。

1. 通过格式工具栏设置

Word 2003 的格式工具栏中不但可以设置字符格式，还可以设置段落格式。格式工具栏中用于设置段落格式的按钮含义如下。

- ➥ **"两端对齐"按钮**▤：单击该按钮可使段落文本除该段最后一行外，所有行的字符均匀分布在左右页边距之间。
- ➥ **"居中"按钮**▤：单击该按钮可使段落中的文本居中对齐。
- ➥ **"右对齐"按钮**▤：单击该按钮可使段落中的文本靠右对齐。
- ➥ **"分散对齐"按钮**▤：单击该按钮可使段落中的文本分散对齐。这种对齐方式可使段落中每行文本的两侧具有整齐的边缘。与两端对齐不同的是，其任意一行文字都均匀分布在左右页边距之间，而两端对齐的最后一行文字将靠左对齐。
- ➥ **"编号"按钮**▤：单击该按钮可为段落按顺序添加编号。

- ➥ "项目符号"按钮 ☰：单击该按钮可为段落自动添加项目符号。
- ➥ "减少缩进量"按钮 ☰：单击该按钮可减少段落的缩进量。
- ➥ "增加缩进量"按钮 ☰：单击该按钮可增加段落的缩进量。
- ➥ "行距"按钮 ☰▾：单击该按钮右侧的 ▾ 按钮，在弹出的下拉列表中可选择段落文本各行的间距。

2．通过"段落"对话框设置

使用格式工具栏能比较快捷地设置段落格式，但要精确设置段落格式，则需要通过"段落"对话框来进行设置。选择"格式/段落"命令打开"段落"对话框，其中各项设置的作用如图 4-38 所示。

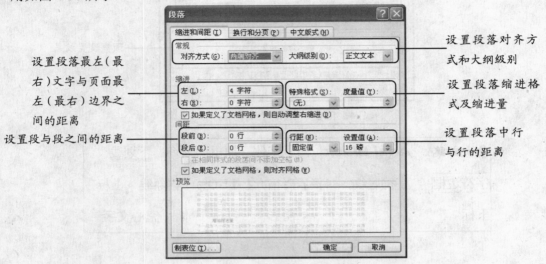

图 4-38　"段落"对话框

📢提示：

> 将光标定位于需要设置格式的段落中，单击鼠标右键，在弹出的快捷菜单中选择"段落"命令，可快速打开"段落"对话框。此外，通过快捷菜单也可快速打开"段落"对话框。

3．通过水平标尺设置

拖动水平标尺上的按钮可以方便准确地设置段落的缩进值。标尺中各按钮的含义如图 4-39 所示。

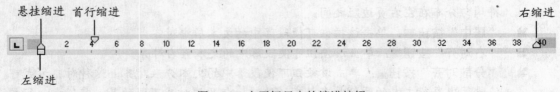

图 4-39　水平标尺中的缩进按钮

使用标尺设置段落缩进的方法是：选择需设置格式的段落或将文本插入点定位到段落中，然后用鼠标光标拖动水平标尺上的缩进按钮进行相应的段落缩进即可。

📢提示：

若要进行更为精细的设置，可在拖动缩进按钮时按住"Alt"键。

4.4.3　应用举例——为"会议通知"文档设置格式

本例将为"会议通知"文档设置文本和段落格式，其效果如图 4-40 所示（立体化教学:\ 源文件\第 4 章\会议通知.doc）。

会议通知

各部门管理人员：

　　为明确公司近期工作安排和远期战略发展规划，公司决定于明天下午 2 点在 1 号会议室召开公司发展规划会议。

　　　　　　　　　　　　　　　　　　　　　　　　　　　　**公司

　　　　　　　　　　　　　　　　　　　　　　　　　　2011 年 5 月 18 日

图 4-40　设置后的效果

操作步骤如下：

（1）打开"会议通知.doc"文档（立体化教学:\实例素材\第 4 章\会议通知.doc），选择标题文本，在"格式"工具栏中，将其字体设置为"华文新魏"，字号大小设置为"小二"并单击"居中"按钮▆，完成后的效果如图 4-41 所示。

（2）选择第二、三段文本，选择"格式/段落"命令，打开"段落"文本框，在"特殊格式"下拉列表框中选择"首行缩进"选项，在"度量值"数值框中输入"2 字符"，单击▭确定▭按钮完成设置，如图 4-42 所示。

（3）选择最后两段文本，在"格式"工具栏中单击"右对齐"按钮▆，最终效果如图 4-40 所示。

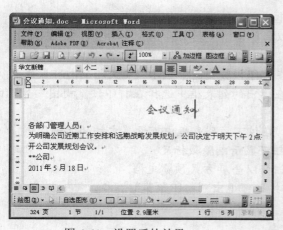

图 4-41　设置后的效果

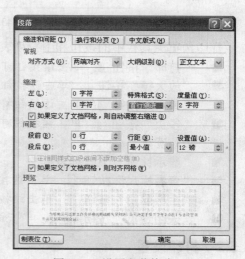

图 4-42　设置段落格式

4.5 打 印 文 档

制作好的文档经常需要被打印出来，但在打印之前，用户可通过 Word 的打印预览功能，查看文档被打印在纸张上的效果。如果对效果不满意，可重新对文档进行设置。当调整好打印效果后，可通过不同的打印设置，打印出满足不同用户、不同场合的各式文档。下面分别进行介绍。

4.5.1 打印预览

打印预览功能可使用户在屏幕上预览文档实际打印出来的效果，以确保打印效果与实际需要相一致。选择"文件/打印预览"命令或单击常用工具栏中的"打印预览"按钮，可切换到"打印预览"窗口，该窗口带有一个"打印预览"工具栏，用以调整预览方式，如图 4-43 所示。

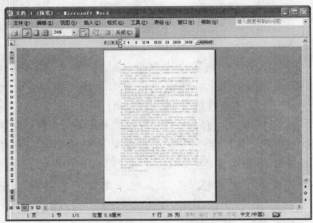

图 4-43 打印预览窗口

打印预览工具栏中的按钮和下拉列表框中的功能选项的作用如下。

- "打印"按钮：单击该按钮可以打印当前文档。
- "放大镜"按钮：单击该按钮可放大或缩小文档的显示效果。
- "单页"按钮：单击该按钮将在打印预览视图中显示一页文档的打印效果。
- "多页"按钮：单击该按钮可在弹出的列表框中选择在打印预览视图中显示的文档页数。
- "显示比例"下拉列表框：在该下拉列表框中可设置文档的显示比例。
- "查看标尺"按钮：单击该按钮可显示或隐藏标尺。
- "全屏显示"按钮：单击该按钮将以全屏方式预览文档。
- "关闭预览"按钮：单击该按钮可退出"打印预览"窗口。

4.5.2 打印设置

在进行打印预览后，若没有发现错误，即可开始正式打印文档。选择"文件/打印"命令，打开"打印"对话框，如图 4-44 所示，在该对话框中可进行打印设置，具体设置如下。

- **打印机设置**：在"打印机"栏的"名称"下拉列表框中选择需要使用的打印机。单击"名称"下拉列表框右侧的 属性(P) 按钮，将打开该打印机的"属性"对话框，在其中可进行打印机属性的设置。
- **页面范围设置**：在"页面范围"栏中可设置打印的页面范围。
- **打印页数设置**：在"副本"栏中的"份数"数值框中设置要打印的份数；选中 ☑逐份打印(T) 复选框将逐份打印文档，即在打印多份文档时，将先打印完一份文档，再打印下一份文档，否则将逐页打印出需要的份数。
- **部分页面设置**：选择"文档"选项后，下面的"打印"下拉列表框将被激活，在其中可以选择是打印所有页面还是只打印奇数页或偶数页。

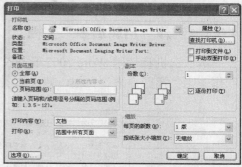

图 4-44 "打印"对话框

- **版数与缩放设置**：在"缩放"栏中的"每页的版数"下拉列表框中可选择每张纸上要打印的文档页数，在"按纸张大小缩放"下拉列表框中可选择以哪种纸张类型进行缩放打印。
- **其他打印选项设置**：单击"打印"对话框左下角的 选项(O)... 按钮，将打开设置打印选项的对话框，在其中可设置逆页序打印和后台打印等其他打印选项。

4.5.3 应用举例——预览并打印"会议通知"文档

本例将对上一例设置的"会议通知"文档进行预览并打印操作。

操作步骤如下：

（1）选择"文件/打印预览"命令，切换到打印预览视图中进行查看，如图 4-45 所示。

（2）查看无误后选择"文件/打印"命令，打开"打印"对话框。

（3）在"打印机"栏的"名称"下拉列表框中选择需要使用的打印机，在"副本"栏的"份数"数值框中输入要打印的份数，这里输入"5"，其他选项保持默认不变，单击 确定 按钮进行打印，如图 4-46 所示。

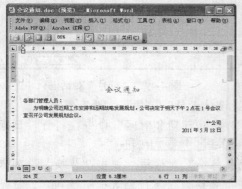

图 4-45 进行打印预览

图 4-46 设置并打印

4.6　上机及项目实训

4.6.1　制作"招聘启事"文档

本次上机将使用 Word 2003 新建文档并进行输入文本、日期、符号和替换文本等操作，制作一则"招聘启事"文档，效果如图 4-47 所示。

图 4-47　招聘启事

操作步骤如下：

（1）选择"开始/所有程序/Microsoft Office/Microsoft Word 2003"命令，启动 Word 2003 并自动新建"文档1"文档，在其中输入如图 4-48 所示的内容。

（2）将文本插入点定位到"平面设计专员"之前，选择"插入/符号"命令。

（3）打开"符号"对话框，在"字体"下拉列表框中选择"Wingdings"选项。在下方的列表框中选择"◆"选项，单击 插入① 按钮将其插入，如图 4-49 所示。

图 4-48　输入文本

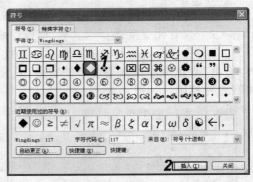

图 4-49　"符号"对话框

（4）用同样的方法在"排版专员"和"文案设计专员"前插入"◆"符号。

（5）将文本插入点定位到最后一行，选择"插入/日期和时间"命令，打开"日期和时间"对话框，按照如图 4-50 所示进行设置后，单击 确定 按钮。

（6）选择"编辑/替换"命令，打开"查找和替换"对话框，单击"替换"选项卡，在"查找内容"下拉列表框中输入"专员"，在"替换为"下拉列表框中输入"人员"，单击 全部替换⒜ 按钮进行替换。

（7）在打开的对话框中显示了已替换的数量，单击 确定 按钮，如图 4-51 所示，返回 "查找和替换" 对话框后单击 关闭 按钮完成文档的制作。

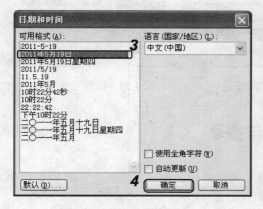

图 4-50　插入当前时间

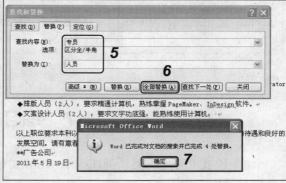

图 4-51　替换文本

4.6.2　设置 "招聘启事" 文档

综合利用本章和前面所学知识，继续在前面制作的 "招聘文档" 中，通过设置字体格式和段落格式的方法对其进行编辑，效果如图 4-52 所示（立体化教学:\源文件\第 4 章\招聘启事.doc）。

图 4-52　 "招聘启事" 文档效果

本练习可结合立体化教学中的视频演示进行练习（立体化教学:\视频演示\第 4 章\招聘启事.swf）。主要操作步骤如下：

（1）继续在前面制作的 "招聘启事" 文档中设置标题样式为 "黑体、三号、居中"，效果如图 4-53 所示。

（2）设置第二、六段文本的段落格式为度量值为 "2 字符"，效果如图 4-54 所示。

（3）设置第三至第六段文本的段落格式为左缩进 "2 字符"，效果如图 4-55 所示。

（4）设置最后两段文本的段落格式为右对齐。

图 4-53　设置标题　　　　图 4-54　设置首行缩进　　　　图 4-55　设置左缩进

4.7　练习与提高

（1）通过"开始"菜单创建一个 Word 文档并将其重命名为"新模板"，然后保存至 C 盘根目录中，如图 4-56 所示。

（2）根据"典雅型报告"模板新建文档，效果如图 4-57 所示。本练习可结合立体化教学中的视频演示进行练习（立体化教学:\视频演示\第 4 章\创建文档.swf）。

（3）通过 Office 助手了解如何对输入的文本进行分栏排列。

图 4-56　新建文档

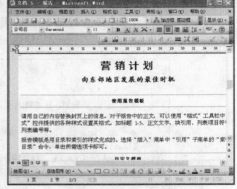

图 4-57　典雅型报告

 Word 2003 的基本操作的一些小技巧

　　本章主要介绍了 Word 2003 的基本操作，通过它们可以制作简单、规范的文档，若要更加方便、快捷地制作文档，课后还应学习一些相关小技巧，这里总结以下几点供大家参考和探索。

➥　除了可以新建空白文档及通过本机中的模板新建文档外，还可以通过"新建文档"任务窗格中的"根据现有文档"和"Office Online 模板"选项创建新的文档。

➥　一些特殊字符，如版权标识©、注册符号®和商标符号™等，可以通过"符号"对话框的"特殊字符"选项卡进行插入。

➥　Word 2003 还提供了图片工具栏和绘图工具栏等，可在工具栏空白处单击鼠标右键，在弹出的快捷菜单中选择所需命令。

第 5 章　Word 2003 高级应用

学习目标

- ☑ 为"招聘启事"文档中的文本设置项目符号及边框底纹
- ☑ 在空白文档中插入并编辑销售情况表
- ☑ 在"公司简介"文档中插入并设置艺术字和剪贴画
- ☑ 在"会议宣传"文档中插入图片、艺术字和文本框并设置页面格式

目标任务&项目案例

招聘启事

本公司因发展需要，现诚聘以下人员：

- ◆ 平面设计人员（3 人）：要求精通计算机，熟练掌握 Photoshop、CorelDRAW、Illustrator 等设计软件。
- ◆ 排版人员（2 人）：要求精通计算机，熟练掌握 PageMaker、InDesign 软件。
- ◆ 文案设计人员（2 人）：要求文字功底强，能熟练使用计算机。

以上职位要求本科以上文化程度，有相关工作经验者优先。公司提供优厚的待遇和良好的发展空间。请有意者将个人简历发至 ****@126.com。

**广告公司
2011 年 5 月 19 日

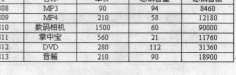

六月销售情况表				
编号	名称	单价	总销售量	总销售额
XC808	MP3	90	94	8460
XC809	MP4	210	58	12180
XC810	数码相机	1500	60	90000
XC811	掌中宝	560	21	11760
XC812	DVD	280	112	31360
XC813	音箱	210	90	18900

设置"招聘启事"文档　　　　　　制作销售情况表

设置"公司简介"文档

编辑"会议宣传"文档

　　通过上述实例效果展示可以发现，在 Word 文档中插入各种对象，不仅可以丰富文档内容，还可以美化文档。本章将具体讲解项目符号与编号、样式、边框底纹、页面格式、页眉与页脚、页码、目录的设置和插入并编辑表格、文本框、图形、图片和剪贴画及艺术字等操作的方法。

5.1　文字排版及页面设置

对文字进行排版及页面设置可以使文档更加专业、美观、易于查阅，下面分别对其进行介绍。

5.1.1　设置项目符号与编号

通过"项目符号"按钮▤和"编号"按钮▤可以快速添加项目符号和编号，而对于比较复杂的项目符号与编号，则需要通过"项目符号和编号"对话框来完成。

【例 5-1】　为公司保密条例添加编号。

（1）打开"公司保密条例.doc"文档（立体化教学:\实例素材\第 5 章\公司保密条例.doc），选择除标题外的段落，选择"格式/项目符号与编号"命令。

（2）打开"项目符号和编号"对话框，选择"编号"选项卡，选择如图 5-1 所示的编号样式，单击 自定义(I)... 按钮，打开"自定义编号列表"对话框。

（3）在"编号样式"下拉列表框中选择"一、二、三……"选项，在"编号格式"文本框中出现带底纹的"一"，在"一"前后分别输入"第"和"条"。

（4）在"文字位置"栏中的两个数值框中分别输入"1.5 厘米"，单击 确定 按钮。

（5）返回"项目符号和编号"对话框，单击 确定 按钮完成编号的设置，完成后的效果如图 5-2 所示（立体化教学:\源文件\第 5 章\公司保密条例.doc）。

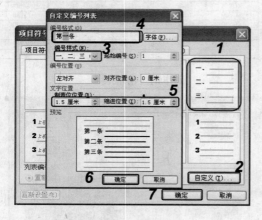

图 5-1　设置编号样式

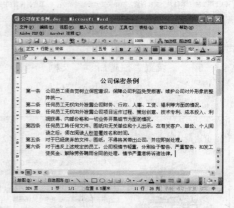

图 5-2　设置编号后的效果

5.1.2　样式的应用

在 Word 2003 中，要对不同的字符或段落应用相同的格式，可通过样式来进行快速设置。Word 2003 中的样式有内置样式和自定义样式两种。

内置样式是 Word 自身提供的样式，单击"格式"工具栏中"样式"下拉列表框 正文 右侧的 按钮，在弹出的下拉列表中可选择并使用 Word 内置的样

图 5-3　内置样式

式，如图 5-3 所示；而自定义样式是用户根据需要自行设置并创建的样式，其使用方法与内置样式类似。下面具体介绍样式的应用与新样式的创建方法。

1．应用样式

Word 2003 中的内置样式与用户自定义样式的使用方法相同。

【例 5-2】　为文本应用样式。

（1）将光标定位于需要应用样式的段落或字符中。

（2）在"格式"工具栏的"样式"下拉列表框（如图 5-4 所示）或"样式和格式"任务窗格（如图 5-5 所示）中选择相应的样式选项即可。

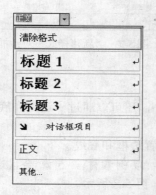

图 5-4　"样式"下拉列表框

图 5-5　"样式和格式"任务窗格

2．创建新样式

若 Word 2003 中的内置样式不能满足工作需要，还可对样式进行新建。

【例 5-3】　通过"样式和格式"任务窗格创建新样式。

（1）选择"视图/任务窗格"命令，打开"样式和格式"任务窗格，如图 5-6 所示。

（2）在"样式和格式"任务窗格中单击 新样式... 按钮，打开"新建样式"对话框，如图 5-7 所示。

（3）在"新建样式"对话框的"名称"文本框中输入新样式的名称，在"样式类型"下拉列表框中选择"段落"选项，定义创建的样式为段落样式，在"样式基于"下拉列表框中选择"标题 1"选项，在"后续段落样式"下拉列表框中选择应用该样式段落的后续段落样式，设置完成后单击 确定 按钮，如图 5-7 所示。

（4）返回"样式和格式"任务窗格，新创建的样式将显示在"请选择要应用的格式"列表框中。

🔊提示：

在"新建样式"对话框中单击 格式(Ø)▾ 按钮，在弹出的菜单中选择要设置格式的内容，在打开的相应对话框中可设置样式的具体格式。

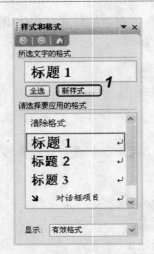

图 5-6 "样式和格式"任务窗格

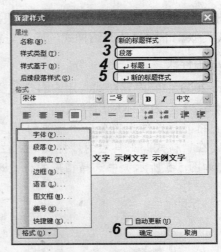

图 5-7 "新建样式"对话框

5.1.3 设置边框和底纹

在 Word 中除了可以为字符与段落设置格式外，还可以通过"边框和底纹"对话框设置边框和底纹的样式。

【例 5-4】 为"会议通知"文档中的文字设置边框和底纹。

（1）打开"会议通知.doc"文档（立体化教学:\实例素材\第 5 章\会议通知.doc），选择标题文本，再选择"格式/边框和底纹"命令，如图 5-8 所示。

（2）打开"边框和底纹"对话框，在"设置"栏中选择"方框"选项，在"线型"列表框中选择边框线型，这里选择"------"选项，保持其他设置默认不变，单击 确定 按钮，如图 5-9 所示。

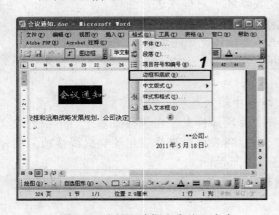

图 5-8 选择"边框和底纹"命令

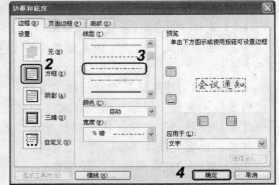

图 5-9 "边框和底纹"对话框

（3）选择第二行中的文本，然后选择"格式/边框和底纹"命令，打开"边框和底纹"对话框，单击"底纹"选项卡。

（4）在"填充"栏中选择一种填充颜色，这里选择"浅黄"选项，保持其他设置默认不变，单击 确定 按钮，如图 5-10 所示。

（5）返回到文档中，查看设置边框和底纹后的效果，如图 5-11 所示（立体化教学:\源文件\第 5 章\会议通知.doc）。

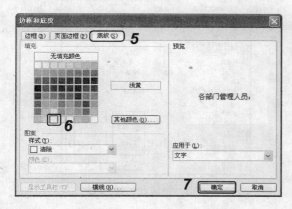

图 5-10　"底纹"选项卡

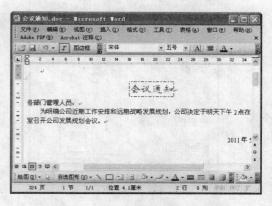

图 5-11　设置边框和底纹后的效果

5.1.4　页面设置

对于不同类型的文档，需要的纸张大小也不相同，要想获得符合自己使用的文档，可在编辑文档时，对其页面纸型、页边距和方向以及页码、页眉和页脚等进行设置。下面具体讲解页面设置的各种操作。

1. 设置页面格式

完成文档的编辑后，通常还需要对文档的纸张纸型、页面方向和页边距等内容进行设置，使整个文档的布局更加合理和美观。这些设置可以应用于文档中的所有页，也可仅用于部分页。

【例 5-5】　为文档设置页面格式。

（1）打开需要设置页面格式的文档，选择"文件/页面设置"命令打开"页面设置"对话框。

（2）单击"页边距"选项卡，在"页边距"栏的"上"、"下"、"左"、"右" 4 个数值框中分别设置文本边界距纸张上、下、左、右边缘的距离。在"方向"栏中选择页面的方向为纵向，如图 5-12 所示。

（3）单击"纸张"选项卡，在"纸张大小"栏中的下拉列表框中选择要使用的纸型，如图 5-13 所示。在"宽度"和"高度"数值框中自定义要使用的纸张大小。

图 5-12　"页边距"选项卡

（4）单击"版式"选项卡，在"页眉和页脚"栏中选中 ☑ 奇偶页不同(D) 和 ☑ 首页不同(P) 复选框，在"页眉"与"页脚"数值框中设置页眉与页脚距页边的距离，设置完成后单击 确定 按钮应用设置，如图 5-14 所示。

图 5-13　"纸张"选项卡　　　　　　　图 5-14　"版式"选项卡

2．设置页眉与页脚

通过 Word 2003 的"页眉和页脚"功能，可以在文档每页的顶部或底部添加相同的内容，如标志、标题及页码等。在页面顶端或底部双击或者选择"视图/页眉和页脚"命令即可进入页眉和页脚视图，此时文档主编辑区的文字将显示为灰色的不可编辑状态，而在页眉和页脚处可以通过在窗口中打开的"页眉和页脚"工具栏（如图 5-15 所示）来进行各种对象的插入。

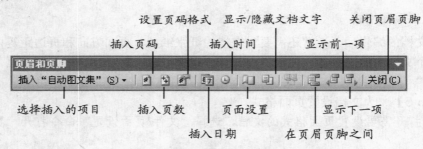

图 5-15　"页眉和页脚"工具栏

📢提示：

> 在页眉和页脚视图中编辑完毕后，单击"页眉和页脚"工具栏中的 关闭© 按钮或双击呈灰色状态的主文档编辑区可退出页眉和页脚视图，同时，在页眉和页脚区中插入的内容将自动出现在文档的每一页。

3．设置页码

对于篇幅较长的多页文稿，可为其插入并设置页码，以方便用户清楚当前阅读内容的位置。设置方法为：在文档中选择"插入/页码"命令，打开如图 5-16 所示的"页码"对话框，在其中进行相应设置即可。该对话框中各选项的作用如下。

➜　**"位置"下拉列表框**：在该下拉列表框中可设置页码在页面中的位置，如页面顶端（页眉）、页面低端（页脚）和页面纵向中心等。

➜　**"对齐方式"下拉列表框**：在该下拉列表框中可选择对齐方式，如左侧、居中和右侧等。

➥ 格式(F)...按钮：单击该按钮，将打开如图 5-17 所示的"页码格式"对话框，在"数字格式"下拉列表框中选择页码的数字格式，在"页码编排"栏中可设置页码编排信息。

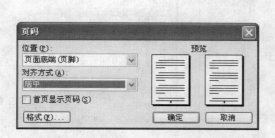

图 5-16　"页码"对话框

图 5-17　"页码格式"对话框

5.1.5　提取目录

对于应用了标题样式的文档，可对其提取目录，以便于对文档中的各个部分进行查看。

【例 5-6】　为"目录"文档提取目录。

（1）打开"目录.doc"文档（立体化教学:\实例素材\第 5 章\目录.doc），将文本插入点定位于第二页的"目录"行下，然后选择"插入/引用/索引和目录"命令，如图 5-18 所示。

（2）打开"索引和目录"对话框，单击"目录"选项卡，按照如图 5-19 所示的参数进行设置，完成后单击 确定 按钮。

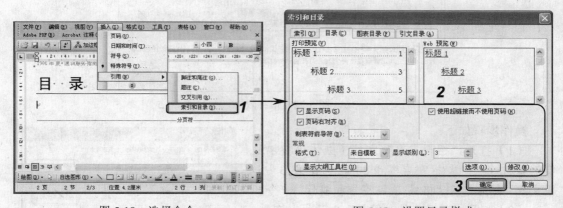

图 5-18　选择命令　　　　　　　　　　图 5-19　设置目录样式

（3）返回文档编辑区查看插入目录后的效果，如图 5-20 所示（立体化教学:\源文件\第 5 章\目录.doc）。

🔊提示：

在"索引和目录"对话框中单击 [修改(M)...] 按钮，在打开的"样式"对话框（如图 5-21 所示）中选择目录中的标题级别，单击该对话框中的 [修改(M)...] 按钮，在打开的对话框中可对该级别的目录进行各种设置。

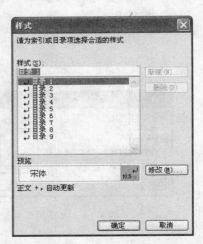

图 5-20　插入的目录　　　　　　　　　图 5-21　设置目录级别的样式

5.1.6　应用举例——设置"招聘启事"文档

本例将为"招聘启事"文档中的文字设置项目编号，并对其设置边框和底纹，效果如图 5-22 所示。

图 5-22　最终效果

操作步骤如下：

（1）打开"招聘启事"文档（立体化教学:\实例素材\第 5 章\招聘启事.doc），选择第 3～5段文本，然后选择"格式/项目符号和编号"命令。

（2）打开"项目符号和编号"对话框，在默认打开的"项目符号"选项卡中选择如图 5-23 所示的样式，单击 [确定] 按钮。

（3）保持这 3 段文本的选择状态，然后选择"格式/边框和底纹"命令。

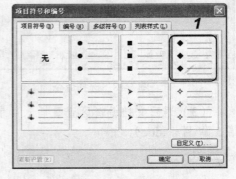

图 5-23　设置项目符号

（4）打开"边框和底纹"对话框，在"设置"栏中选择"自定义"选项，在"线型"列表框中选择"～～～～"选项，在"颜色"下拉列表框中选择"紫罗兰"选项。

（5）继续在该选项卡中的"应用于"下拉列表框中选择"段落"选项，在"预览"栏中单击▤和▤按钮，为段落添加上下边线，单击 确定 按钮，如图 5-24 所示。

（6）单击"底纹"选项卡，在"填充"栏中选择"灰色-15%"选项，在"应用于"下拉列表框中选择"段落"选项，保持其他设置默认不变，单击 确定 按钮，如图 5-25 所示。

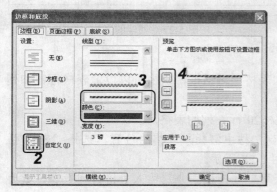

图 5-24　设置边框

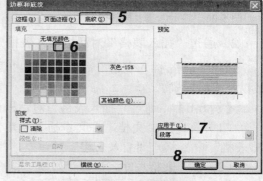

图 5-25　设置底纹

（7）返回文档中查看设置后的效果，如图 5-22 所示（立体化教学:\源文件\第 5 章\招聘启事.doc）。

✍技巧：

通过"边框和底纹"对话框中的"页面边框"选项卡，可对文档的页面进行边框设置，其方法与文本或段落边框的设置方法类似。

5.2　插入与设置表格

利用 Word 2003 强大的表格处理功能，可以方便地在文档中插入表格并且可在其中填入数字、文本或图形，还可对表格的格式和样式进行设置，以增加文档的美观性和实用性。

5.2.1　插入表格

在 Word 2003 中插入表格的方法有很多种，包括使用"插入表格"按钮▦、"插入表格"对话框和手工绘制等。下面分别进行介绍。

1．使用▦按钮插入表格

使用"插入表格"按钮▦可以在 Word 文档中快速插入表格。

【例 5-7】　通过"插入表格"按钮▦插入 3 行 4 列的表格。

（1）新建空白文档，将文本插入点定位到文档中需插入表格的位置，单击常用工具栏中的"插入表格"按钮▦。

（2）在弹出的下拉列表框中移动光标至需要的位置，以确定创建表格的行数和列数。

这里创建3行4列的表格，则移动光标至列表中的3行4列处（如图5-26所示）并单击，在文档中插入相应行数和列数的表格，如图5-27所示。

图 5-26　确定创建表格的行、列数

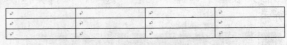

图 5-27　创建的表格

2．通过"插入表格"对话框插入表格

选择"表格/插入表格"命令，打开"插入表格"对话框，从中可以设置表格行数和列数以及表格样式。

【例5-8】　通过"插入表格"对话框插入20行6列的表格。

（1）新建空白文档，将文本插入点定位到文档中需插入表格的位置，选择"表格/插入/表格"命令打开"插入表格"对话框，如图5-28所示。

（2）在"表格尺寸"栏的"列数"和"行数"数值框中分别输入表格的列数和行数为"6"和"20"，单击 `自动套用格式(A)...` 按钮。

（3）打开"表格自动套用格式"对话框，从中可选择 Word 2003 自带的几种表格样式，这里选择"简明型3"选项，单击 `确定` 按钮，如图5-29所示。

（4）返回"插入表格"对话框，单击 `确定` 按钮完成表格的设置并插入表格。

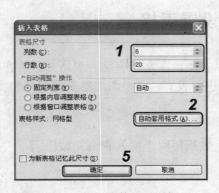

图 5-28　"插入表格"对话框

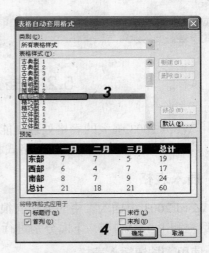

图 5-29　选择表格样式

3．手工绘制表格

对于一些复杂的表格，使用前面介绍的方法往往不能满足用户的需要，因此，用户可手动绘制或者在已有表格中手动绘制一些表格，这样就可完成一些复杂、不规则表格的制作。

【例 5-9】 在文档中手动绘制表格。

（1）选择"表格/绘制表格"命令或单击常用工具栏中的"表格和边框"按钮，打开"表格和边框"工具栏。此时，其中的"绘制表格"按钮呈按下状态，光标变为形状，如图 5-30 所示。

图 5-30 "表格和边框"工具栏

（2）在文档中按住鼠标左键并拖动，可以看到一个表格的虚框随鼠标指针的移动而变化，如图 5-31 所示，到达合适大小后释放鼠标，生成表格的边框。

（3）像使用画笔一样，按住鼠标左键并拖动，在表格中任意绘制横线、竖线或斜线表头，完成后的效果如图 5-32 所示。

图 5-31 绘制表格边框

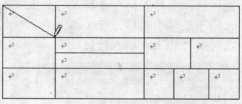

图 5-32 绘制表格

5.2.2 表格的基本操作

创建表格之后，需要对表格进行各种操作，如单元格的选择与合并，行、列及单元格的插入与删除等。下面进行介绍。

1．在表格中移动鼠标光标

要在表格中输入数据，需先将光标定位于单元格中。在需要输入数据的单元格中单击即可插入光标。为了在表格中快速定位光标，可使用快捷键，如表 5-1 所示。

表 5-1 在表格中移动插入点的快捷键

光 标 位 置	快 捷 键
将文本插入点移到下一个单元格	按"Tab"键
将文本插入点移到前一个单元格	按"Shift+Tab"键
将文本插入点移到前一行或后一行	按"↑"或"↓"键
将文本插入点移到同行的最右边一个单元格	按"Alt+End"键
将文本插入点移到同列的最上边一个单元格	按"Alt+Page Up"键
将文本插入点移到同列的最下边一个单元格	按"Alt+Page Down"键
在表格的末尾增加一行	在最后一个单元格中按"Tab"键
在表格的前面空出一行	在表格的第一个单元格中按"Enter"键

2．在表格中选择单元格

要对表格中的数据进行格式设置，需要先选择表格中相应的单元格，方法如表5-2所示。

表5-2　在表格中选择单元格的方法

选择单元格	操 作 方 法
选择一个单元格	将光标指向该单元格的左侧，变为 ◢ 形状后单击
选择一整行	将光标指向该行的左侧，变为 ⿰ 形状后单击
选择一整列	将光标指向该列的顶端，变为 ↓ 形状后单击
选择连续的几行或几列	在要选择的单元格、行或列上拖动鼠标
选择整个表格	单击表格左上角的 ⊞ 按钮

3．插入行和列

在编辑表格中的内容时，经常需要插入行或列，其操作方法分别介绍如下。

➥ **插入行**：选择表格中要插入行的上一行或下一行，选择"表格/插入"命令，在弹出的子菜单中选择"行（在上方）"或"行（在下方）"命令，如图5-33所示为在所选行的上方插入行的过程。

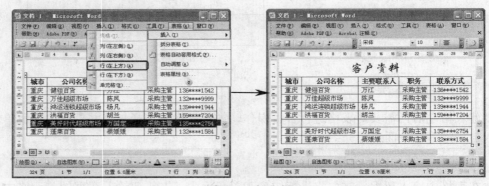

图5-33　插入行

➥ **插入列**：选择表格中要插入列的前一列或后一列，选择"表格/插入"命令，在弹出的子菜单中选择"列（在左侧）"或"列（在右侧）"命令即可。

4．插入单元格

若要在表格中添加新的内容，可先插入单元格。其方法为：将文本插入点定位到要插入单元格的位置，选择"表格/插入/单元格"命令，打开"插入单元格"对话框，选择一种插入方式后单击 确定 按钮，如图5-34所示。

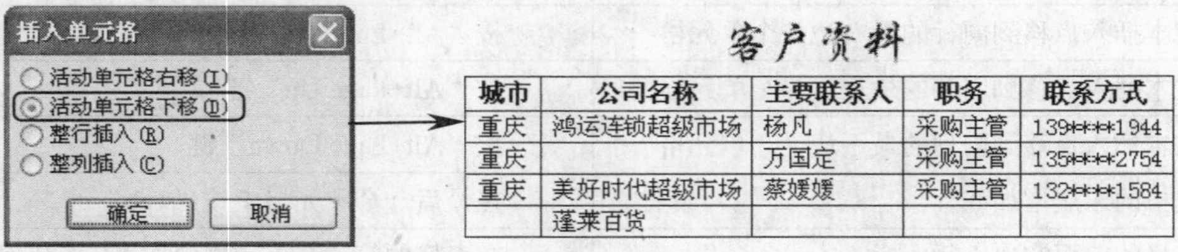

客户资料

城市	公司名称	主要联系人	职务	联系方式
重庆	鸿运连锁超级市场	杨凡	采购主管	139****1944
重庆		万国定	采购主管	135****2754
重庆	美好时代超级市场	蔡媛媛	采购主管	132****1584
	蓬莱百货			

图5-34　插入单元格

5．拆分与合并单元格

在进行表格编辑时，往往需要将一个单元格拆分为多个单元格或将一些单元格合并为一个单元格。其操作方法分别如下。

➥ **拆分单元格**：选择需拆分的单元格，然后选择"表格/拆分单元格"命令，打开"拆分单元格"对话框，分别在"列数"和"行数"数值框中输入要拆分的列数和行数，单击 确定 按钮，即可完成单元格的拆分。如图 5-35 所示为拆分单元格的过程。

➥ **合并单元格**：合并单元格的方法比较简单，只需选择要合并的单元格后，选择"表格/合并单元格"命令即可。

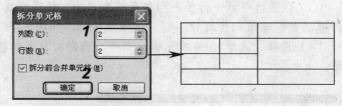

图 5-35　拆分单元格的过程

6．删除行、列或单元格

对于不需要的行、列或单元格可以将其删除。选择表格中要删除的行、列或单元格，选择"表格/删除"命令，在弹出的子菜单中选择"表格"、"行"或"列"命令便可将整个表格或选中的行、列删除；选择"单元格"命令，将打开如图 5-36 所示的"删除单元格"对话框，从中选中所需单选按钮后单击 确定 按钮，可删除相应的单元格。

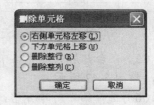

图 5-36　"删除单元格"对话框

5.2.3　应用举例——制作销售情况表

本例练习在 Word 中制作销售情况表，在制作表格的过程中练习输入数据、设置格式及合并与删除单元格等操作。完成后的效果如图 5-37 所示。

六月销售情况表				
编号	名称	单价	总销售量	总销售额
XC808	MP3	90	94	8460
XC809	MP4	210	58	12180
XC810	数码相机	1500	60	90000
XC811	掌中宝	560	21	11760
XC812	DVD	280	112	31360
XC813	音箱	210	90	18900

图 5-37　销售情况表

操作步骤如下：

（1）打开空白 Word 文档，选择"表格/插入/表格"命令，打开"插入表格"对话框。

（2）在"列数"数值框中输入"5"、"行数"数值框中输入"8"，如图 5-38 所示。单击 确定 按钮，在文档中插入表格，如图 5-39 所示。

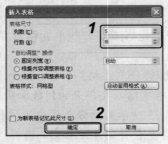

图 5-38 "插入表格"对话框

图 5-39 插入的表格

（3）在表格中第一行第一列单元格中单击，将光标插入该单元格中。按住鼠标左键不放，拖动鼠标至第一行最后一列，选择第一行，如图 5-40 所示。

（4）选择"表格/合并单元格"命令，选择的单元格被合并为一个单元格，如图 5-41 所示。

图 5-40 选择单元格

图 5-41 合并单元格

（5）在合并后的单元格中输入"六月销售情况表"，然后在其他相应的单元格中输入文本，如图 5-42 所示。

（6）选择第一行单元格，在格式工具栏的"字体"下拉列表框中选择"黑体"选项，在"字号"下拉列表框中选择"三号"选项，单击"居中"按钮，设置文本在单元格中的排列方式，如图 5-43 所示。

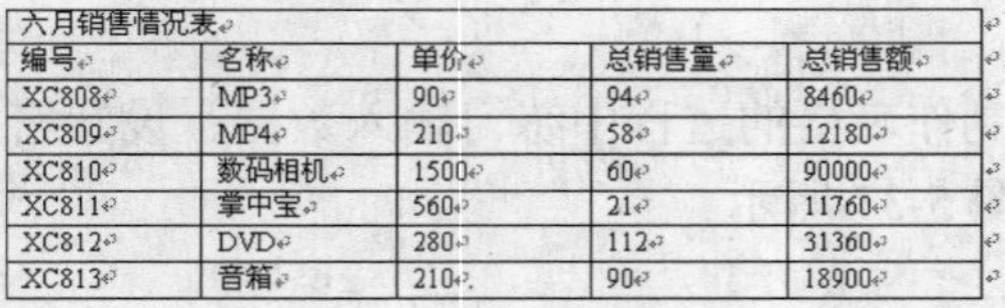

六月销售情况表				
编号	名称	单价	总销售量	总销售额
XC808	MP3	90	94	8460
XC809	MP4	210	58	12180
XC810	数码相机	1500	60	90000
XC811	掌中宝	560	21	11760
XC812	DVD	280	112	31360
XC813	音箱	210	90	18900

图 5-42 输入文本

六月销售情况表				
编号	名称	单价	总销售量	总销售额
XC808	MP3	90	94	8460
XC809	MP4	210	58	12180
XC810	数码相机	1500	60	90000
XC811	掌中宝	560	21	11760
XC812	DVD	280	112	31360
XC813	音箱	210	90	18900

图 5-43 设置标题

（7）按照以上操作设置表格中其他文本的格式，完成后的效果如图 5-37 所示（立体化教学:\源文件\第 5 章\销售情况表.doc）。

5.3 图文混排

使用 Word 除了能输入文本和数字外，还可以为文档插入文本框和图片、制作艺术字和在文档中绘制图形等。通过图文混排，可以使文档更具观赏性与美观性。本节将介绍在文档中插入文本框、绘制图形、插入图片文件和制作艺术字等知识。

5.3.1　插入与编辑文本框

文本框是一种特殊的图形，在文本框中可插入文字或图片，而对文本框的操作类似于对图形的操作，利用文本框可以设计出特殊的文档版式。下面进行具体介绍。

1. 插入文本框

在文档中可按需要插入横排和竖排两种类型的文本框。

【例 5-10】　在新建的空白文档中插入横排和竖排文本框。

（1）新建空白文档，在"绘图"工具栏中单击"文本框"按钮■或"竖排文本框"按钮■。

（2）此时在文档编辑区中将出现一块画布，其中显示了"在此处创建图形。"说明文本，如图 5-44 所示。

（3）按"Esc"键关闭画布，此时光标变为十形状，在文档编辑区中按住鼠标左键不放并拖动鼠标，可绘制出文本框的外形。

（4）释放鼠标后将得到绘制的文本框，此时文本框中会出现闪烁的文本插入点，表示在该位置可以输入需要的文本内容，如图 5-45 所示。

图 5-44　插入画布

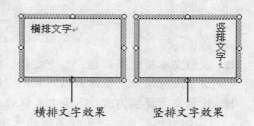

图 5-45　插入文本框

2. 编辑文本框

文本框中的文字与普通文字的设置方法相同，而文本框作为图形，其设置方法与图片的设置方法相同。除了对文本框进行文字与图形的设置外，还可以设置文本框形状、颜色、线条及环绕方式等，这些操作都可以通过"绘图"工具栏来完成，即只需选择"视图/工具栏/绘图"命令打开"绘图"工具栏即可，如图 5-46 所示。

图 5-46　"绘图"工具栏

编辑文本框的具体操作方法如下。

> ➲　**改变文本框形状**：选择文本框，单击"绘图"工具栏中的 绘图⑴▼ 按钮，在弹出的下拉菜单中选择"改变自选图形"选项，在弹出的列表中选择需要改变的形状即可，如图 5-47 所示。

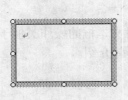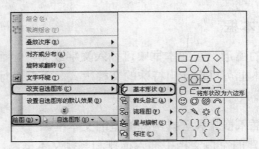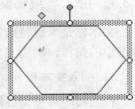

图5-47　改变文本框形状

➥ **设置文本框颜色**：选择文本框后，单击"绘图"工具栏中"颜色填充"按钮 ⧁ ▪右侧的▪按钮，在弹出的列表框中选择不同的颜色即可改变文本框内部的填充颜色，如图5-48所示。

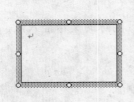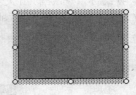

图5-48　改变文本框颜色

➥ **设置文本框线条颜色**：选择文本框后，单击"绘图"工具栏中"线条颜色"按钮 A ▪右侧的▪按钮，在弹出的列表框中选择文本框边框的线条颜色即可。

➥ **设置文字环绕方式**：选择文本框后，单击"图片"工具栏中的"文字环绕"按钮 ▦，在弹出的列表框中选择不同的选项即可改变文本框周围文本的环绕方式，即图形与文本的混排方式。

5.3.2　绘制与编辑图形

Word 2003提供了丰富的自选图形绘制工具，使用这些工具可以绘制出矩形、圆、线条、连接符、箭头、流程图符号、星与旗帜和标注等图形，使用这些图形可以方便地制作流程图和组织结构图等图示。下面具体讲解绘制与编辑图形的方法。

1．绘制图形

单击"绘图"工具栏中 自选图形 ⑾ ▪按钮右侧的▪按钮，打开其下拉菜单，在各子菜单中包括了多种自选图形，如图5-49所示。选择所需的图形，当光标变为十形状时，在文档编辑区中按住鼠标左键不放并拖动鼠标，可绘制出相应的图形，如图5-50所示。

2．编辑图形

编辑图形的方法与编辑文本框类似，都可以通过"绘图"工具栏中的相应按钮来完成，此外，还可在图形中添加文字，使其成为拥有特殊形状的文本框。其方法为：在所需图形上单击鼠标右键，在弹出的快捷菜单中选择"添加文字"命令，此时会在图形中出现文本插入点，在其中输入文字即可，如图 5-51 所示。

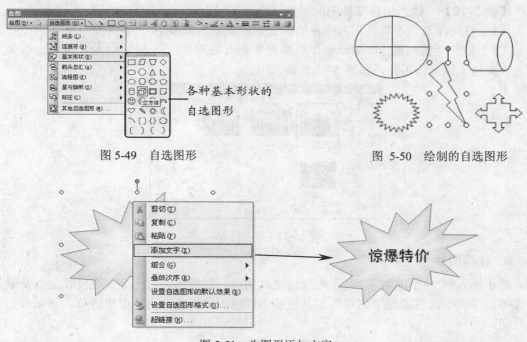

图 5-49　自选图形　　　　　　　　图 5-50　绘制的自选图形

图 5-51　为图形添加文字

5.3.3　插入与设置图片

为了使文档更美观，经常需要在文档中插入公司标志或其他各种图形，此时就需要用到插入图片功能。插入的图片可以是 Word 自带的剪贴画，也可以是来自文件中的图片，插入图片后还可对图片进行编辑，使其更加美观。下面分别进行介绍。

1. 插入剪贴画

在文档中可以插入 Office 2003 自带的剪贴画。

【例 5-11】　在新建的空白文档中插入剪贴画。

（1）新建空白文档，选择"插入/图片/剪贴画"命令，打开"剪贴画"任务窗格。

（2）在"搜索文字"文本框中输入需要搜索的剪贴画关键字"科技"，在"搜索范围"下拉列表框中选择要搜索的范围，在"结果类型"下拉列表框中选择所需剪贴画的类型，单击 搜索 按钮。

（3）系统自动在 Office 提供的所有剪贴画中搜索符合条件的对象，搜索到的剪贴画缩略图将显示在任务窗格中。单击所需缩略图，该剪贴画将自动插入到文本插入点处，如图 5-52 所示。

图 5-52　搜索并插入剪贴画

2．插入图片

在 Word 中，还可以插入本地磁盘或网络驱动器中的图片文件。

【例 5-12】 插入来自文件中的图片。

（1）将光标定位于需要插入图片的位置，选择"插入/图片/来自文件"命令。

（2）打开"插入图片"对话框，选择需要插入的图片，单击 插入(S) 按钮，在文本插入点处插入相应的图片，如图 5-53 所示。

图 5-53　插入图片

3．编辑图片

对于插入到文档中的图片，还可以设置其属性，如颜色、对比度、亮度、大小及嵌入方式等。编辑图片可通过"图片"工具栏或"设置图片格式"对话框来进行。下面分别进行介绍。

1）"图片"工具栏

选择"视图/工具栏/图片"命令，打开"图片"工具栏，如图 5-54 所示。选择要设置格式的图片后单击"图片"工具栏中的相应按钮可对图片进行设置。

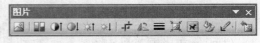

图 5-54　"图片"工具栏

"图片"工具栏中常用按钮的作用如下。

- "颜色"按钮██：单击该按钮，在弹出的列表中可选择需要的颜色效果。
- "增加对比度"按钮◐┃：单击该按钮，可逐级增大选择图片的对比度。
- "降低对比度"按钮◑┃：单击该按钮，可逐级减小选择图片的对比度。
- "增加亮度"按钮☀┃：单击该按钮，可逐级增大选择图片的亮度。
- "降低亮度"按钮☀┃：单击该按钮，可逐级减小选择图片的亮度。
- "裁剪"按钮╬：单击该按钮后，光标变为 形状，将其移到图片边框的黑色控制点上后，按住鼠标左键并拖动鼠标可对图片进行裁剪。
- "文字环绕"按钮▨：单击该按钮后，可选择文字环绕方式，如嵌入型、四周型环绕和紧密型环绕等。
- "设置图片格式"按钮▨：单击该按钮，将打开"设置图片格式"对话框，从中可对图片属性进行详细设置。

2）"设置图片格式"对话框

在 Word 文档中选择图片后，选择"格式/图片"命令可打开"设置图片格式"对话框。

其中各选项及选项卡的作用如图 5-55 所示。

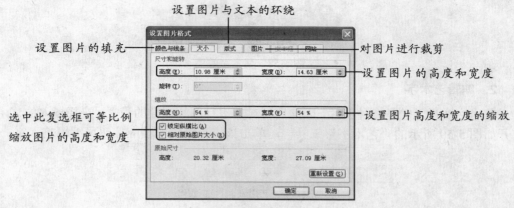

图 5-55　"设置图片格式"对话框

5.3.4　插入与编辑艺术字

插入艺术字是指在 Word 文档中插入具有艺术效果的文字。通过艺术字可以使文档更加美观，并且艺术字在 Word、Excel 和 PowerPoint 中的使用方法一致。下面进行具体介绍。

1．插入艺术字

在文档中插入艺术字，可对整个文档起到画龙点睛、增加吸引力的效果。

【例 5-13】　制作艺术字"欢迎光临"。

（1）将文本插入点定位到文档中要插入艺术字的位置，选择"插入/图片/艺术字"命令或单击"绘图"工具栏中的"插入艺术字"按钮，打开"艺术字库"对话框，如图 5-56 所示。

（2）选择需要的艺术字样式后单击 确定 按钮，打开"编辑'艺术字'文字"对话框，在"文字"文本框中输入艺术字文本"欢迎光临"。

（3）在对话框的"字体"和"字号"下拉列表框中选择艺术字文字的字体和字号，这里选择"隶书"和"36"号，单击 确定 按钮，如图 5-57 所示。

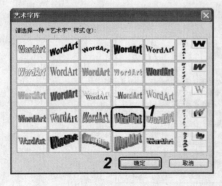

图 5-56　"艺术字库"对话框

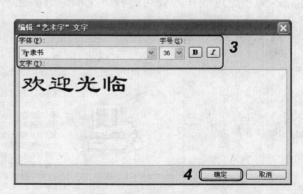

图 5-57　"编辑'艺术字'文字"对话框

（4）返回文档编辑区中查看在文档中插入的艺术字，效果如图5-58所示。

图5-58　艺术字效果

2．编辑艺术字

艺术字实质上也是一种图片，因此还可对其进行图片属性的设置。选择插入的艺术字，打开如图5-59所示的"艺术字"工具栏，单击该工具栏中的相应按钮可编辑艺术字。

图5-59　"艺术字"工具栏

"艺术字"工具栏中常用按钮的作用分别如下。

➡ "插入艺术字"按钮：单击该按钮将打开"艺术字库"对话框，可在其中插入新的艺术字。

➡ "编辑文字"按钮：单击该按钮将打开"编辑'艺术字'文字"对话框，可在其中更改艺术字的字体等。

➡ "艺术字库"按钮：单击该按钮将打开"艺术字库"对话框，可在其中修改所选艺术字的样式。

➡ "设置艺术字格式"按钮：单击该按钮将打开"设置艺术字格式"对话框，从中可精确设置艺术字的格式。

➡ "艺术字形状"按钮：单击该按钮可打开艺术字形状列表，从中可选择 Word 2003 为用户提供的艺术字形状。

➡ "文字环绕"按钮：单击该按钮可打开文字环绕列表，从中可设置所选艺术字与文档中文本的环绕方式。

5.3.5　应用举例——制作"公司简介"文档

本例将通过制作"公司简介"文档来巩固艺术字和剪贴画的插入及编辑方法。制作的"公司简介"文档效果如图5-60所示。

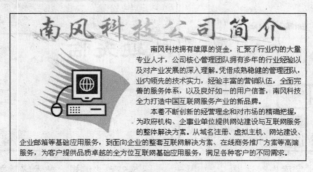

图5-60　"公司简介"文档效果

操作步骤如下：

（1）打开"公司简介"文档（立体化教学:\实例素材\第 5 章\公司简介.doc）后将光标定位于第一行，然后选择"插入/图片/艺术字"命令。

（2）打开"艺术字库"对话框，选择第 3 行第 4 列艺术字样式后单击 确定 按钮，如图 5-61 所示。

（3）在弹出的"编辑'艺术字'文字"对话框中输入文字"南风科技公司简介"，设置字体为"华文行楷"、"字号"为"36"，单击 确定 按钮，如图 5-62 所示。

图 5-61　"艺术字库"对话框　　　　　图 5-62　"编辑'艺术字'文字"对话框

（4）选中艺术字，将鼠标光标移动至艺术字右侧中部的控制按钮上，当鼠标变为↔形状时，按住鼠标左键不放并向右拖动鼠标，加长艺术字，如图 5-63 所示。

图 5-63　改变艺术字大小

（5）选择"插入/图片/剪贴画"命令，打开"剪贴画"任务窗格，在"搜索文字"文本框中输入"科技"，在"搜索范围"下拉列表框中选择"所有收藏集"选项，在"结果类型"下拉列表框中选择"所有媒体文件类型"选项，单击 搜索 按钮。

（6）在搜索结果列表中找到需要的剪贴画缩略图，单击该剪贴画缩略图进行插入，如图 5-64 所示。

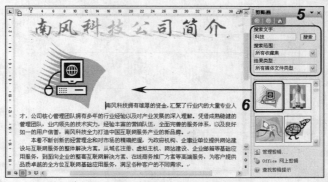

图 5-64　插入剪贴画

（7）选择插入的剪贴画，在"图片"工具栏中单击▨按钮，在弹出的下拉列表中选择"四周型环绕"选项，此时，图片自动移动到如图5-65所示的位置，完成"公司简介"文档的制作（立体化教学:\源文件\第5章\公司简介.doc）。

图 5-65 改变图形环绕方式

5.4 上机及项目实训

5.4.1 制作"个人简历"文档

本次上机练习将制作一份个人简历。要求制作艺术字标题、制作简历表格、为表格添加阴影、输入文字和在表格中插入图片，制作好的个人简历如图5-66所示。

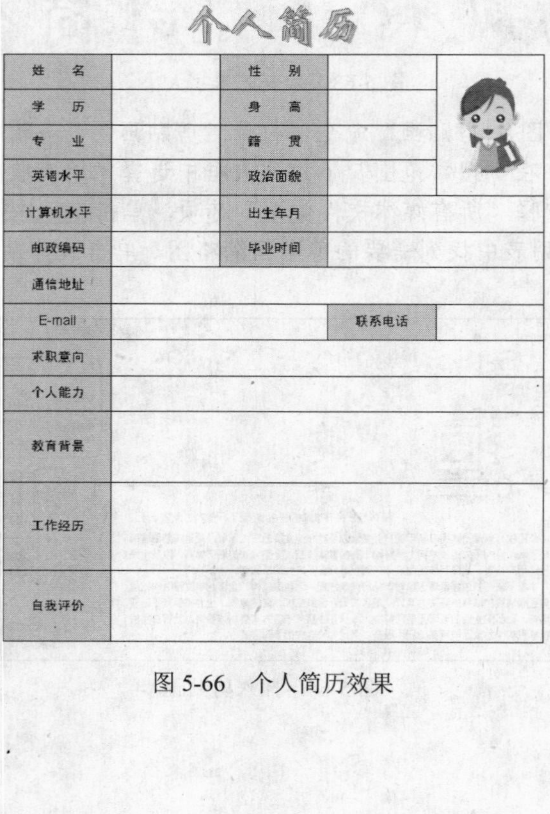

图 5-66 个人简历效果

操作步骤如下:

（1）新建 Word 文档，选择"插入/图片/艺术字"命令，打开"艺术字库"对话框。

（2）在打开的对话框中选择如图 5-67 所示的样式后单击 确定 按钮，打开"编辑'艺术字'文字"对话框。

（3）在"文字"文本框中输入文字"个人简历"，设置"字体"为"华文新魏"、"字号"为"32"，如图 5-68 所示，单击 确定 按钮，插入的艺术字效果如图 5-69 所示。

图 5-67　打开"艺术字库"对话框

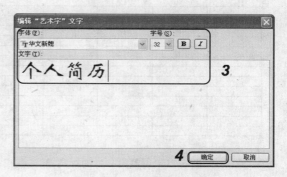

图 5-68　设置艺术字文字

图 5-69　插入的艺术字

（4）在制作好的艺术字段末尾按"Enter"键换行，选择"表格/插入/表格"命令，打开"插入表格"对话框，在"列数"数值框中输入 "5"，在"行数"数值框中输入 "13"，单击 确定 按钮，在文档中插入表格，如图 5-70 所示。

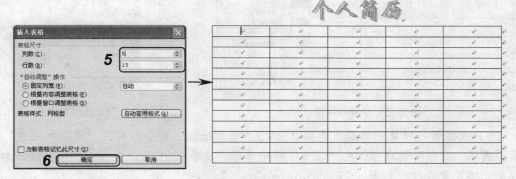

图 5-70　插入表格

（5）将光标移至表格第一行单元格下方的横线上，当其变为 ⇕ 形状时，按住鼠标左键不放并向下拖动，如图 5-71 所示。

（6）将行高调整到适当高度之后，释放鼠标。使用同样的方法，调整其他单元格的行高，如图5-72所示。

图5-71 调整第一行的行高   图5-72 调整后的效果

（7）选择第五列的第1～4行单元格并单击鼠标右键，在弹出的快捷菜单中选择"合并单元格"命令，如图5-73所示。使用相同的方法合并其他单元格。

（8）选择所有单元格后单击鼠标右键，在弹出的快捷菜单中选择"单元格对齐方式"命令，在弹出的子菜单中单击≡按钮，如图5-74所示。

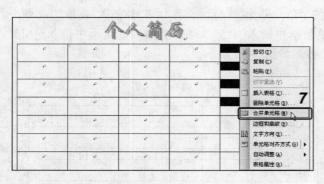

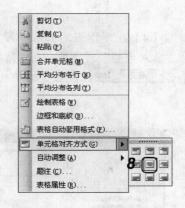

图5-73 合并单元格   图5-74 选择对齐方式

（9）选择第一列单元格后，选择"格式/边框和底纹"命令，打开"边框和底纹"对话框。选择"底纹"选项卡，在"填充"栏中选择"灰色-20%"，单击 确定 按钮为第一列单元格设置底纹，如图5-75所示。

（10）使用相同方法，为第3列中的第1～6行单元格及第8行单元格设置底纹。

（11）将光标定位于右侧第一个单元格中，选择"插入/图片/来自文件"命令，打开"插入图片"对话框，选择"照片.jpg"图片（立体化教学:\实例素材\第5章\照片.jpg），单击 插入(S) 按钮，在所选单元格中插入图片，如图5-76所示。

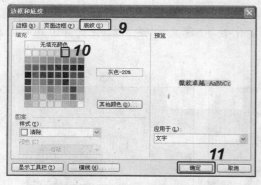

图 5-75　"边框和底纹"对话框　　　　　图 5-76　插入图片

（12）输入如图 5-66 所示的文本，在"格式"工具栏中的"字体"下拉列表框中选择 "黑体"选项，在"字号"下拉列表框中选择"五号"选项，完成个人简历的制作（立体 化教学:\源文件\第 5 章\个人简历.doc）。

5.4.2　制作"会议宣传"文档

综合利用本章所学的设置页面、插入图片、插入与编辑艺术字、设置文本框等知识制 作"会议宣传"文档，其效果如图 5-74 所示。

图 5-77　"会议宣传"文档效果

本练习可结合立体化教学中的视频演示进行学习（立体化教学:\视频演示\第 5 章\会议 宣传.swf）。主要操作步骤如下：

（1）将新建文档的页面方向设置为横向，在"页面设置"对话框中将"纸张大小"设 置为"自定义大小"、"宽度"设置为"25.4 厘米"、"高度"设置为"19.05 厘米"，如 图 5-78 所示。

（2）插入"背景.jpg"图片（立体化教学:\实例素材\第 5 章\背景.jpg），将其设置为 "衬于文字下方"样式。

（3）插入艺术字，并将其设置为如图 5-79 所示的形状。

（4）插入文本框并输入文本，再将其移动至如图 5-80 所示的位置。

（5）在正文中输入"会议时间：2011-6-9～2011-6-12"和"会议地点：重庆国际会议

中心"，并将其字体设置为"微软雅黑"，将"："前的文字设置为"小四"，将"："后的文字设置为"四号"，效果如图 5-77 所示（立体化教学:\源文件\第 5 章\会议宣传.doc）。

图 5-78　设置页面

图 5-79　设置艺术字

图 5-80　设置文本框

5.5　练习与提高

（1）在 Word 2003 中使用绘图功能，绘制如图 5-81 所示的图形。

（2）在 Word 2003 中制作艺术字"大展鸿图"，效果如图 5-82 所示。本练习可结合立体化教学中的视频演示进行学习（立体化教学:\视频演示\第 5 章\制作艺术字.swf）。

图 5-81　绘制图形

图 5-82　艺术字效果

 总结使用 Word 制作出专业文档的方法

　　本章主要介绍了 Word 文字排版、图文混排等操作，要想制作出更美观、专业和内容丰富的 Word 文档，课后还必须学习和总结一些提高制作效率的方法，这里总结以下几点供大家参考和探索。

- 对于一些页数较多的文档，如计划书、招标方案和宣传资料册等，可在"页面设置"对话框的"版式"选项卡中为文档设置页眉、页脚不同的奇偶页和首页效果。

- 如果在制作文档的过程中需要绘制一些有关联性的图形，如公司组织图、流程图和结构图等，除了可以单独绘制各类图形并对其进行组合外，还可以直接插入一些 Word 内置的图示，其方法为选择"插入/图示"命令，在打开的"图示库"对话框中选择所需类型的图示即可。

- 对于一些机密文件，可通过选择"格式/背景/水印"命令，在打开的"水印"对话框中进行设置。

第 6 章　Excel 2003 基本操作

学习目标

- ☑ 根据模板新建“考勤记录”工作簿
- ☑ 在“业绩评定表”中填充相同数据
- ☑ 为“业绩评定表 3”工作簿中的数据区域套用格式
- ☑ 为“业绩评定表 4”工作簿中的数据区设置边框和底纹

目标任务&项目案例

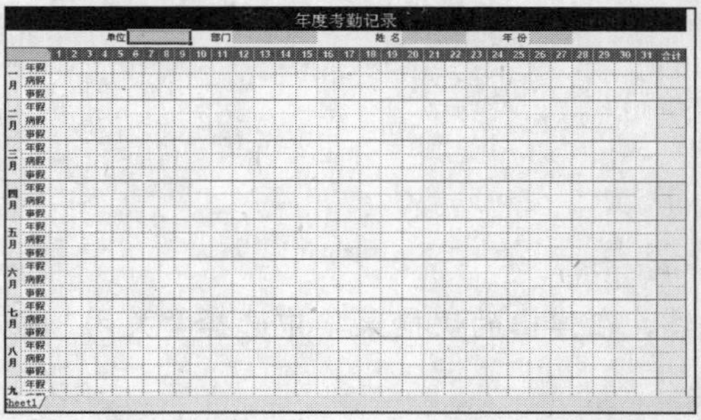

新建“考勤记录”工作簿

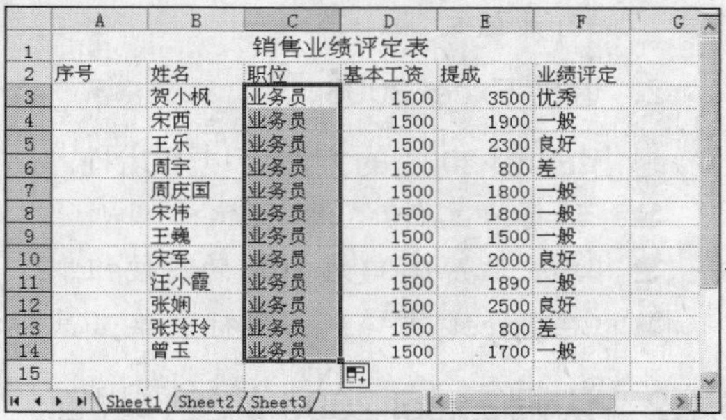

	A	B	C	D	E	F
1	销售业绩评定表					
2	序号	姓名	职位	基本工资	提成	业绩评定
3		贺小枫	业务员	1500	3500	优秀
4		宋西	业务员	1500	1900	一般
5		王乐	业务员	1500	2300	良好
6		周宇	业务员	1500	800	差
7		周庆国	业务员	1500	1800	一般
8		宋伟	业务员	1500	1800	一般
9		王巍	业务员	1500	1500	一般
10		宋军	业务员	1500	2000	良好
11		汪小霞	业务员	1500	1890	一般
12		张娴	业务员	1500	2500	良好
13		张玲玲	业务员	1500	800	差
14		曾玉	业务员	1500	1700	一般
15						

在“业绩评定表”中填充数据

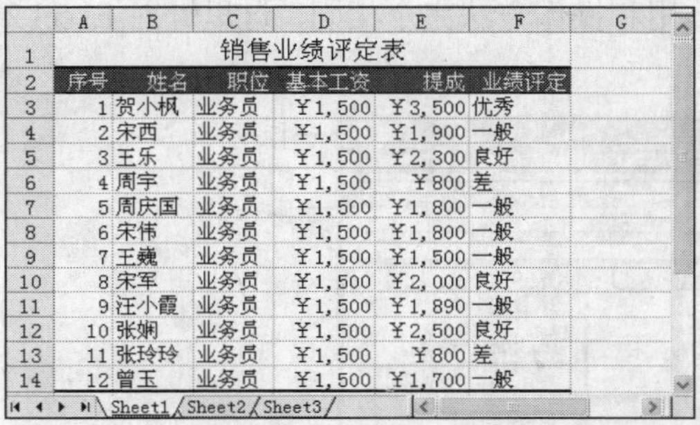

	A	B	C	D	E	F
1	销售业绩评定表					
2	序号	姓名	职位	基本工资	提成	业绩评定
3	1	贺小枫	业务员	￥1,500	￥3,500	优秀
4	2	宋西	业务员	￥1,500	￥1,900	一般
5	3	王乐	业务员	￥1,500	￥2,300	良好
6	4	周宇	业务员	￥1,500	￥800	差
7	5	周庆国	业务员	￥1,500	￥1,800	一般
8	6	宋伟	业务员	￥1,500	￥1,800	一般
9	7	王巍	业务员	￥1,500	￥1,500	一般
10	8	宋军	业务员	￥1,500	￥2,000	良好
11	9	汪小霞	业务员	￥1,500	￥1,890	一般
12	10	张娴	业务员	￥1,500	￥2,500	良好
13	11	张玲玲	业务员	￥1,500	￥800	差
14	12	曾玉	业务员	￥1,500	￥1,700	一般

为“业绩评定表 3”套用格式

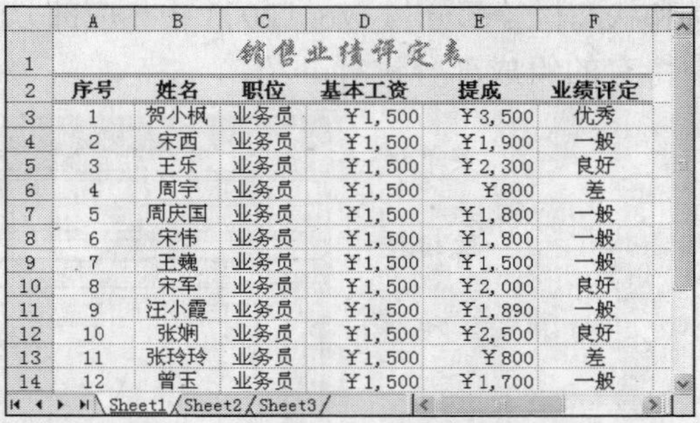

	A	B	C	D	E	F
1	销售业绩评定表					
2	序号	姓名	职位	基本工资	提成	业绩评定
3	1	贺小枫	业务员	￥1,500	￥3,500	优秀
4	2	宋西	业务员	￥1,500	￥1,900	一般
5	3	王乐	业务员	￥1,500	￥2,300	良好
6	4	周宇	业务员	￥1,500	￥800	差
7	5	周庆国	业务员	￥1,500	￥1,800	一般
8	6	宋伟	业务员	￥1,500	￥1,800	一般
9	7	王巍	业务员	￥1,500	￥1,500	一般
10	8	宋军	业务员	￥1,500	￥2,000	良好
11	9	汪小霞	业务员	￥1,500	￥1,890	一般
12	10	张娴	业务员	￥1,500	￥2,500	良好
13	11	张玲玲	业务员	￥1,500	￥800	差
14	12	曾玉	业务员	￥1,500	￥1,700	一般

为“业绩评定表 4”设置边框和底纹

制作电子表格并对其中的数据进行分析和处理，是现代办公的基本要求。Office 2003 系列中的 Excel 2003 便是一个功能强大的电子表格制作软件。本章将主要讲解在 Excel 2003 中工作表的基本操作、单元格的基本操作、数据的输入及工作表格式的设置，其中工作表和单元格的基本操作尤为重要。

6.1 认识 Excel 2003

Excel 2003 是专门用于制作电子表格、计算与分析数据以及创建报表或图表的软件。在使用该软件前，应先了解其启动和退出的方法、工作界面和几个常见概念间的关系。

6.1.1 启动与退出 Excel 2003

要使用 Excel 2003，应先启用它；使用完成后，应退出其程序。启动和退出 Excel 2003 有多种方法，下面分别进行介绍。

1. 启动 Excel 2003

启动 Excel 2003 的方法有以下几种。

- 选择"开始/Microsoft Office/Microsoft Office Excel 2003"命令。
- 如果在桌面上建立了 Excel 2003 的快捷方式，可双击快捷图标 启动 Excel 2003。
- 在"我的电脑"窗口中找到并双击要打开的 Excel 文档，系统启动 Excel 2003 并打开该文档。

2. 退出 Excel 2003

退出 Excel 2003 的方法有以下几种。

- 选择"文件/退出"命令。
- 单击程序窗口右上角的 按钮。
- 在 Excel 窗口的 图标上单击鼠标右键，在弹出的快捷菜单中选择"关闭"命令。

6.1.2 认识 Excel 2003 的工作界面

如图 6-1 所示为 Excel 2003 的工作界面，其中标题栏、菜单栏、工具栏、任务窗格、滚动条和状态栏等部分与 Word 2003 中相应部分的作用和操作方法完全相同，这里针对 Excel 2003 中特有的组成部分进行介绍。

图 6-1　Excel 2003 工作界面

1. 编辑栏

编辑栏位于工具栏的下侧，主要用于显示与编辑当前单元格中的数据或公式。编辑栏由名称框、工具框和编辑框 3 部分组成，如图 6-2 所示，下面对它们的作用进行简要介绍。

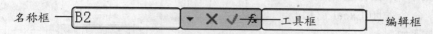

名称框 —— B2　　　　　　▼　✕ ✓ ⨍ₓ —— 工具框　　　—— 编辑框

图 6-2　编辑栏

- ❧ **名称框**：显示活动单元格的名称。
- ❧ **工具框**：其中包括"取消"按钮✕、"输入"按钮✓和"插入函数"按钮⨍ₓ。单击✕按钮可取消正在进行的编辑；单击✓按钮将确定编辑；单击⨍ₓ按钮将打开"插入函数"对话框，从中可选择要使用的函数。其中✕按钮和✓按钮只有将文本插入点定位到单元格后才会出现。
- ❧ **编辑框**：显示活动单元格中的内容，可在其中输入或修改活动单元格中的内容。

2. 单元格、行号和列标

单元格是工作表最基本的组成部分，而各单元格是通过行号和列标来共同表示的。下面对单元格、行号和列标分别进行介绍：

- ❧ **单元格**：是指工作表区中由横线和竖线分隔成的众多小格，它是 Excel 中最基本的元素，也是存储数据的最小单位，用户输入和存储的数据都在单元格中。
- ❧ **行号和列标**：窗口左侧的"1、2、3、4、5"等数字为行号，顶部的"A、B、C、D、E"等英文字母为列标。每个单元格的位置都由它的行号和列标共同确定。例如，单元格"C3"表示该单元格位于表格中的"第三行第 C 列"，而"C3:E5"则表示一块以 C3 至 E5 为对角线的矩形单元格区域。

3. 工作表区

工作表区是 Excel 的工作平台，也是 Excel 工作界面的主体部分，它由单元格、行号、列标、标签栏和滚动条等部分组成。其中的标签栏由工作表标签和工作表标签显示按钮组成。工作表标签显示了工作簿中包含的工作表名称，单击标签可切换到相应工作表；当包含多张工作表时，工作表标签显示按钮用于显示标签栏中未显示出来的工作表标签。

6.1.3　单元格、工作表和工作簿的关系

单元格、工作表和工作簿是在 Excel 中进行操作的基本场所，它们之间是包含与被包含的关系。单元格是存储数据的最小单位，工作表由多个单元格构成，工作簿则由多张工作表构成，它们之间的关系如图 6-3 所示。

工作表 ——　　　　　　　　　　　　　—— 工作簿
　　　　　　　　　　　　　　　　　　—— 单元格

图 6-3　单元格、工作表和工作簿的关系

6.1.4 应用举例——启动及退出 Excel

本例将通过"开始"菜单启动 Excel，在打开窗口的 图标上单击鼠标右键，在弹出的快捷菜单中选择"关闭"命令关闭 Excel 窗口。

操作步骤如下：

（1）单击 按钮，在弹出的"开始"菜单中选择"所有程序/Microsoft Office/Microsoft Office Excel 2003"命令，启动 Excel。

（2）在打开的 Excel 窗口的 图标上单击鼠标右键，在弹出的快捷菜单中选择"关闭"命令，如图 6-4 所示。

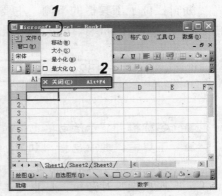

图 6-4 退出 Excel

6.2 工作簿的基本操作

在 Excel 中，工作簿是计算和储存数据的文件，即 Excel 文件。每一个工作簿可以包含多张工作表，因此可在单个文件中管理各种类型的相关信息。工作簿的新建、打开、保存和保护是使用 Excel 必须掌握的技能。

6.2.1 新建工作簿

新建工作簿通常包括新建空白工作簿、使用模板新建工作簿、根据现有工作簿新建工作簿 3 种方式。下面介绍新建空白工作簿和使用模板新建工作簿的方法。

1. 新建空白工作簿

在 Excel 2003 中新建空白工作簿的方法有以下几种。

➥ 单击常用工具栏中的"新建空白文档"按钮 。

➥ 在"新建工作簿"任务窗格的"新建"栏中单击"空白工作簿"超链接。

➥ 按"Ctrl+N"键。

📢 提示：

在 Excel 2003 中，一个工作簿中可包含的工作表数目最多为 255 个。

2. 使用模板新建工作簿

模板是系统提供或用户自己创建的一种特殊的文档，其中定义了文档的各种内容和格式信息，通常用于创建特殊格式或规格的文档。

【例 6-1】 使用模板新建一个"考勤记录"工作簿。

（1）启动 Excel，选择"文件/新建"命令，打开如图 6-5 所示的"新建工作簿"任务窗格，单击"本机上的模板"超链接，打开"模板"对话框

（2）单击"电子方案表格"选项卡，再选择"考勤记录"工作簿，单击 确定 按钮，

如图 6-6 所示。

图 6-5　"新建工作簿"任务窗格

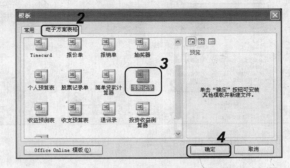

图 6-6　"模板"对话框

（3）新建的"考勤记录"工作簿如图 6-7 所示。

图 6-7　"考勤记录"工作簿

6.2.2　打开与保存工作簿

要使用已有工作簿就需要在 Excel 中将其打开，对工作表进行修改完成后需要将其保存，方便以后查看。下面对如何打开和保存工作簿分别进行介绍。

1. 打开工作簿

在 Excel 2003 中打开工作簿的方法很多，一般是通过"打开"对话框。启动 Excel 2003，选择"文件/打开"命令，在打开的"打开"对话框的"查找范围"下拉列表框中选择要打开的工作簿的保存位置，在中间的列表框中选择工作簿，单击　打开⑩　按钮即可，如图 6-8 所示。

2. 保存工作簿

创建工作簿后还需对其进行保存。保存工作簿的方法很简单，选择"文件/保存"命令或单击工具栏中的"保存"按钮 ，在打开的"另存为"对话框的"保存位置"下拉列表框中选择保存的位置，在"文件名"文本框中输入文件名称，单击　保存⑤　按钮即可，如图 6-9 所示。

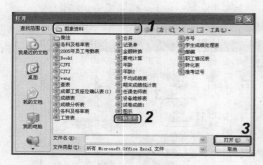

图 6-8　打开工作簿　　　　　　　　　图 6-9　保存工作簿

6.2.3　保护工作簿

为防止他人浏览、修改和删除工作簿，可对工作簿进行保护。Excel 2003 提供了各种方式限定用户查看或改变工作簿中数据的权限。通过在打开或保存工作簿时输入密码，可以对打开和使用工作簿数据的人员进行限制，使他人只能以只读方式打开工作簿。

【例6-2】　为工作簿设置密码并将打开方式设置为"只读"。

（1）在打开的工作簿界面中选择"文件/另存为"命令，打开"另存为"对话框，单击 工具(L)· 按钮，在弹出的下拉菜单中选择"常规选项"选项，如图6-10所示。

图 6-10　"另存为"对话框

（2）打开"保存选项"对话框，在"打开权限密码"和"修改权限密码"文本框中输入密码，并选中 ☑建议只读(R) 复选框，单击 确定 按钮，如图6-11所示。

（3）打开"确认密码"对话框。再次输入密码后单击 确定 按钮，如图6-12所示，返回"保存选项"对话框，单击 确定 按钮完成设置。

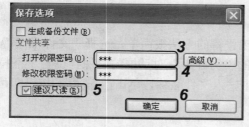
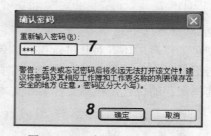

图 6-11　"保存选项"对话框　　　　　图 6-12　"确认密码"对话框

6.2.4　应用举例——新建、保存并保护工作簿

本例将新建一个名为"工资统计表"的工作簿并为其设置密码，以"只读"方式将该工作簿保存在"我的文档"文件夹中。

操作步骤如下：

（1）启动 Excel，选择"文件/新建"命令，新建一个工作簿。

（2）在新工作簿窗口中选择"文件/另存为"命令，打开"另存为"对话框。

（3）在"另存为"对话框中选择"我的文档"文件夹为保存位置，并输入工作簿名称"工资统计表"，单击 **工具(L)·** 按钮，在弹出的下拉菜单中选择"常规选项"选项，如图 6-13 所示。

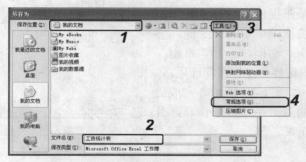

图 6-13　保存设置

（4）打开"保存选项"对话框，在"打开权限密码"和"修改权限密码"文本框中输入密码，并选中 ☑建议只读(R) 复选框，单击 确定 按钮。

（5）打开"确认密码"对话框，再次输入密码后单击 确定 按钮，返回"保存选项"对话框，单击 确定 按钮完成设置。

6.3　工作表的基本操作

默认情况下新建的工作簿中包含 3 张空白的工作表，分别为 Sheet1、Sheet2 和 Sheet3。通过工作表下方的标签栏可以对工作表进行选择、插入、重命名、移动、复制和删除等操作。

6.3.1　选择工作表

由于工作簿中的几张工作表不能同时显示在当前窗口中，所以当要对不同的工作表进行编辑时应先选择需要的工作表。选择工作表的方法有以下几种。

- 直接单击工作表标签可选择该工作表。
- 利用工作表标签显示按钮进行切换，单击 ◄ 或 ► 按钮可以按顺序选择当前工作表上一张或下一张工作表；单击 ◄◄ 或 ►► 按钮可以选择当前工作簿第一张或最后一张工作表。
- 按"Ctrl+Page Up"键可以切换到前一张工作表；按"Ctrl+Page Down"键可切换到下一张工作表。

- 要同时选择相邻的多张工作表，可先单击所需的第一张工作表的标签，然后按住"Shift"键单击所需的最后一张工作表标签。
- 要同时选择不相邻的多张工作表，可先单击所需的第一张工作表的标签，按住"Ctrl"键再依次单击所需的工作表标签。
- 要选择工作簿中的全部工作表，只需在任意一个工作表标签上单击鼠标右键，然后在弹出的快捷菜单中选择"选定全部工作表"命令即可。

6.3.2 插入工作表

如果工作簿默认包含的 3 个工作表无法满足用户的需求，还可在工作簿中插入工作表。其方法是：在某张工作表标签上单击鼠标右键，在弹出的快捷菜单中选择"插入"命令，打开"插入"对话框，选择"常用"选项卡，在列表框中选择"工作表"选项后，单击 确定 按钮，如图 6-14 所示。完成后将在现有工作簿中插入一个新的工作表，且新工作表在所选工作表之前。

图 6-14 "插入"对话框

📢提示：

选择"插入"菜单中的"工作表"命令，也可在当前工作表前插入一张新的工作表。

6.3.3 重命名工作表

工作表标签中的"Sheet1、Sheet2"等为工作表的名称，但为了方便区分工作表，通常还需对工作表进行重命名。

【例 6-3】 将工作簿中的"Sheet1"工作表重命名为"销售统计表"。

（1）在新建的工作簿中，在要重命名的工作表上，这里在"Sheet1"工作表上单击鼠标右键，在弹出的快捷菜单中选择"重命名"命令。

（2）此时被选择的工作表标签名称呈可编辑状态，输入新的名称后在其他位置单击，新的工作表标签名称将取代原来的名称，重命名过程如图 6-15 所示。

图 6-15 重命名工作表

技巧：

双击工作表标签也可以使其进入编辑状态，对工作表进行重命名。

6.3.4　移动或复制工作表

对工作簿中的工作表还可进行移动和复制操作。移动和复制操作包括两种情况：一是在同一工作簿中移动或复制工作表；二是在不同的工作簿之间移动或复制工作表。下面分别对其进行介绍。

1．在同一工作簿中移动或复制工作表

在同一工作簿中移动工作表的方法较为简单，在需要进行操作的工作表标签上按住鼠标左键不放进行拖动，此时在工作表标签栏上方将出现▼标记，鼠标光标也变为形状，待移动至需要的位置后释放鼠标即可完成移动操作，如图 6-16 所示。在拖动时按住"Ctrl"键则可完成复制工作表的操作。

\销售统计表 /Sheet2 /Sheet3 /　——→　\Sheet2 \销售统计表 /Sheet3 /

图 6-16　移动工作表

2．在不同工作簿中移动或复制工作表

有时还需要将一个工作簿中的某个工作表移动或复制到另一工作簿中，可选择"编辑/移动或复制工作表"命令，在打开的"移动或复制工作表"对话框中选择要移动至的工作簿，即可将工作表移动至指定位置。在"移动或复制工作表"对话框中选中☑建立副本©复选框即可复制工作表，如图 6-17 所示。

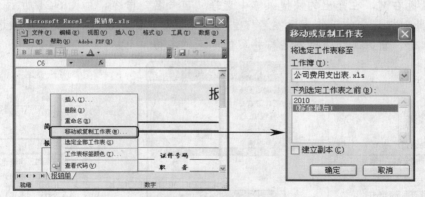

图 6-17　在不同工作簿中移动或复制工作表

6.3.5　删除工作表

对于不需要的工作表，可以将其删除。其方法有以下几种。

➥　选择要删除的工作表后选择"编辑/删除工作表"命令。

➥　在要删除的工作表标签上单击鼠标右键，在弹出的快捷菜单中选择"删除"命令。

执行以上任一操作后，在打开的提示对话框中单击 [删除] 按钮确认操作，即可删除工作表，删除工作表后，其后面的工作表将变为当前工作表。

6.3.6 应用举例——复制并重命名工作表

本例将在"报销单"工作簿中复制"1月报销单"工作表，再将其重命名为"2月报销单"，最终效果如图6-18所示（立体化教学:\源文件\第6章\报销单.xls）。

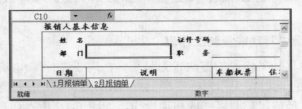

图6-18 最终效果

操作步骤如下：

（1）打开"报销单"工作簿（立体化教学:\实例素材\第6章\报销单.xls），在"1月报销单"工作表标签上单击鼠标右键，在弹出的快捷菜单中选择"移动或复制工作表"命令，如图6-19所示。

（2）打开"移动或复制工作表"对话框，在"工作簿"下拉列表框中保持"报销单.xls"选项，在"下列选定工作表之前："列表框中选择"（移至最后）"选项，选中 ☑建立副本(C) 复选框，单击 [确定] 按钮，如图6-20所示。

（3）此时在"1月报销单"工作表后出现了名为"1月报销单（2）"工作表，在其标签上单击鼠标右键，在弹出的快捷菜单中选择"重命名"命令，如图6-21所示。

（4）此时被选中的工作表标签名称呈可编辑状态，输入新的名称"2月报销单"并在其他位置单击，新的工作表标签名称将取代原来的名称。

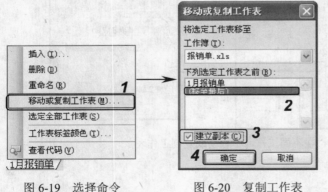

图6-19 选择命令   图6-20 复制工作表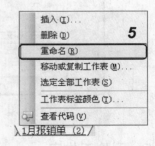

图6-21 重命名工作表

6.4 单元格的基本操作

在向单元格中输入数据的过程中，需要对单元格进行选择、插入、合并、拆分、删除、清除、移动和复制等基本操作。

6.4.1　选择单元格

要对单个或多个单元格进行操作，需要先选择这些单元格。根据不同的情况有以下几种不同的选择方法。

- ❧ **选择一个单元格**：将光标指向要选择的单元格并单击，被选中的单元格边框显示为粗黑线。选择单个单元格也称激活单元格。
- ❧ **选择多个单元格**：单击要选择范围内的左上角的一个单元格，并拖动鼠标到要选择区域的右下角的最后一个单元格。
- ❧ **选择整行或整列**：在工作表上单击要选择行号或列标。
- ❧ **选择不相邻的单元格或区域**：按住"Ctrl"键不放并单击要选择的单元格，可选择不相邻的多个单元格；按住"Ctrl"键不放并拖动鼠标可选择不相邻的多个单元格区域。

6.4.2　插入单元格

插入单元格是指选择某个单元格后，在其前面插入一行或一列空白单元格。在需要插入单元格处选择"插入/单元格"命令，在打开的"插入"对话框中选中相应的单选按钮，单击 确定 按钮即可完成操作，如图 6-22 所示。

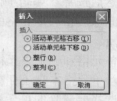

图 6-22　选择插入方式

6.4.3　合并和拆分单元格

选择单元格区域后，可以将区域中的多个单元格合并为一个单元格。合并单元格之后还可将其拆分为原来的形式。通过合并与拆分单元格操作，可以制作出结构复杂的表格。

1．合并单元格

选择连续的单元格区域后，单击"格式"工具栏中的"合并及居中"按钮，可将该单元格区域合并为一个单元格，并将数据居中显示，如图 6-23 所示。

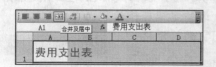 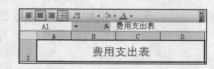

图 6-23　合并单元格

🔔**注意：**

> 若要进行合并的单元格中都有数据，在对其进行合并时，将打开一个对话框，提示合并后的单元格中将只保留选择区域左上角一个单元格中的数据。

2．拆分单元格

在 Excel 中只能对合并后的单元格进行拆分，拆分时只需选择已合并的单元格，再次单击格式工具栏中的"合并及居中"按钮 ⊞ 即可。

6.4.4　复制与移动单元格

若要输入与已有单元格中相同的内容，可直接复制该单元格，这样可以提高工作效率。若单元格所处位置不对，可对其进行移动，其主要方法介绍如下。

➥ **通过菜单命令**：单击要移动或复制数据的单元格，选择"编辑/移动"或"编辑/复制"命令，再单击目标单元格，选择"编辑/粘贴"命令即可完成操作。

➥ **通过工具栏**：选择要移动或复制数据的单元格，单击工具栏中的"剪切"按钮 或"复制"按钮，选择目标单元格，再单击工具栏中的"粘贴"按钮 完成操作。

➥ **通过鼠标右键**：在要移动或复制数据的单元格上单击鼠标右键，在弹出的快捷菜单中选择"剪切"或"复制"命令，在目标单元格处再次单击鼠标右键，在弹出的快捷菜单中选择"粘贴"命令即可完成操作。

6.4.5　删除与清除单元格

对于不需要的单元格可将其删除，其方法是：选择要删除的单元格，然后选择"编辑/删除"命令，在打开的"删除"对话框中选择删除后相邻单元格的位置，单击 确定 按钮即可，如图 6-24 所示。

清除单元格和删除单元格不同，清除单元格只是清除单元格中的内容，单元格本身还存在，其相邻单元格的位置不会移动。其方法为选择要清除的单元格或单元格区域，选择"编辑/清除/内容"命令即可。

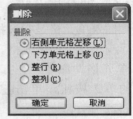

图 6-24　删除单元格

6.4.6　调整行高与列宽

默认情况下，一行或一列单元格的行高或列宽是固定的，但根据其中内容的不同，可通过如下两种方式对单元格的行高和列宽进行调整。

➥ **通过鼠标拖动调整**：将鼠标光标移动到要设置行高所在行的下方，或要设置列宽所在列的右侧，待鼠标光标变成 ＋ 或 ＋ 形状时，按住鼠标左键上下或左右拖动鼠标即可改变该行的行高或该列的列宽，调整完毕后释放鼠标左键即可。

➥ **通过对话框设置**：选择要改变行高或列宽的单元格，选择"格式/行/行高"或"格式/列/列宽"命令，打开"行高"或"列宽"对话框，在"行高"或"列宽"文本框中输入具体数值，单击 确定 按钮即可。如图 6-25 所示为设置行高。

图 6-25　设置行高

6.4.7　应用举例——合并单元格并改变行高

本例将在"销量表"工作簿中对标题行中相应单元格进行合并，并改变该行行高，其效果如图 6-26 所示（立体化教学:\源文件\第 6 章\销量表.xls）。

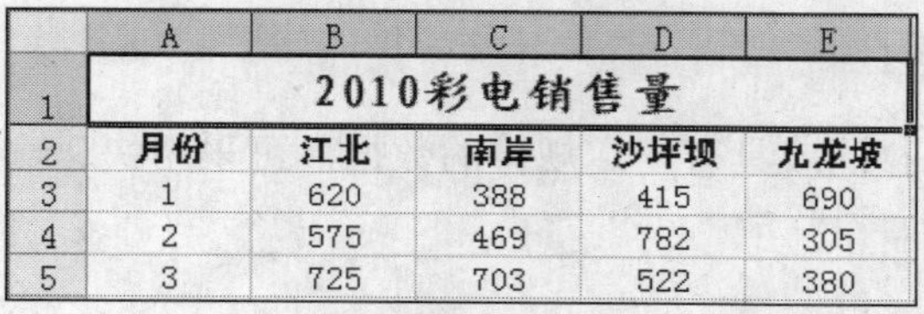

	A	B	C	D	E
1	2010彩电销售量				
2	月份	江北	南岸	沙坪坝	九龙坡
3	1	620	388	415	690
4	2	575	469	782	305
5	3	725	703	522	380

图 6-26　最终效果

操作步骤如下：

（1）打开"销量表"工作簿（立体化教学:\实例素材\第 6 章\销量表.xls），选择"A1:E1"单元格区域后，单击"格式"工具栏中的"合并及居中"按钮，将单元格区域进行合并，如图 6-27 所示。

（2）选择合并后的单元格，再选择"格式/行/行高"命令，打开"行高"对话框，在"行高"文本框中输入"25"，单击　确定　按钮完成操作，如图 6-28 所示。

图 6-27　合并后的单元格 　　　　　　　图 6-28　调整行高

6.5　输 入 数 据

电子表格主要用来存储和处理数据，因此数据的输入和编辑是制作电子表格的前提。下面主要介绍数值的输入方法以及快速填充数据的一些实用技巧。

6.5.1　输入普通数据

Excel 中的数据是指文本、数值和符号等，其输入方法非常简单，只需选择单元格后直接输入或在编辑栏中输入所需内容后按"Enter"键即可。一般来说，在 Excel 2003 中输入的若是文本，则自动左对齐；输入的若是数据，则自动右对齐，如图 6-29 所示。

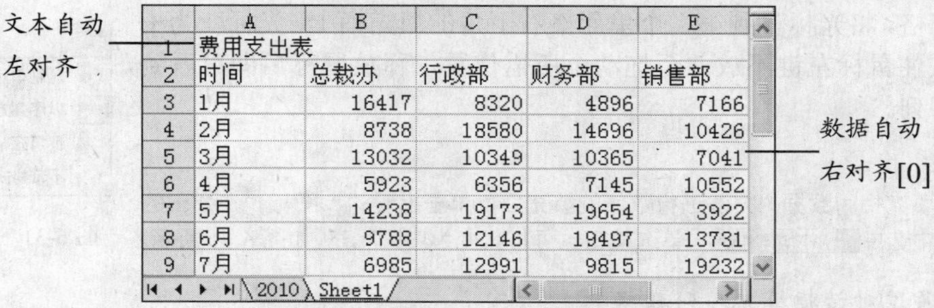

文本自动
左对齐

	A	B	C	D	E
1	费用支出表				
2	时间	总裁办	行政部	财务部	销售部
3	1月	16417	8320	4896	7166
4	2月	8738	18580	14696	10426
5	3月	13032	10349	10365	7041
6	4月	5923	6356	7145	10552
7	5月	14238	19173	19654	3922
8	6月	9788	12146	19497	13731
9	7月	6985	12991	9815	19232

数据自动
右对齐[0]

图 6-29　输入的数据

6.5.2　快速输入数据

要在 Excel 中输入相同或具有一定规律的数据，可采用快速输入的方法，以提高工作效率。

1．填充相同数据

在制作 Excel 表格的过程中有时需要在多个单元格中输入相同的数据。采用复制与粘贴的方法，操作步骤较多，因此较浪费时间，而通过鼠标拖动法则可快速完成任务。

【例6-4】　在"业绩评定表"的"C"列中通过填充方式快速输入"业务员"文本。

（1）打开"业绩评定表"工作簿（立体化教学:\实例素材\第 6 章\业绩评定表.xls），在"C3"单元格中输入"业务员"。

（2）将光标移到该单元格右下角的填充柄上，光标变为 ✚ 形状，按住鼠标左键不放向下拖动至所需位置，这里拖动至"C14"单元格，释放鼠标后，在"C3:C14"单元格区域中会填入相同的数据"业务员"，如图6-30所示（立体化教学:\源文件\第 6 章\业绩评定表.xls）。

图 6-30　填充相同数据

2．填充序列

当要输入等差序列、等比序列或日期序列等有规律的数据序列时，同样可通过鼠标拖动法进行输入，另外还可通过"序列"对话框进行详细设置。

1）通过鼠标拖动法填充序列数据

通过鼠标拖动法填充等差序列或等比序列时，需先输入两个相邻的数值，然后选择这两个单元格，将光标移到第二个单元格右下角的填充柄上，光标变为 ✚ 形状，按住鼠标左键不放并至拖动至所需位置，释放鼠标后即可看到填充的序列。

✎ 技巧：

使用填充相同数据的方法进行数值的填充后，单击出现的 图标，在弹出的菜单中选中 ◉ 以序列方式填充(S) 单选按钮也可将其变为序列填充，如图6-31所示。

图 6-31　填充序列

2）通过对话框填充序列数据

通过"序列"对话框除了可以进行等差序列的填充外，还可进行等比序列、日期等数据的填充。

【**例 6-5**】　在"业绩评定表 1"的"A"列中通过"序列"对话框快速输入序号。

（1）打开"业绩评定表 1"工作簿（立体化教学:\实例素材\第 6 章\业绩评定表 1.xls），在"A3"单元格中输入"1"，然后选择"A3:A14"单元格区域，再选择"编辑/填充/序列"命令。

（2）打开"序列"对话框，在"序列产生在"栏中默认已选中◉列(C)单选按钮，这里保持不变，在"类型"栏中选中◉等差序列(L)单选按钮，在"步长值"文本框中输入序列的差值，这里输入"1"，单击 确定 按钮，如图 6-32 所示。

（3）返回工作表中，可看到在"A3:A14"单元格区域中会依次填充差值为 1 的序列数据，如图 6-33 所示（立体化教学:\源文件\第 6 章\业绩评定表 1.xls）。

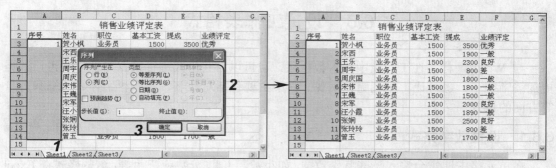

图 6-32　设置"序列"对话框　　　　　　　　图 6-33　填充效果

6.5.3　应用举例——输入序列及相同数据

本例将在"价格表"工作簿中使用填充数据的方法，输入产品编号和批次，其效果如图 6-34 所示（立体化教学:\源文件\第 6 章\价格表.xls）。

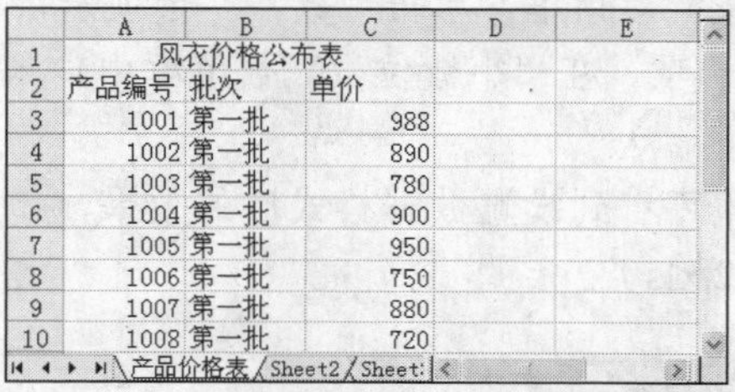

图 6-34　最终效果

操作步骤如下：

（1）打开"价格表"工作簿（立体化教学:\实例素材\第 6 章\价格表.xls），在"A3"单元格中输入"1001"，然后选择"A3:A10"单元格区域，再选择"编辑/填充/序列"命令。

（2）打开"序列"对话框，在"序列产生在"栏中默认已选中◉列(C)单选按钮，在"类型"栏中选中◉等差序列(L)单选按钮，在"步长值"文本框中输入"1"，单击 确定 按钮，如图 6-35 所示。

（3）在"B3"单元格中输入"第一批"，将光标移到该单元格右下角的填充柄上，此时光标变为╋形状，按住鼠标左键不放向下拖动至"B14"单元格，释放鼠标后在"C3:C14"

单元格区域中会填入相同的数据"第一批"，效果如图 6-36 所示。

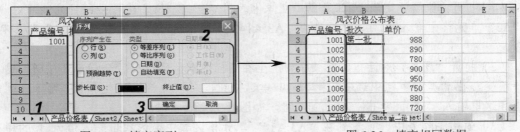

图 6-35　填充序列　　　　　　　　　　　图 6-36　填充相同数据

6.6　设置工作表格式

与 Word 一样，在工作表中输入数据后，也可以对其格式进行设置，这样既可让数据更加清晰明了，也可让工作表更加美观。其中主要包括对数字、对齐、字体、边框和背景等方面的设置。

6.6.1　设置数字格式

在单元格中通常会输入一些特殊数据，如小数、日期、分数或货币等，这些格式在 Excel 中都可以进行设置。

【例 6-6】　将"业绩评定表 2"工作簿中"基本工资"与"提成"栏中的数据设置为货币格式。

（1）打开"业绩评定表 2"工作簿（立体化教学\实例素材\第 6 章\业绩评定表 2.xls），选择 D3:E14 单元格区域，再选择"格式/单元格"命令。

（2）打开"单元格格式"对话框，单击"数字"选项卡，在"分类"列表框中选择所需类型，这里选择"货币"选项，在"小数位数"数值框中输入"0"，单击 确定 按钮，如图 6-37 所示。

（3）返回工作表中，即可看到设置数据格式后的效果，如图 6-38 所示（立体化教学\源文件\第 6 章\业绩评定表 2.xls）。

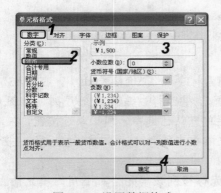

图 6-37　设置数据格式

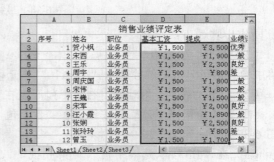

图 6-38　设置后的效果

6.6.2　设置对齐方式

为工作表中的数据设置对齐方式，可让其更加整洁。除使用"格式"工具栏外，还可选择"格式/单元格"命令。在打开的"单元格格式"对话框中选择"对齐"选项卡，在其中可对对齐方式进行设置，如图 6-39 所示。该选项卡中各主要选项的作用介绍分别如下。

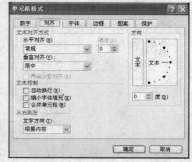

图 6-39　"对齐"选项卡

- ➥ "水平对齐"下拉列表框：在其中可选择数据在水平方向上的对齐方式，其中有常规、靠左、居中、靠右、填充、两端对齐、跨列居中以及分散对齐等选项，默认值为"常规"。
- ➥ "垂直对齐"下拉列表框：在其中可选择数据在垂直方向上的对齐方式，有靠上、居中、靠下、两端对齐以及分散对齐等选项。
- ➥ ☑自动换行(W)复选框：选中后超过单元格列宽的文本会自动换行。
- ➥ ☑缩小字体填充(K)复选框：选中后文本字体将会缩小填充在单元格列宽范围内。
- ➥ ☑合并单元格(M)复选框：选中它可将选择的多个单元格合并为一个单元格。
- ➥ "方向"栏：在其中可设置文本排列的方向，包括竖直排列、水平排列和倾斜排列 3 种方式。倾斜排列时，可通过右边的方向转盘或下边的数值框调整倾斜角度。

6.6.3　自动套用格式

在 Excel 2003 中提供了 17 种已经设置好的表格格式，用户可直接套用所需的表格格式，还可只应用自带格式中的部分格式。

【例 6-7】　为"业绩评定表 3"工作簿中的数据区域套用格式。

（1）打开"业绩评定表 3"工作簿（立体化教学:\实例素材\第 6 章\业绩评定表 3.xls），选择"A2:F14"单元格区域，再选择"格式/自动套用格式"命令。

（2）打开"自动套用格式"对话框，选择需要的表格样式，这里选择"古典 2"选项。

（3）单击对话框右侧的 选项(O)... 按钮，展开"要应用的格式"栏，通过选中其中的复选框可套用所选表格格式中所包含的部分格式，这里保持所有复选框的选中状态，单击 确定 按钮，如图 6-40 所示（立体化教学:\源文件\第 6 章\业绩评定表 3.xls）。

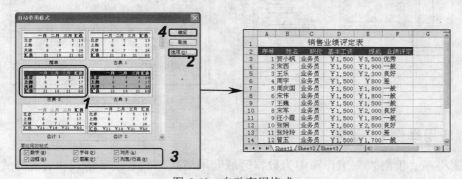

图 6-40　自动套用格式

6.6.4　设置边框和底纹

若"自动套用格式"对话框中提供的样式不能满足需要，可对工作表中的数据区域设置边框和底纹，使其更加专业、美观。

【例 6-8】　为"业绩评定表 4"工作簿中的数据区设置边框和底纹，效果如图 6-41 所示（立体化教学:\源文件\第 6 章\业绩评定表 4.xls）。

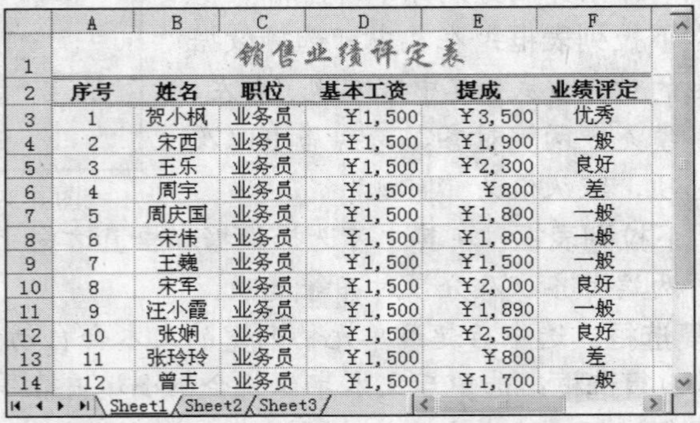

	A	B	C	D	E	F
1	销售业绩评定表					
2	序号	姓名	职位	基本工资	提成	业绩评定
3	1	贺小枫	业务员	￥1,500	￥3,500	优秀
4	2	宋西	业务员	￥1,500	￥1,900	一般
5	3	王乐	业务员	￥1,500	￥2,300	良好
6	4	周宇	业务员	￥1,500	￥800	差
7	5	周庆国	业务员	￥1,500	￥1,800	一般
8	6	宋伟	业务员	￥1,500	￥1,800	一般
9	7	王巍	业务员	￥1,500	￥1,800	一般
10	8	宋军	业务员	￥1,500	￥2,000	良好
11	9	汪小霞	业务员	￥1,500	￥1,890	一般
12	10	张娴	业务员	￥1,500	￥2,500	良好
13	11	张玲玲	业务员	￥1,500	￥800	差
14	12	曾玉	业务员	￥1,500	￥1,700	一般

图 6-41　设置后的效果

（1）打开"业绩评定表 4"工作簿（立体化教学:\实例素材\第 6 章\业绩评定表 4.xls），选择"A2:F2"单元格区域，再选择"格式/单元格"命令。

（2）打开"单元格格式"对话框，单击"边框"选项卡，在"线条"栏的"样式"列表框中选择"＿＿＿"选项，在颜色下拉列表框中选择"粉红"选项，在边框栏中单击▥和▥按钮添加上下边框，如图 6-42 所示。

（3）单击"图案"选项卡，在"颜色"栏中选择如图 6-43 所示的淡黄色，单击 确定 按钮确认设置，返回工作表，即可查看到设置后的效果。

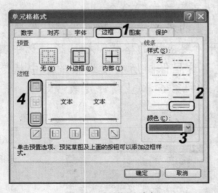

图 6-42　设置边框

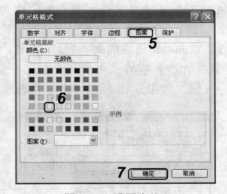

图 6-43　设置底纹

6.6.5　应用举例——设置工作表格式

本例将在"价格表"工作簿中为数据区域套用格式，然后数字格式和对齐方式进行设置，其效果如图 6-44 所示（立体化教学:\源文件\第 6 章\价格表 1.xls）。

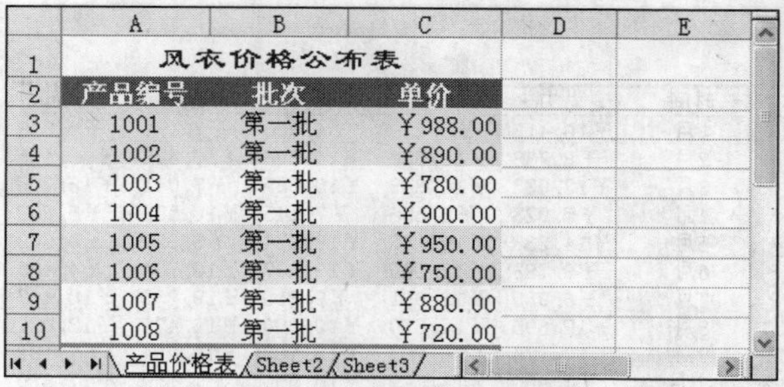

	A	B	C	D	E
1	风衣价格公布表				
2	产品编号	批次	单价		
3	1001	第一批	￥988.00		
4	1002	第一批	￥890.00		
5	1003	第一批	￥780.00		
6	1004	第一批	￥900.00		
7	1005	第一批	￥950.00		
8	1006	第一批	￥750.00		
9	1007	第一批	￥880.00		
10	1008	第一批	￥720.00		

产品价格表 / Sheet2 / Sheet3

图 6-44 最终效果

操作步骤如下：

（1）打开"价格表 1"工作簿（立体化教学:\实例素材\第 6 章\价格表 1.xls），选择"A2:C10"单元格区域，再选择"格式/自动套用格式"命令。

（2）打开"自动套用格式"对话框，选择"序列 2"选项，单击 选项(O)… 按钮，展开"要应用的格式"栏，取消选中 □列宽/行高(W) 复选框，单击 确定 按钮，如图 6-45 所示。

（3）单击"A2:C2"单元格区域，同时按住"Ctrl"键选择"A3:B10"单元格区域，在"格式"工具栏中单击"居中"按钮 将其设置为居中。

（4）选择"C3:C10"单元格区域，再选择"格式/单元格"命令，打开"单元格格式"对话框，单击"数字"选项卡，在"分类"列表框中选择"货币"选项，在"小数位数"数值框中输入"2"，单击 确定 按钮，如图 6-46 所示，返回工作表中即可看到最终效果。

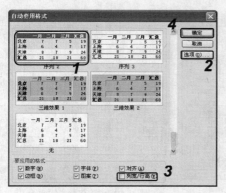

图 6-45 "自动套用格式"对话框

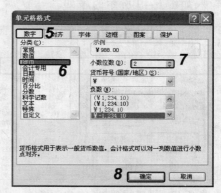

图 6-46 设置数字格式

6.7 上机及项目实训

6.7.1 设置"公司费用支出表"

本次上机将使用调整行高、合并单元格、填充数据、自动套用公式、设置数字格式等方法，制作如图 6-47 所示的 Excel 表格（立体化教学:\源文件\第 6 章\公司费用支出表.xls）。

	A	B	C	D	E	F	
1			费用支出表				
2	时间	总裁办	行政部	财务部	销售部	客服部	
3	1月	¥16,417	¥8,320	¥4,896	¥7,166	¥5,908	
4	2月	¥8,738	¥18,580	¥14,696	¥10,426	¥16,495	
5	3月	¥13,032	¥10,349	¥10,365	¥7,041	¥16,705	
6	4月	¥5,923	¥6,356	¥7,145	¥10,552	¥5,262	
7	5月	¥14,238	¥19,173	¥19,654	¥3,922	¥9,670	
8	6月	¥9,788	¥12,146	¥19,497	¥13,731	¥4,433	
9	7月	¥6,985	¥12,991	¥9,815	¥19,232	¥10,467	
10	8月	¥12,695	¥14,670	¥10,900	¥16,472	¥13,021	
11	9月	¥17,476	¥6,903	¥13,103	¥19,214	¥8,181	
12	10月	¥7,960	¥14,549	¥15,554	¥9,159	¥17,880	
13	11月	¥4,004	¥4,420	¥4,955	¥12,130	¥18,884	
14	12月	¥9,395	¥15,741	¥16,998	¥16,697	¥11,857	

图 6-47　最终效果

操作步骤如下：

（1）打开"公司费用支出表"工作簿（立体化教学:\实例素材\第 6 章\公司费用支出表.xls），选择"A1"单元格，选择"格式/行/行高"命令，打开"行高"对话框，在"行高"文本框中输入"26"，单击 确定 按钮。

（2）选择"A1:F1"单元格区域后，单击"格式"工具栏中的"合并及居中"按钮，将单元格合并，如图 6-48 所示。

（3）选择"A3"单元格，将光标移到该单元格右下角的填充柄上，此时光标变为 ✚ 形状，按住鼠标左键不放向下拖动至"A14"单元格，释放鼠标后，在"A3:A14"单元格区域中输入如图 6-49 所示的序列。

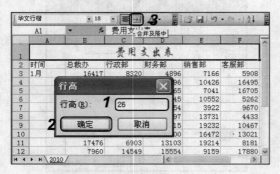

图 6-48　调整行高并合并单元格

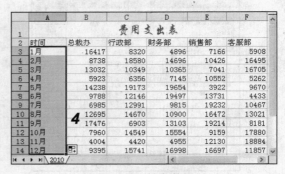

图 6-49　填充数据

（4）选择"A2:F14"单元格区域，再选择"格式/自动套用格式"命令，打开"自动套用格式"对话框，选择"会计 2"选项，单击 选项(O) 按钮，展开"要应用的格式"栏，取消选中 □数字(N) 和 □列宽/行高(W) 复选框，单击 确定 按钮，如图 6-50 所示。

（5）选择"A2:F2"单元格区域，同时按住"Ctrl"键选择"A3:A14"单元格区域，在"格式"工具栏中单击"居中"按钮 将其设置为居中。

（6）选择"B3:F14"单元格区域，再选择"格式/单元格"命令，打开"单元格格式"对话框，选择"数字"选项卡，在"分类"列表框中选择"货币"选项，在"小数位数"数值框中输入"0"，单击 确定 按钮，如图 6-51 所示，返回工作表中即可看到最终效果。

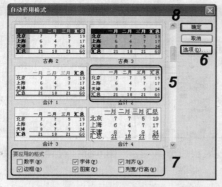

图 6-50　“自动套用格式”对话框

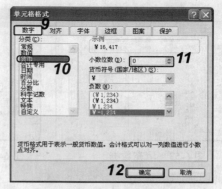

图 6-51　设置数字格式

6.7.2　设置“销售情况表”

综合利用本章和前面所学的合并单元格、填充序列、填充相同数据、设置边框和底纹等知识，设置“销售情况表”，其效果如图 6-52 所示。

	A	B	C	D	E
1	电脑配件销售情况表				
2	产品编号	产品名称	单价	单位	销售数量
3	NAI－001	显卡	￥599.00	个	13
4	NAI－002	显示器	￥1,399.00	个	25
5	NAI－003	硬盘	￥405.00	个	17
6	NAI－004	内存	￥210.00	个	31
7	NAI－005	主板	￥699.00	个	10
8	NAI－006	CPU	￥510.00	个	12
9	NAI－007	机箱	￥150.00	个	20
10	NAI－008	电源	￥250.00	个	18
11	NAI－009	键盘	￥40.00	个	33
12	NAI－010	鼠标	￥60.00	个	28
13	NAI－011	音箱	￥150.00	个	16
14	NAI－012	光驱	￥199.00	个	8

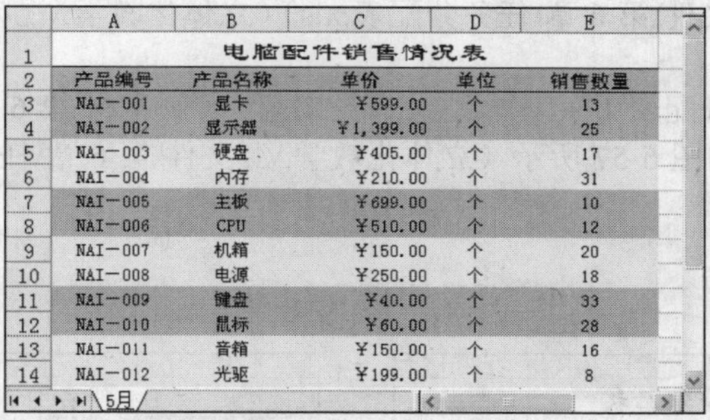

图 6-52　设置格式后的效果

本练习可结合立体化教学中的视频演示进行学习（立体化教学:\视频演示\第 6 章\设置“销售情况表”.swf）。主要操作步骤如下：

（1）打开“销售情况表”工作簿（立体化教学:\实例素材\第 6 章\销售情况表.xls），合并“A1:E1”单元格区域。

（2）为“A3:A14”单元格区域填充“NAI－001”到“NAI－012”的序列编号，如图 6-53 所示。

（3）为“D3:D14”单元格区域填充相同数据“个”，如图 6-54 所示。

（4）将“C3:C14”单元格区域的数字格式设置为“货币”，小数位数为“2”。

（5）将除“C3:C14”单元格区域外的其他数据设置为居中。

（6）为“A2:E2‘单元格区域设置形状为“——”的上下边框线，并将底纹设置为“淡紫”。

（7）选择“A3:E4”、“A7:E8”、“A11:E12”单元格区域，将其底纹设置为“青绿”。

（8）选择“A5:E6”、“A9:E10”、“A13:E14”单元格区域，将其底纹设置为“浅青绿”，效果如图 6-55 所示。

图 6-53　填充数据

图 6-54　设置表头边框

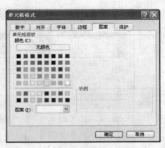

图 6-55　设置数据底纹

6.8　练习与提高

（1）通过"通讯录"模板，新建一个工作簿，并将其保存为"员工通讯录"。

（2）打开"任务分配表"工作簿（立体化教学:\实例素材\第 6 章\任务分配表.xls），对其进行单元格合并、输入数据、填充数据、数字格式和对齐方式等设置，效果如图 6-56 所示（立体化教学:\源文件\第 6 章\任务分配表.xls）（立体化教学:\视频演示\第 6 章\设置"任务分配表".swf）。

（3）打开"任务分配表 1"工作簿（立体化教学:\实例素材\第 6 章\任务分配表 1.xls），为其套用格式，效果如图 6-57 所示（立体化教学:\源文件\第 6 章\任务分配表 1.xls）。

提示:

> 选择"古典 2"样式，并取消选中□列宽/行高(W)复选框。

图 6-56　设置"任务分配表"工作簿　　　　图 6-57　设置"任务分配表 1"工作簿

经验技巧　总结制作 Excel 文件的方法

　　本章主要介绍了 Excel 的基本操作，要想快速制作出专业美观的工作簿，课后还必须学习和总结一些相关的方法，这里总结以下几点供大家参考和探索。

➥　中文数字"一"、"二"……不能使用填充的方式进行序列填充。

➥　在"自动套用格式"对话框中取消选中□列宽/行高(W)复选框，可保持数据所在单元格中的列宽。

➥　在对工作簿中的数据进行编辑时，可参考在 Word 中编辑文本的方法，如进行颜色、字体、字号等文本格式设置以及查找替换数据等操作。

第 7 章　Excel 2003 高级应用

学习目标

- ☑ 在"业务员工资表"工作簿中计算数据并复制公式
- ☑ 在"公司费用支出表 5"工作簿中对所需数据进行筛选
- ☑ 对"公司费用支出表 6"工作簿中的数据以"部门"选项进行分类汇总
- ☑ 在"业务员工资表 2"工作簿中创建并编辑图表

目标任务&项目案例

F3	▼	ƒx	=SUM(D3:E3)		
	A	B	C	D	E	F
1			业务员工资表			
2	序号	姓名	职位	基本工资	提成	工资(税前)
3	1	贺小枫	业务员	￥1,500	￥3,500	￥5,000
4	2	宋西	业务员	￥1,500	￥1,900	￥3,400
5	3	王乐	业务员	￥1,500	￥2,300	￥3,800
6	4	周宇	业务员	￥1,500	￥800	￥2,300
7	5	周庆国	业务员	￥1,500	￥1,800	￥3,300
8	6	宋伟	业务员	￥1,500	￥1,800	￥3,300
9	7	王巍	业务员	￥1,500	￥1,500	￥3,000
10	8	宋军	业务员	￥1,500	￥2,000	￥3,500
11						

在"业务员工资表"中计算数据并复制公式

	A	B	C	D	E	F
1			费用支出表			
2	部门	一季度	二季度	三季度	四季度	总计
6	财务部	￥24,633	￥28,019	￥39,557	￥33,818	￥126,027
7	广告部	￥49,435	￥21,515	￥28,205	￥36,885	￥136,040
8	总裁办	￥38,187	￥29,957	￥35,503	￥42,966	￥146,613
9						
10						
11						
12						
13						

在"公司费用支出表 5"工作簿中筛选数据

1 2 3		A	B	C	D	E	F
	1			费用支出表			
	2	部门	一季度	二季度	三季度	四季度	总计
	3	客服部	￥9,074	￥10,426	￥19,654	￥24,633	￥63,787
	4	客服部 汇总	￥9,074	￥10,426	￥19,654	￥24,633	
	5	行政部	￥29,957	￥24,633	￥10,019	￥21,515	￥86,124
	6	行政部 汇总	￥29,957	￥24,633	￥10,019	￥21,515	
	7	销售部	￥40,212	￥28,205	￥15,885	￥28,612	￥112,914
	8	销售部 汇总	￥40,212	￥28,205	￥15,885	￥28,612	
	9	财务部	￥24,633	￥28,019	￥39,557	￥33,818	￥126,027
	10	财务部 汇总	￥24,633	￥28,019	￥39,557	￥33,818	
	11	广告部	￥49,435	￥21,515	￥28,205	￥36,885	￥136,040
	12	广告部 汇总	￥49,435	￥21,515	￥28,205	￥36,885	
	13	总裁办	￥38,187	￥29,957	￥35,503	￥42,966	￥146,613
	14	总裁办 汇总	￥38,187	￥29,957	￥35,503	￥42,966	
	15	总计	￥191,498	￥142,755	￥148,823	￥188,429	

对"公司费用支出表 6"中的数据进行分类汇总

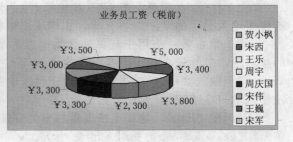

在"业务员工资表 2"工作簿中创建并编辑图表

利用 Excel 2003 除可制作电子表格并输入数据外，其更强大的功能还在于对数据的处理。本章将具体介绍 Excel 2003 的高级应用，主要包括通过公式和函数对数据进行复杂的计算，使用数据库对数据进行排序、筛选和分类汇总。除此之外，Excel 还可根据数据创建图表，利用创建的图表可直观、清楚地了解工作表中各数据间的关系。在完成各类操作后，还可将工作簿进行打印。对数据的计算、分析和处理操作是本章的重点，也是文秘办公人员必备的技能。

7.1 公式和函数的使用

公式与函数在高中都学习过，它们是对数据进行处理的表达式。在 Excel 工作表中，同样可使用各种公式与函数对工作表中的数据进行自动、精确、高速的运算处理。

7.1.1 编辑公式

使用 Excel 中的公式可以对工作表中的各个数值进行加、减、乘、除等各种运算。

1．输入公式

在 Excel 中输入一个公式时，必须遵循特定的语法和次序规定，即最前面必须是等号"="，后面是参与计算的元素和运算符，每个元素可以是不变的常量数值、单元格、引用的单元格区域、名称或工作表函数等。

1）输入普通公式

普通公式的输入方法较为简单，即选择要输入公式的单元格，直接输入"="后输入公式的内容，如输入"35*29"，按"Enter"键或单击编辑栏中的"输入"按钮✔可将公式运算的结果显示在选择的单元格中，如图 7-1 所示。

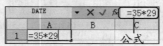

图 7-1　输入公式并计算结果

2）输入引用公式

在 Excel 中还可以输入不是由具体数据组成，而是由引用的单元格地址组成的公式。

【例 7-1】　在"公司费用支出表"的工作表中通过输入应用公式计算出费用总和。

（1）打开"公司费用支出表"工作簿（立体化教学:\实例素材\第 7 章\公司费用支出表.xls），选择要输入公式的"F3"单元格，在编辑栏中输入"="。

（2）单击第一个用于计算的数据所在的单元格"B3"，此时该单元格周围出现闪动的虚线框，其地址自动出现在编辑栏中。

（3）输入"+"后单击第二个用于计算的数据所在的单元格"C3"，再使用同样的方法输入"+D3+E3"，完成公式的输入。

（4）按"Enter"键或单击编辑栏中的✔按钮，计算出数据，如图 7-2 所示（立体化教学:\源文件\第 7 章\公司费用支出表.xls）。

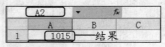

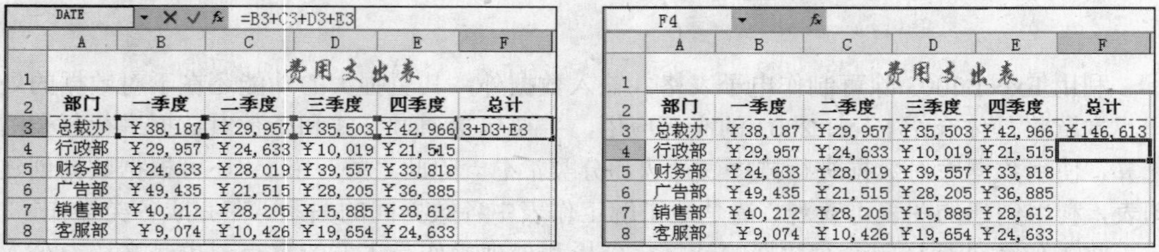

图 7-2　计算结果

2．修改公式

输入公式后，还可对其进行修改。方法是选择需修改公式的单元格，将文本插入点定位于编辑栏中，对公式进行修改后按"Enter"键，单元格中的计算结果将根据公式的改变而改变。

7.1.2 复制公式

若要在其他单元格中输入与某一单元格格式相同的公式，可对该公式进行复制，这样可省去重复输入相同内容的操作，节省了时间，提高了工作效率。

【例 7-2】 在"公司费用支出表 1"的工作表中复制公式以计算出各部门的支出总计。

（1）打开"公司费用支出表"工作簿（立体化教学:\实例素材\第 7 章\公司费用支出表 1.xls），选择要复制公式的"F3"单元格。

（2）将光标移动到该单元格的右下角，当其变为 **+** 形状时按住鼠标左键并向下拖动到要复制公式的最后一个单元格。

（3）释放鼠标左键即可通过同一公式计算出该栏下的所有数据，操作过程如图 7-3 所示（立体化教学:\源文件\第 7 章\公司费用支出表 1.xls）。

	A	B	C	D	E	F
1				费用支出表		
2	部门	一季度	二季度	三季度	四季度	总计
3	总裁办	￥38,187	￥29,957	￥35,503	￥42,966	￥146,613
4	行政部	￥29,957	￥24,633	￥10,019	￥21,515	
5	财务部	￥24,633	￥28,019	￥39,557	￥33,818	
6	广告部	￥49,435	￥21,515	￥28,205	￥36,885	
7	销售部	￥40,212	￥28,205	￥15,885	￥28,612	
8	客服部	￥9,074	￥10,426	￥19,654	￥24,633	
9						

	A	B	C	D	E	F
1				费用支出表		
2	部门	一季度	二季度	三季度	四季度	总计
3	总裁办	￥38,187	￥29,957	￥35,503	￥42,966	￥146,613
4	行政部	￥29,957	￥24,633	￥10,019	￥21,515	￥86,124
5	财务部	￥24,633	￥28,019	￥39,557	￥33,818	￥126,027
6	广告部	￥49,435	￥21,515	￥28,205	￥36,885	￥136,040
7	销售部	￥40,212	￥28,205	￥15,885	￥28,612	￥112,914
8	客服部	￥9,074	￥10,426	￥19,654	￥24,633	￥63,787
9						

图 7-3 复制公式

提示:

若要复制公式到其他不相邻或不在同一表格中的单元格，可先选择公式所在的单元格，按"Ctrl+C"键复制，选择目标单元格后按"Ctrl+V"键粘贴。若公式引用的单元格中的数据发生变化，则存放计算结果的单元格中的数据也将发生相应变化，这与直接移动单元格中的数据不同。

7.1.3 单元格引用

在使用公式和函数时，通常要引用单元格地址。Excel 中的引用分为相对引用和绝对引用，它们具有不同的含义，介绍分别如下。

- **相对引用**：相对引用是指当前单元格与公式所在单元格的相对位置。默认情况下，在复制与填充公式时，Excel 将使用相对引用。在相对引用下，复制公式到其他单元格时，单元格中的公式会发生相应变化，但引用的单元格与包含公式的单元格的相对位置不变。如图 7-4 所示即为相对引用单元格地址后复制公式的效果。

- **绝对引用**：绝对引用是指将公式复制到新位置时，公式中的单元格地址固定不变，与单元格的位置无关。在相对引用的单元格的列标和行号前分别添加"$"符号便可成为绝对引用。在复制使用了绝对引用的公式时，将固定引用指定位置的单元格。如图 7-5 所示即为绝对引用单元格地址后复制公式的效果。

	A	B	C	D	E	F
2	部门	一季度	二季度	三季度	四季度	总计
3	总裁办	38187	29957	35503	42966	=B3+C3+D3+E3
4	行政部	29957	24633	10019	21515	=B4+C4+D4+E4
5	财务部	24633	28019	39557	33818	=B5+C5+D5+E5
6	广告部	49435	21515	28205	36885	=B6+C6+D6+E6
7	销售部	40212	28205	15885	28612	=B7+C7+D7+E7
8	客服部	9074	10426	19654	24633	=B8+C8+D8+E8

图 7-4 相对引用

	A	B	C	D	E	F
2	部门	一季度	二季度	三季度	四季度	总计
3	总裁办	38187	29957	35503	42966	=$B$3+$C$3+$D$3+$E$3
4	行政部	29957	24633	10019	21515	=$B$3+$C$3+$D$3+$E$3
5	财务部	24633	28019	39557	33818	=$B$3+$C$3+$D$3+$E$3
6	广告部	49435	21515	28205	36885	=$B$3+$C$3+$D$3+$E$3
7	销售部	40212	28205	15885	28612	=$B$3+$C$3+$D$3+$E$3
8	客服部	9074	10426	19654	24633	=$B$3+$C$3+$D$3+$E$3

图 7-5 绝对引用

提示：

在同一个公式中可以同时使用相对引用与绝对引用，即混合引用。当复制使用了混合引用的公式时，绝对引用的单元格地址不发生改变，而相对引用的单元格地址将发生变化。

7.1.4 函数的使用

为了方便和简化公式的使用，Excel 中引用了函数，它由"等号（=）"、"函数"和"参数"组成。例如，函数"=SUM（A1:A4）"表示求单元格区域"A1:A4"内所有数据之和。使用函数时除可以像在单元格中直接输入数据那样输入外，还可使用"插入函数"对话框来输入。

【例 7-3】 在"公司费用支出表 2"的工作表使用"AVERAGE"函数计算平均值。

（1）打开"公司费用支出表 2"工作簿（立体化教学:\实例素材\第 7 章\公司费用支出表 2.xls），选择要存放计算结果的"G3"单元格，选择"插入/函数"命令，打开"插入函数"对话框。

（2）在"或选择类别"下拉列表框中选择"常用函数"选项，在"选择函数"列表框中选择平均数函数"AVERAGE"选项，单击 确定 按钮，如图 7-6 所示。

（3）打开"函数参数"对话框，单击"Number1"文本框后的 按钮。

（4）该对话框缩小，在工作表中选择要计算数据的单元格区域，这里选择"B3:E3"单元格区域，单击 按钮，如图 7-7 所示。

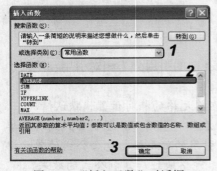

图 7-6 "插入函数"对话框

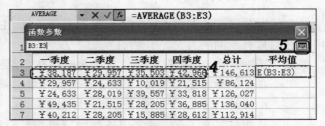

图 7-7 "函数参数"对话框

（5）"函数参数"对话框还原后单击 确定 按钮，平均值将自动出现在"G3"单元格中，如图 7-8 所示（立体化教学:\源文件\第 7 章\公司费用支出表 2.xls）。

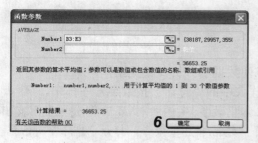

图 7-8 计算出的"平均值"

📢提示：

单击"常用"工具栏中的 **Σ ▾** 按钮右侧的▾按钮，在弹出的下拉列表中列出了常用的函数选项，选择所需选项可直接输入相应的函数并自动填入参数。

7.1.5 应用举例——用函数计算并复制公式

本例将使用"SUM"和复制公式的方法计算"业务员工资表"工资表中所有业务员的税前工资。

操作步骤如下：

（1）打开"业务员工资表"工作簿（立体化教学:\实例素材\第 7 章\业务员工资表.xls），选择要存放计算结果的"F3"单元格，然后单击"常用"工具栏中的 **Σ ▾** 按钮右侧的▾按钮，在弹出的下拉列表中选择"求和"选项。

（2）此时"F3"单元格中默认引用了"D3:E3"单元格区域，如图 7-9 所示，按"Enter"键得出计算结果。

（3）选择要复制公式的"F3"单元格，将光标移到该单元格右下角，当其变为╋形状时按住鼠标左键并向下拖动到"F10"单元格。

（4）释放鼠标左键即可计算出该栏下的所有数据，过程如图 7-9 所示（立体化教学:\源文件\第 7 章\业务员工资表.xls）。

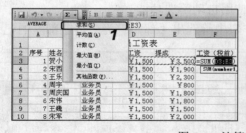

图 7-9 计算出的"总成绩"

7.2 数 据 管 理

在 Excel 2003 中，用户除了可以使用公式和函数对数据进行计算以外，还可以对数据进行管理，让繁杂的数据变得井井有条，从而使工作更加得心应手。

7.2.1 数据的排序

对数据进行排序后可以使数据一目了然，方便数据的分析和其他工作。

【例7-4】 使"公司费用支出表3"的工作表中的"总计"按数字升序排序。

（1）打开"公司费用支出表3"工作簿（立体化教学:\实例素材\第7章\公司费用支出表3.xls），选择数据区域中的任意单元格，再选择"数据/排序"命令，打开"排序"对话框。

（2）在该对话框中设置进行排序所依据的主要、次要或第三关键字。这里在"主要关键字"下拉列表框中选择"总计"选项，并选中其右侧的 ⊙ 升序(A) 单选按钮，其他保持默认设置不变，单击 确定 按钮，如图7-10所示。

（3）返回工资表编辑区中，即可看到排序后的结果如图7-11所示（立体化教学:\源文件\第7章\公司费用支出表3.xls）。

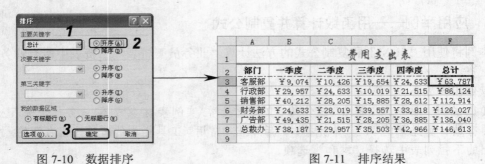

图7-10 数据排序　　　　　　　　图7-11 排序结果

7.2.2 数据的筛选

Excel 2003 还具有数据筛选功能，它可按照设置的条件对数据进行有选择性的显示，即只显示符合条件的数据，这使得用户能从大量数据中快速查找到需要的内容。

1. 自动筛选

当只需要进行简单快速的筛选操作时，可使用自动筛选功能。

【例7-5】 在"公司费用支出表4"工作表中筛选出"部门"为"客服部"的记录。

（1）打开"公司费用支出表4"工作簿（立体化教学:\实例素材\第7章\公司费用支出表4.xls），选择包括表头在内的要进行筛选操作的单元格区域，这里选择"A2:F8"单元格区域，再选择"数据/筛选/自动筛选"命令。

（2）工作表中各字段名称的右侧均出现 ▼ 按钮。单击设置筛选条件的"部门"字段右侧的 ▼ 按钮，在弹出的下拉列表中选择"客服部"选项，如图7-12所示。

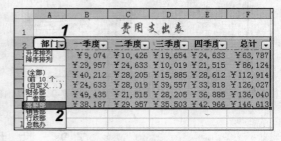

图7-12 数据筛选

（3）此时工作表中将只显示出符合筛选条件的记录，如图 7-13 所示（立体化教学:\

源文件\第 7 章\公司费用支出表 4.xls）。

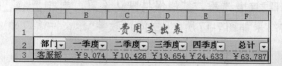

图 7-13 筛选结果

2．自定义筛选

使用 Excel 的自定义筛选功能还可进行较为复杂的筛选操作。

【例 7-6】 在"公司费用支出表 5"工作表中筛选出"总计"大于或等于"￥126,027"的记录。

（1）打开"公司费用支出表 5"工作簿（立体化教学:\实例素材\第 7 章\公司费用支出表 5.xls），选择"A2:F8"单元格区域，再选择"数据/筛选/自动筛选"命令。

（2）单击出现在字段"总计"右侧的▼按钮，并在弹出的下拉列表中选择"自定义"选项，打开"自定义自动筛选方式"对话框。

（3）在"总计"栏中的第一个下拉列表框中选择"大于或等于"选项，在其右侧的下拉列表框中选择"￥126,027"选项，单击 确定 按钮，如图 7-14 所示。

（4）得到的筛选结果如图 7-15 所示（立体化教学:\源文件\第 7 章\公司费用支出表 5.xls）。

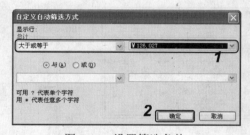

图 7-14 设置筛选条件

图 7-15 筛选结果

✎技巧：

> 不需要对数据进行筛选时，可再次选择"数据/筛选/自动筛选"命令退出筛选状态，即在字段名右侧不再出现▼按钮。

7.2.3 数据的分类汇总

使用数据库的分类汇总功能，用户可以在对数据进行排序或筛选操作时，对同一类中的数据进行统计运算，这将使工作表中的数据明细变得更加清晰直观。

【例 7-7】 在"公司费用支出表 6"工作表中，对其中的数据以"部门"选项进行分类汇总，了解各个季度各个部门的支出费用总和。

（1）打开"公司费用支出表 6"工作簿（立体化教学:\实例素材\第 7 章\公司费用支出表 6.xls），选择"A2:F8"单元格区域，再选择"数据/分类汇总"命令。

（2）打开"分类汇总"对话框，在"分类字段"下拉列表框中选择要分类的字段，这里选择"部门"选项；在"汇总方式"下拉列表框中选择对汇总项进行的汇总操作，这里选择"求和"选项；在"选定汇总项"列表框中选择要进行汇总的字段，这里选中☑一季度、☑二季度、☑三季度 和☑四季度复选框，其他保持默认设置，单击 确定 按钮，如图7-16所示。

（3）分类汇总后的结果如图7-17所示（立体化教学:\源文件\第7章\公司费用支出表6.xls）。

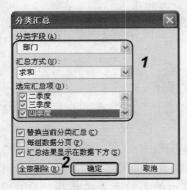

图7-16　设置汇总条件　　　　　　　　　　图7-17　汇总结果

单击分类汇总左上角的分级显示符号 1 2 3 按钮可显示不同级别的分类汇总。例如，单击 2 按钮，将只显示第二级分类汇总的结果，如图7-18所示。单击左侧的 + 或 - 按钮可以显示或隐藏某项的明细数据。

1 2 3		A	B	C	D	E	F
	1			费用支出表			
	2	部门	一季度	二季度	三季度	四季度	总计
	4	客服部 汇总	¥9,074	¥10,426	¥19,654	¥24,633	
	6	行政部 汇总	¥29,957	¥24,633	¥10,019	¥21,515	
	8	销售部 汇总	¥40,212	¥28,205	¥15,885	¥28,612	
	10	财务部 汇总	¥24,633	¥28,019	¥39,557	¥33,818	
	12	广告部 汇总	¥49,435	¥21,515	¥28,205	¥36,885	
	14	总裁办 汇总	¥38,187	¥29,957	¥35,503	¥42,966	
	15	总计	¥191,498	¥142,755	¥148,823	¥188,429	

图7-18　汇总结果

📢提示：

要清除分类汇总的结果，回到常规显示状态，可选择进行分类汇总的单元格区域后选择"数据/分类汇总"命令，在打开的"分类汇总"对话框中单击"全部删除"按钮 全部删除(R) 清除分类汇总。

7.2.4　应用举例——排序后筛选信息

在"业务员工资表 1"工作簿中将"工资（税前）"列中的数据按数字降序排序，然后筛选出"提成"金额大于"¥2,000"或小于"¥1,500"的数据。

操作步骤如下：

（1）打开"业务员工资表1"工作簿（立体化教学:\实例素材\第7章\业务员工资表1.xls），选择有数据区域中的任意一个单元格，再选择"数据/排序"命令，打开"排序"对话框。

（2）在该对话框中设置进行排序所依据的主要、次要和第三关键字。这里在"主要关键字"下拉列表框中选择"工资（税前）"选项，并选中其后的◉降序(D)单选按钮，其他保持默认设置不变，单击 确定 按钮，如图7-19所示。

（3）返回工资表编辑区中，即可看到排序后的结果如图 7-20 所示。

图 7-19　设置排序条件　　　　　　　　图 7-20　排序结果

（4）选择 A2:F10 单元格区域，再选择"数据/筛选/自动筛选"命令。

（5）单击出现在字段"提成"右侧的 ▾ 按钮，并在弹出的下拉列表中选择"自定义"选项，打开"自定义自动筛选方式"对话框。

（6）在"提成"栏中的第一个下拉列表框中选择"大于"选项，在其后的下拉列表框中选择"￥2,000"选项，选中 ⊙ 或(O) 单选按钮，然后在下方的下拉列表框中选择"小于"选项，在其右侧的下拉列表框中选择"￥1,500"选项，单击 确定 按钮，如图 7-21 所示。

（7）得到的筛选结果如图 7-22 所示（立体化教学:\源文件\第 7 章\业务员工资表 1.xls）。

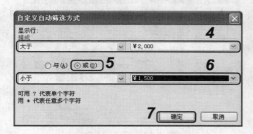
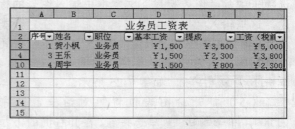

图 7-21　设置筛选条件　　　　　　　　图 7-22　筛选结果

7.3　用图表分析数据

通过筛选和分类汇总，可以让工作表中的数据按照某种要求进行显示，但如果要让各数据间的关系更为清晰，则需在表格中创建直观的图表。

7.3.1　创建图表

根据"图表向导"对话框即可创建各种类型的图表，如柱形图、条形图和饼图等。

【例 7-8】　在"公司费用支出表 7"工作簿中创建一个反映各部门在各个季度费用支出情况的图表。

（1）打开"公司费用支出表 7"工作簿（立体化教学:\实例素材\第 7 章\公司费用支出表 7.xls），在工作表中选择创建图表所需数据所在单元格，这里选择"A2:E8"单元格区域。

（2）选择"插入/图表"命令，打开图表向导的"图表类型"对话框，在其中的"图表类型"列表框中选择所需类型的图表，这里选择"圆柱图"选项，并在右侧的"子图表类型"栏中选择一种类型，这里选择第一种图表类型，单击 下一步(N) > 按钮，如图 7-23 所示。

（3）打开"图表源数据"对话框，在"数据区域"文本框中默认显示了制作图表所依据数据的单元格区域，即前面选择的单元格区域，选中 ◉ 列(L) 单选按钮，单击 下一步(N) > 按钮，如图 7-24 所示。

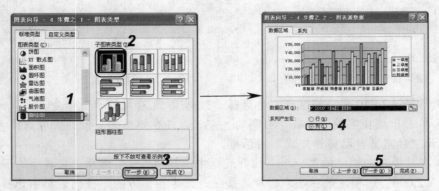

图 7-23　选择图表类型　　　　　　图 7-24　设置图表源数据

（4）打开"图表选项"对话框，在"标题"选项卡中的"图表标题"文本框中输入图表的标题，这里输入"部门季度支出费用"。在"分类（X）轴"文本框和"数值（Z）轴"文本框中还可分别输入 X 和 Z 轴的标题，这里不进行输入，单击 下一步(N) > 按钮，如图 7-25 所示。

（5）打开"图表位置"对话框，选中 ◉ 作为其中的对象插入(O): 单选按钮，在其右侧的下拉列表框汇总选择所需工作表，这里选择"2010"

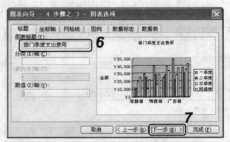

图 7-25　设置标题

选项，表示插入的图表将作为该工作表中的一个对象，单击 完成(F) 按钮，如图 7-26 所示。

（6）返回工作表编辑区，即可查看创建的图表，效果如图 7-27 所示（立体化教学:\源文件\第 7 章\公司费用支出表 7.xls）。

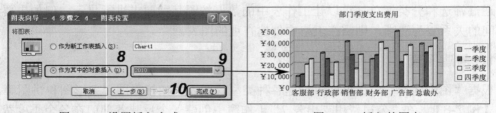

图 7-26　设置插入方式　　　　　　图 7-27　插入的图表

7.3.2　编辑图表

对于创建好的图表，还可随时对其进行编辑操作，如改变图表的类型、位置、大小和修改图表中的数据等。

1．改变图表类型

改变图表类型包括改变某个数据系列的图表类型和改变整个图表的图表类型。

【例 7-9】 将"公司费用支出表 8"工作表中的图表类型由圆柱图改为折线图。

（1）打开"公司费用支出表 8"工作簿（立体化教学:\实例素材\第 7 章\公司费用支出表 8.xls），选择需要修改类型的图表。

✍ 技巧：

> 若要修改图表中某个数据系列的图表类型，则选择该数据系列；若要修改整个图表的图表类型，则选择整个图表。

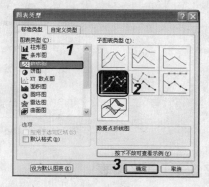

图 7-28　设置表格类型

（2）选择"图表/图表类型"命令，打开"图表类型"对话框，选择需要的图表类型，这里选择"折线图"并选择第四种子图表类型，单击 确定 按钮，如图 7-28 所示。

（3）修改类型后的图表如图 7-29 所示（立体化教学:\源文件\第 7 章\公司费用支出表 8.xls）。

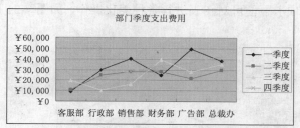

图 7-29　修改图表类型后的结果

2．移动图表和改变图表大小

插入到工作表中的图表就如同图形一样，因此对其进行移动和改变大小的方法也与普通图形对象的操作方法相同。另外，图表中的标题、图例和绘图区等组成部分也可移动或改变大小，操作方法也类似。

✍ 技巧：

> 有时新建的图表不能完全显示其中的数据内容，此时便可通过改变图片大小来将其完全显示。

3．修改图表数据

创建好图表后，图表与单元格中的数据是以动态的形式链接在一起的，在修改工作表单元格中的数据时，图表中的图形会相应变化；同样，在修改图表中的图形数据时，相应的单元格数据也会发生改变。修改图表中图形数据的方法是在图形上单击，该图形四周出现控点，在最上面的控点上按住鼠标左键进行拖动，即可改变图表数据，同时改变对应单元格中的数据。

4．修改标题

修改图表标题可通过"图表选项"对话框来完成。选择图表后，再选择"图表/图表选项"命令，可打开如图 7-30 所示的"图表选项"对话框，在"图表标题"文本框中输入新标题，单击 确定 按钮即可。选择其他选项卡，还可对图表中的相应内容进行设置。

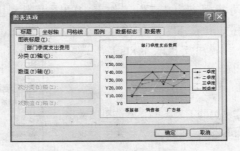

图 7-30　"图表选项"对话框

7.3.3　美化图表

与插入到工作表中的图形一样，在创建了图表后，还可对图表标题、图表区、坐标轴等部分进行美化操作。各部分美化的方法大致相同，只需双击某部分，打开相应的格式设置对话框，在相应选项卡下便可对图表进行各种美化操作，如图 7-31 所示为美化图表底色的效果。

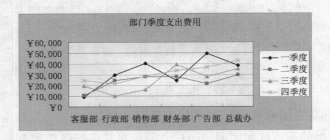

图 7-31　美化图表

7.3.4　应用举例——创建并美化图表

本例将在"业务员工资表 2"工作簿的"Sheet1"工作表中插入一个饼形图表并对其进行美化，效果如图 7-32 所示（立体化教学:\源文件\第 7 章\业务员工资表 2.xls）。

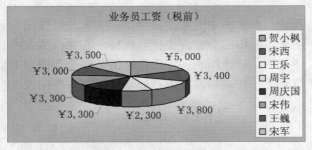

图 7-32　创建并美化图表效果

操作步骤如下：

（1）打开"业务员工资表2"工作簿（立体化教学:\实例素材\第7章\业务员工资表2.xls），在"Sheet1"工作表中选择"B2:B10"和"F2:F10"单元格区域。

（2）选择"插入/图表"命令，打开图表向导的"图表类型"对话框，在"图表类型"列表框中选择"饼图"选项，在右侧的"子图表类型"栏中选择第二种图表类型，单击 下一步(N) > 按钮。

（3）打开"图表源数据"对话框，选中 ⊙ 列(L) 单选按钮，单击 下一步(N) > 按钮。

（4）打开"图表选项"对话框，在"标题"选项卡中的"图表标题"文本框中输入图表的标题"业务员工资（税前）"。

（5）单击"数据标志"选项卡，选中 ☑ 值(V) 复选框，单击 下一步(N) > 按钮，如图 7-33 所示。

（6）打开"图表位置"对话框，选中 ⊙ 作为其中的对象插入(O): 单选按钮，在其后的下拉列表框汇总选择"Sheet1"选项，单击 完成(F) 按钮。

（7）返回工作表编辑区，即可查看到创建的图表，如图 7-34 所示，将其移动至数据下方，并调节其大小。

图 7-33　设置标题

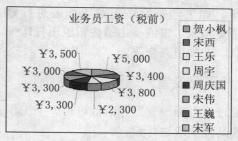

图 7-34　插入的图表

（8）在图表的底色上双击，打开"图表区格式"对话框，单击 填充效果(I)... 按钮，如图 7-35 所示。

（9）打开"填充效果"对话框，选中 ⊙ 单色(N) 单选按钮，在"颜色"下拉列表框中选择"淡紫"选项，将其下方滑动条中的滑块拖动至最"浅"，选中 ⊙ 中心幅射(M) 单选按钮，在"变形"栏中选择第二个选项，如图 7-36 所示，单击两次 确定 按钮。完成美化操作。

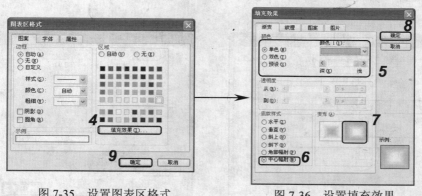

图 7-35　设置图表区格式　　　　　图 7-36　设置填充效果

7.4 打印工作表

在将工作表打印出来之前，一般需先进行页面设置并通过预览视图预览打印效果，确认符合要求后再进行打印。

7.4.1 预览打印效果

选择"文件/打印预览"命令或单击工具栏中的"打印预览"按钮，可切换到打印预览窗口，如图7-37所示。

在打印预览窗口中可查看打印出来的效果，单击其工具栏中的各个按钮还可执行相应操作，其操作方法与Word类似。确认工作表没有问题后可直接单击按钮进行打印。如果预览后还需对工作表进行修改，可按"Esc"键或单击按钮退出打印预览窗口，进行相应修改。

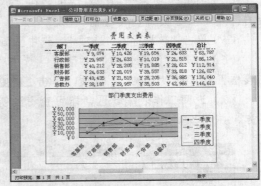

图7-37 预览打印效果

7.4.2 页面设置

通过"页面设置"对话框可对整个工作表的页面、页边距、页眉/页脚以及工作表在打印时的具体要求进行设置。

【例7-10】 为"公司费用支出表9"工作簿的"Sheet1"工作表进行页面设置。

（1）打开"公司费用支出表9"工作簿（立体化教学:\实例素材\第7章\公司费用支出表9.xls），选择"文件/页面设置"命令。

（2）打开"页面设置"对话框的"页面"选项卡，在"方向"栏中选中◉横向(L)单选按钮，在"缩放"栏中选中◉缩放比例(A)单选按钮，在其后的数值框中输入"110"，在"纸张大小"下拉列表框中选择"B5（JIS）"选项，如图7-38所示。

（3）选择"页边距"选项卡，选中"居中方式"栏中的☑水平(Z)复选框，完成设置后单击确定按钮，如图7-39所示。

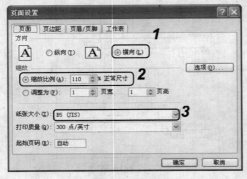

图7-38 设置页眉和页脚

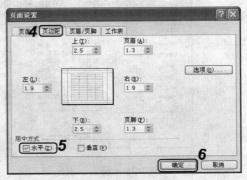

图7-39 设置工作表

7.4.3　打印设置

在打印工作表时，通过设置可选择只打印工作表中的部分区域，也可打印整个工作表或整个工作簿，这些设置均在"打印内容"对话框中进行。选择"文件/打印"命令可打开"打印内容"对话框，如图 7-40 所示。

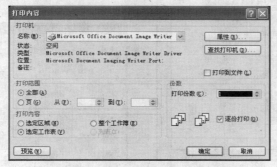

图 7-40　"打印内容"对话框

7.4.4　应用举例——设置页面并打印工作表

本例将对"业务员工资表 3"工作表进行页面设置、添加页眉页脚，然后再进行预览后将其打印两份。

操作步骤如下：

（1）打开"业务员工资表 3"工作簿（立体化教学:\实例素材\第 7 章\业务员工资表 3.xls），选择"文件/页面设置"命令。

（2）打开"页面设置"对话框的"页面"选项卡，在"方向"栏中选中 横向(L) 单选按钮，在"缩放"栏中选中 缩放比例(A): 单选按钮，在其后的数值框中输入"120"，在"纸张大小"下拉列表框中选择"B5（JIS）"选项，如图 7-41 所示。

（3）选择"页边距"选项卡，选中 水平(Z) 复选框。

（4）选择"页眉/页脚"选项卡，在"页眉"下拉列表框中选择文件名"业务员工资表 3.xls"，在"页脚"下拉列表框中选择页码"第 1 页"选项，单击 确定 按钮，如图 7-42 所示。

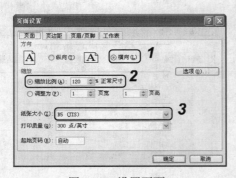

图 7-41　设置页面

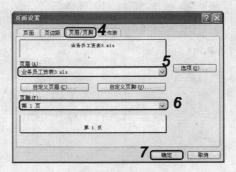

图 7-42　设置页眉与页脚

（5）选择"文件/打印预览"命令，切换到打印预览窗口中进行查看，确认无误后单击 打印(T)... 按钮，如图7-43所示。

（6）打开"打印内容"对话框，在"打印份数"数值框中输入"2"，其他保持默认设置不变，单击 确定 按钮开始打印，如图7-44所示。

图7-43　打印预览

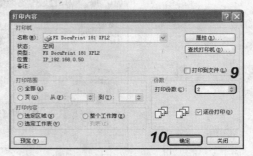
图7-44　设置打印份数

7.5　上机及项目实训

7.5.1　数据的计算及分类汇总

本次上机将为"商品销量表"工作簿的"一季度"工作表中的数据使用公式计算销售额，然后对其进行分类汇总，效果如图7-45所示（立体化教学:\源文件\第7章\商品销量表.xls）。

操作步骤如下：

（1）打开"商品销量表"工作簿（立体化教学:\实例素材\第7章\商品销量表.xls），在"一季度"工作表中选择"F3"单元格，插入函数"=C3*D3"，如图7-46所示，按"Enter"键计算出结果。

图7-45　最终效果

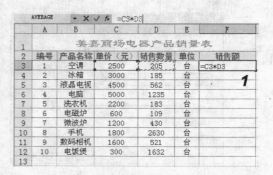
图7-46　计算销售额

（2）将光标移到该"F3"单元格右下角，当其变为 **+** 形状时按住鼠标左键并向下拖动到"F12"单元格，如图 7-47 所示。

（3）选择单元格"A2:F12"区域，再选择"数据/分类汇总"命令。

（4）打开"分类汇总"对话框，在"分类字段"下拉列表框中选择"产品名称"选项，在"选定汇总项"列表框中选中☑**销售额**复选框，保持其他默认设置不变，单击 确定 按钮完成操作，如图 7-48 所示。

图 7-47　复制公式　　　　　　　图 7-48　设置分类汇总

7.5.2　创建图表并打印文件

综合利用本章所学知识，为"商品销量表 1"工作簿的"一季度"工作表中的数据创建图表，并对页面进行设置后打印工作表。如图 7-49 所示为打印预览效果（立体化教学:\源文件\第 7 章\商品销量表 1.xls）。

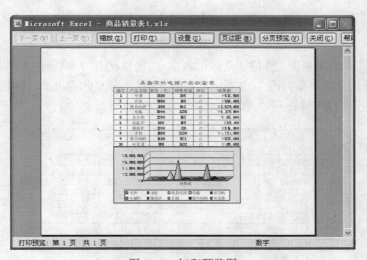

图 7-49　打印预览图

本练习可结合立体化教学中的视频演示进行学习（立体化教学:\视频演示\第 7 章\创建"商品销量表 1".swf）。主要操作步骤如下：

（1）打开"商品销量表 1"工作簿（立体化教学:\实例素材\第 7 章\商品销量表 1.xls），选择"B2:B12"和"F2:F12"单元格区域。

（2）插入第一种子图表类型的"圆锥图"，将图表源数据的"系列产生在"设置为"行"。

（3）将"图例位置"设置为"底部"，并将图表以插入对象形式插入到"一季度"工作表中。

（4）将创建的图表移动至数据下方，并调节其大小。

（5）将图表区的底色设置为"浅绿"，将背景墙的底色设置为"浅青绿"，效果如图 7-50 所示。

（6）选择"文件/页面设置"命令，打开"页面设置"对话框，将页面方向设置为横向，将纸张大小设置为"B5（JIS）"选项，如图 7-51 所示。

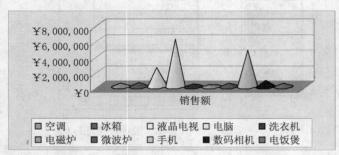

图 7-50　设置页面

图 7-51　设置页眉与页脚

（7）将页边距的居中方式设置为水平和垂直，然后对文件进行预览。

（8）对工作表进行打印，将打印份数设置为"3"。

7.6　练习与提高

（1）在"培训成绩表"工作簿（立体化教学:\实例素材\第 7 章\培训成绩表.xls）中使用函数计算总分和平均分，效果如图 7-52 所示（立体化教学:\源文件\第 7 章\培训成绩表.xls）。

提示：可使用"SUM"和"AVERAGE"函数进行计算。

	A	B	C	D	E	F	G	H
1					培训成绩表			
2	编号	姓名	销售技巧	客户管理	客房开发	撰写企划	总分	平均分
3	101	刘慧	61	70	72	66	269	67.25
4	102	张之成	79	75	78	88	320	80
5	103	李研	88	90	91	96	365	91.25
6	104	陈阳	69	73	75	70	287	71.75
7	105	何小艳	56	65	62	60	243	60.75
8	106	张浩	77	70	82	85	314	78.5
9	107	晏丽	85	81	89	84	339	84.75
10	108	赵宽	72	75	68	73	288	72
11	109	黄艳	90	88	87	81	346	86.5
12	110	胡雪丽	75	71	68	60	274	68.5
13	111	王小勇	92	93	97	88	370	92.5
14	112	吴智	81	86	90	96	353	88.25
15	113	李海波	70	72	68	78	288	72
16	114	周一然	70	67	65	60	262	65.5

图 7-52　使用函数进行计算

（2）在"培训成绩表 1"工作簿（立体化教学:\实例素材\第 7 章\培训成绩表 1.xls）中

筛选平均分大或等于"80"的数据，效果如图 7-53 所示（立体化教学:\源文件\第 7 章\培训成绩表 1.xls）。

提示：使用自定义筛选方式进行筛选。

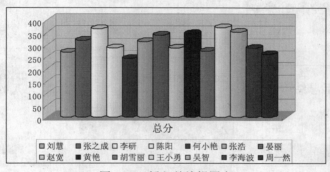

	A	B	C	D	E	F	G	H
1	培训成绩表							
2	编	姓名	销售技	客户管	客房开	撰写企	总分	平均分
4	102	张之成	79	75	78	88	320	80
5	103	李研	88	90	91	96	365	91.25
9	107	晏丽	85	81	89	84	339	84.75
11	109	黄艳	90	88	87	81	346	86.5
13	111	王小勇	92	93	97	88	370	92.5
14	112	吴智	81	86	90	96	353	88.25
17								
18								
19								
20								

图 7-53　对数据进行筛选

（3）在"培训成绩表 2"工作簿（立体化教学:\实例素材\第 7 章\培训成绩表 2.xls）中插入并编辑图表，效果如图 7-54 所示（立体化教学:\源文件\第 7 章\培训成绩表 2.xls）。

提示：以"姓名"和"总分"为数据源创建图表。本练习可结合立体化教学中的视频演示进行学习（立体化教学:\视频演示\第 7 章\插入并编辑图表.swf）。

图 7-54　插入并编辑图表

（4）设置打印页面，并将上题中插入图表后的表格进行打印。

　**总结 Excel 2003 的高级应用**

　　本章主要介绍了在 Excel 中计算与管理数据、图表的创建和设置等操作，要想灵活应用这些知识，课后还必须学习和总结一些相关的技巧和方法，这里总结以下几点供大家参考和探索。

　　➥　在 Excel 中除了常用的求和函数"SUM"、求平均值函数"AVERAGE"等之外，还提供有财务、日期与时间、统计、逻辑等函数，使用它们可以快速完成较为复杂的计算。

　　➥　如果工作表中的数据较多，则可以将图表作为工作表插入，以详细显示相关数据。除了本章中讲解的方法外，还可在工作表标签上单击鼠标右键，在弹出的快捷菜单中选择"插入"命令，打开"插入"对话框，选择"图表"选项进行插入。

第 8 章　PowerPoint 2003 基本操作

学习目标

- ☑ 了解新建演示文稿的方法
- ☑ 了解放映幻灯片的方法
- ☑ 掌握在幻灯片中插入图片、剪贴画和艺术字等操作方法
- ☑ 掌握输入与编辑文字的操作方法
- ☑ 制作"招标方案"演示文稿
- ☑ 制作"年度总结报告"演示文稿

目标任务&项目案例

放映幻灯片

切换到"幻灯片"窗格

最终效果

美化"商务计划"演示文稿

"招标方案"演示文稿

"年度总结报告"演示文稿

　　幻灯片是现代办公领域中经常使用的一种形式，通过幻灯片可以很直观地进行信息的交流和传递。PowerPoint 2003 是专门用于制作幻灯片的软件，通过它可以制作在各种场合展示的幻灯片。本章将介绍 PowerPoint 2003 的基本知识、新建演示文稿的方法、幻灯片的基本操作和美化幻灯片的方法等。

8.1　认识 PowerPoint 2003

PowerPoint 2003 是 Office 2003 中集文字与图形于一体的专门用于制作演示文稿的软件，其操作方法十分简单。下面介绍 PowerPoint 2003 的工作界面、组成部分和视图方式等。

8.1.1　PowerPoint 2003 的工作界面

选择"开始/所有程序/Microsoft Office/Microsoft Office PowerPoint 2003"命令，启动 PowerPoint 2003，可看到其工作界面由标题栏、菜单栏、工具栏、任务窗格、"大纲/幻灯片"窗格、幻灯片编辑区、视图切换按钮、备注窗格及状态栏等部分组成，如图 8-1 所示。下面介绍其特有组成部分的功能。

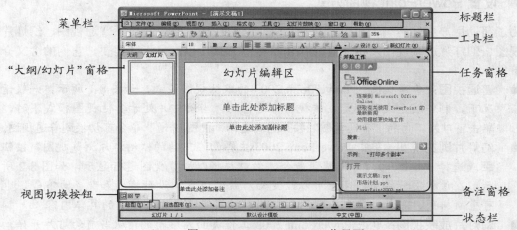

图 8-1　PowerPoint 2003 工作界面

1．"大纲/幻灯片"窗格

"大纲/幻灯片"窗格位于 PowerPoint 2003 工作界面的左侧，单击该窗格中不同的选项卡可在相应的窗格中进行切换。各窗格的含义分别如下。

- **"幻灯片"窗格**：选择"幻灯片"选项卡可切换到"幻灯片"窗格。在该窗格中将列出当前演示文稿中所有幻灯片的缩略图，在其中可以快速切换幻灯片，但无法编辑幻灯片中的内容。
- **"大纲"窗格**：选择"大纲"选项卡可切换到"大纲"窗格中。在该窗格中将以大纲形式列出当前演示文稿中各张幻灯片的文本内容，在其中可以快速切换幻灯片并对文本进行编辑。

2．幻灯片编辑区

幻灯片编辑区是演示文稿的核心部分，在该区域中可以对幻灯片的文本、图形、动画或声音等进行编辑操作。

3．备注窗格

备注窗格位于幻灯片编辑区下方，在该区域中输入内容可为幻灯片添加说明。如提供幻灯片展示内容的背景和细节等，以便放映者能够更好地掌握和了解幻灯片中展示的内容。

8.1.2　认识演示文稿和幻灯片

在正确、快速地使用 PowerPoint 2003 之前，应先了解演示文稿和幻灯片之间的关系。

- ➽ **演示文稿**：演示文稿是 PowerPoint 文档的表现方式，它相当于 Word 中的文档和 Excel 中的工作簿。演示文稿是一个文件，是由一系列组织在一起的幻灯片构成的。在 PowerPoint 中制作幻灯片的过程，实际就是新建演示文稿并编辑的过程。
- ➽ **幻灯片**：演示文稿中的每一页就是一张幻灯片。它是演示文稿的组成部分，可以生动、直观地表达内容，可以插入文字、图画、动画、备注和讲义等内容。

8.1.3　设置 PowerPoint 视图方式

为了帮助用户更好地编辑和查看演示文稿，PowerPoint 2003 提供了普通视图、幻灯片浏览视图、幻灯片放映视图及备注页视图 4 种视图方式，以满足不同需要。它们的含义介绍如下。

- ➽ **普通视图**：普通视图是 PowerPoint 2003 的默认视图模式，如图 8-1 所示。一般情况下，制作演示文稿都是在该视图中进行的。当幻灯片处于其他视图模式下时，单击窗口左下角的"普通视图"按钮□或选择"视图/普通"命令可切换到普通视图。
- ➽ **幻灯片浏览视图**：单击 PowerPoint 2003 主界面左下角的"幻灯片浏览视图"按钮□或选择"视图/幻灯片浏览"命令，幻灯片将以浏览视图进行显示，如图 8-2 所示。在该视图模式中，用户可以改变幻灯片的版式、设计模式和配色方案等，也可重新排列、添加、复制或删除幻灯片，但不能编辑幻灯片中的具体内容。
- ➽ **幻灯片放映视图**：单击 PowerPoint 2003 工作界面左下角的"从当前幻灯片开始幻灯片放映"按钮□或按"F5"键，幻灯片将以放映视图模式进行显示，如图 8-3 所示。在该视图模式中幻灯片将按照制作者设定的效果和顺序进行全屏放映。

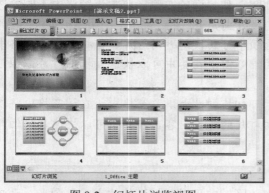

图 8-2　幻灯片浏览视图

图 8-3　幻灯片放映视图

- ➽ **备注页视图**：选择"视图/备注页"命令可切换到备注页视图，在该视图下可查看和修改备注页中的内容。

提示:

在幻灯片放映视图中, 用户可预览放映时的动画、声音及切换效果等, 如果不满意, 可按"Esc"键退出幻灯片放映视图, 然后重新对相应的效果进行修改调整。

8.1.4　应用举例——放映"2010 年总结报告"演示文稿中的幻灯片

本例将对素材文件"2010 年总结报告.ppt"（立体化教学:\实例素材\第 8 章\2010 年总结报告.ppt）演示文稿中的幻灯片进行放映。

操作步骤如下:

（1）打开"2010 年总结报告.ppt"演示文稿（立体化教学:\实例素材\第 8 章\2010 年总结报告.ppt）。

（2）单击 PowerPoint 2003 工作界面左下角的"从当前幻灯片开始幻灯片放映"按钮, 开始放映幻灯片。

（3）单击鼠标右键, 在弹出的快捷菜单中选择"下一张"命令, 放映下一页幻灯片, 如图 8-4 所示。放映完后按"Esc"键返回普通视图。

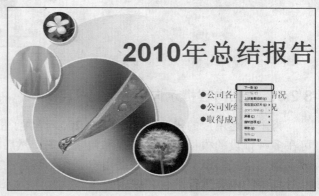

图 8-4　放映幻灯片

8.2　新建演示文稿

在 PowerPoint 2003 中新建演示文稿的方法与在 Word 2003 中新建文档的方法类似, 主要有新建空白演示文稿、根据设计模板新建和根据内容提示向导新建几种。下面分别进行介绍。

8.2.1　新建空白演示文稿

单击常用工具栏中的"新建"按钮或选择"文件/新建"命令, 打开"新建演示文稿"窗格。在该窗格中单击"空演示文稿"超链接即可新建一个空白的演示文稿。

8.2.2　根据设计模板新建

为了使制作幻灯片的过程变得更加简单, PowerPoint 2003 提供了根据设计模板快速创建演示文稿的方法。创建好的演示文稿中包含已确定的背景图案和配色方案等内容。

【例 8-1】　根据"ProPosal"模板新建演示文稿。

（1）选择"文件/新建"命令, 在"新建演示文稿"窗格中单击"根据设计模板"超链接, 如图 8-5 所示。

（2）将光标放在打开的"幻灯片设计"窗格中的"ProPosal"模板上, 单击其右侧的按钮, 在弹出的下拉菜单中选择"应用于所有幻灯片"命令, 如图 8-6 所示。

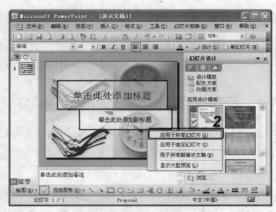

图 8-5　根据设计模板新建演示文稿　　　　　　图 8-6　应用设计模板

8.2.3　根据内容提示向导新建

为了满足用户的需要，PowerPoint 2003 提供了根据内容提示向导新建演示文稿的功能。可在多种预设的模板中进行选择和粗略设置，然后根据该设置生成一系列幻灯片，其中包含主题、格式和框架结构等辅助用户制作幻灯片的提示信息，创建后用户可再根据提示信息对其中的内容进行细化和编辑。

8.2.4　应用举例——新建"商务计划"演示文稿

本例将练习根据内容提示向导新建"商务计划"演示文稿。

操作步骤如下：

（1）选择"文件/新建"命令，在"新建演示文稿"窗格中单击"根据内容提示向导"超链接，打开"内容提示向导"对话框，单击 下一步(N) > 按钮，如图 8-7 所示。

（2）在"选择将使用的演示文稿类型"栏中单击 企业(T) 按钮，然后在右侧的列表框中选择"商务计划"选项，单击 下一步(N) > 按钮，如图 8-8 所示。

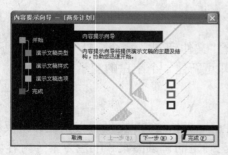

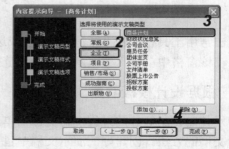

图 8-7　"内容提示向导"对话框　　　　　　图 8-8　选择演示文稿类型

（3）在"您使用的输出类型？"选项组中选中 ⊙ 屏幕演示文稿(S) 单选按钮，单击 下一步(N) > 按钮，如图 8-9 所示。

（4）在"演示文稿标题"文本框中输入"2011 年商务计划"，保持其他设置不变，单击 下一步(N) > 按钮，如图 8-10 所示。

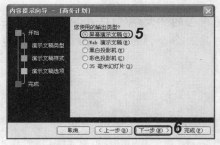

图 8-9　选择输出类型

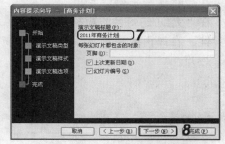

图 8-10　输入演示文稿标题

（5）在"内容提示向导－[商务计划]"对话框中单击 完成(F) 按钮，如图 8-11 所示。制作好的演示文稿如图 8-12 所示。

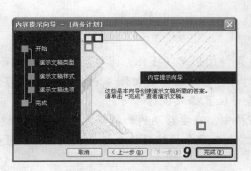

图 8-11　完成内容提示向导

图 8-12　制作好的演示文稿

8.3　幻灯片的基本操作

一个演示文稿通常包含多张幻灯片，在制作演示文稿时需要对幻灯片进行选择、新建、删除、移动及复制等操作。下面将介绍幻灯片的基本操作。

8.3.1　选择幻灯片

要对幻灯片进行各项操作，首先需要选择该幻灯片。在普通视图的"大纲/幻灯片"窗格中单击某张幻灯片可以选择单张幻灯片，按住"Shift"或"Ctrl"键并单击可以选择连续或不连续的多张幻灯片。

8.3.2　新建幻灯片

在 PowerPoint 2003 中，可以通过菜单命令、快捷键和在"大纲/幻灯片"窗格中新建幻灯片，下面分别进行讲解。

- **通过菜单命令新建**：选择一张幻灯片，在菜单栏中选择"插入/新幻灯片"命令，可在该幻灯片后新建一张幻灯片。
- **通过快捷键新建**：选择一张幻灯片，按"Ctrl+M"键或"Enter"键，将在该幻灯片后新建一张幻灯片。

> ➦ **在"大纲/幻灯片"窗格中新建：** 在普通视图的"大纲/幻灯片"窗格中单击鼠标右键，在弹出的快捷菜单中选择"新幻灯片"命令，可在当前幻灯片后新建一张幻灯片。

提示：

新建的幻灯片将延续上一张幻灯片的模板及样式等。要改变模板及样式的风格，可以在工具栏中单击"幻灯片设计"按钮，在打开的"幻灯片设计"任务窗格中选择需要的风格。

8.3.3 删除幻灯片

在编辑演示文稿时，可将无用的幻灯片删除。选择需要删除的幻灯片，按"Delete"键或选择"编辑/删除"命令即可删除该幻灯片。

8.3.4 移动与复制幻灯片

在编辑幻灯片的过程中，移动和复制幻灯片是使用最多的操作，其主要操作方法如下。

> ➦ **移动幻灯片：** 在普通视图的"大纲/幻灯片"窗格或幻灯片浏览视图中选择要移动的幻灯片，按住鼠标左键将其拖动到适当位置释放鼠标即可。

> ➦ **复制幻灯片：** 在普通视图的"大纲"窗格中，在要移动的幻灯片上单击鼠标右键，在弹出的快捷菜单中选择"剪切"或"复制"命令，然后将光标插入到目标位置并执行"粘贴"命令。

提示：

选择需要移动的幻灯片，在按住鼠标左键拖动的同时按住"Ctrl"键不放可复制幻灯片。

8.3.5 应用举例——编辑演示文稿

本例练习对"2011年度目标计划"演示文稿进行编辑，包括选择、新建、删除、移动和复制等操作。

操作步骤如下：

（1）打开"2011年度目标计划.ppt"演示文稿（立体化教学:\实例素材\第8章\2011年度目标计划.ppt）。

（2）选择普通视图的"大纲/幻灯片"窗格中的"幻灯片"选项卡，切换到"幻灯片"窗格，如图8-13所示。

（3）在"幻灯片"窗格中选择第2张幻灯片，单击鼠标右键，在弹出的快捷菜单中选择"新幻灯片"命令，在所选幻灯片后插入新的幻灯片，如图8-14所示。

图8-13 切换到"幻灯片"窗格

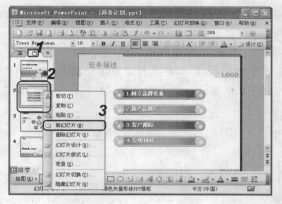 

图 8-14　新建幻灯片

　　（4）在"幻灯片"窗格中的最后一张幻灯片上单击鼠标右键，在弹出的快捷菜单中选择"删除幻灯片"命令，删除该幻灯片，如图 8-15 所示。

　　（5）在"幻灯片"窗格中的第 4 张幻灯片上单击鼠标右键，在弹出的快捷菜单中选择"复制"命令，在第 3 张幻灯片上右击后选择"粘贴"命令，即可实现幻灯片的复制，如图 8-16 所示。

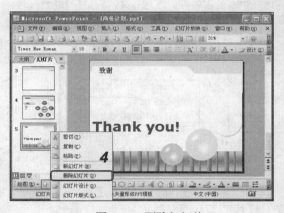 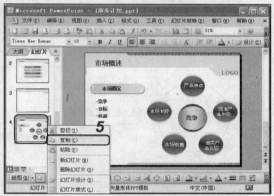

图 8-15　删除幻灯片　　　　　　　　　　图 8-16　复制幻灯片

8.4　美化幻灯片

　　为了使演示文稿的内容更有条理，版式更加美观，需要对其进行美化。下面将介绍如何设置幻灯片的版式、背景及插入文本、图片、剪贴画、艺术字、媒体文件和表格等操作。

8.4.1　设置幻灯片版式

　　幻灯片版式是指一张幻灯片中的文本、图像等元素的布局方式。用户可根据需要为幻灯片使用相应的版式，让演示文稿看起来更加丰富多彩。

　　【例 8-2】　为演示文稿设置"标题和两项内容"幻灯片版式。

　　（1）选择"开始/所有程序/Microsoft Office/Microsoft Office PowerPoint 2003"命令，

启动 PowerPoint 2003，打开演示文稿。单击 "开始工作" 右侧的 ▼ 按钮，在弹出的下拉菜单中选择 "幻灯片版式" 命令，如图 8-17 所示。

（2）在 "幻灯片版式" 任务窗格中将鼠标光标移到 "内容版式" 选项中的 "标题和两项内容" 选项上，单击该版式右侧的 按钮，在弹出的下拉菜单中选择 "应用于选定幻灯片" 命令，如图 8-18 所示。完成应用后的效果如图 8-19 所示。

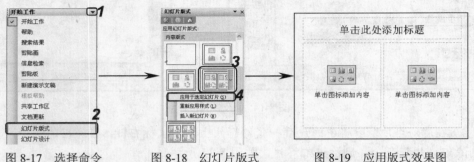

图 8-17　选择命令　　　　图 8-18　幻灯片版式　　　图 8-19　应用版式效果图

🔊提示：

应用幻灯片版式之后，幻灯片中通常会出现带有虚线边框的占位符，通常有文本占位符和项目占位符两种。在文本占位符中可以输入文本内容，如图 8-20 所示。项目占位符用于添加图片、图表、图示、表格和媒体剪辑等对象，在其中将显示一个快捷工具箱，单击不同的按钮可插入相应对象，如图 8-21 所示。

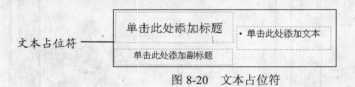

图 8-20　文本占位符　　　　　图 8-21　项目占位符

8.4.2　设置幻灯片背景

要想制作个性化的幻灯片效果，可以设置幻灯片的背景。常用的设置幻灯片背景的方法是通过背景颜色和背景图片进行设置。在 "大纲/幻灯片" 窗格中选中需要进行设置的幻灯片，单击鼠标右键，在弹出的快捷菜单中选择 "背景" 命令，在打开的 "背景" 对话框中选择相应的选项即可，如图 8-22 所示。下面分别进行介绍。

图 8-22　"背景" 对话框

➤ **设置背景颜色**：在打开的 "背景" 对话框的 "背景填充" 下拉菜单中直接单击需要的颜色按钮或者选择 "其他颜色" 命令，在打开的对话框中选择需要的颜色即可，如图 8-22 所示。

➤ **设置背景图片**：在 "背景填充" 下拉菜单中选择 "填充效果" 命令，在打开的 "填充效果" 对话框中选择 "图片" 选项卡，在打开的面板中单击 选择图片(L)... 按钮，在打开的对话框中选择需要的图片，单击 插入(S) 按钮即可，如图 8-23 所示。

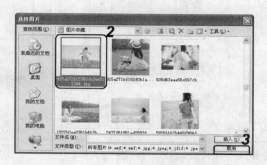

图 8-23　设置背景图片

🔔注意：

在"背景"对话框中单击 应用(A) 按钮只能设置当前幻灯片的背景，如需设置所有幻灯片的背景，可单击 全部应用(T) 按钮。

【例 8-3】　为"公司简介"演示文稿设置背景图片。

（1）打开"公司简介.ppt"演示文稿（立体化教学:\实例素材\第 8 章\公司简介.ppt）。

（2）选择第一张幻灯片，单击鼠标右键，在弹出的快捷菜单中选择"背景"命令，如图 8-24 所示。

（3）打开"背景"对话框，在"背景填充"下拉菜单中选择"填充效果"命令，如图 8-25 所示。

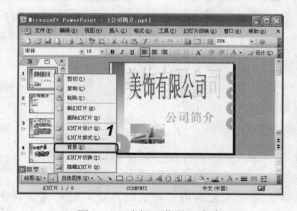
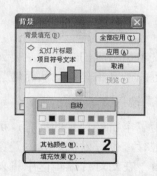

图 8-24　选择"背景"命令　　　　图 8-25　选择"填充效果"命令

（4）在弹出的"填充效果"对话框中选择"图片"选项卡，在打开的面板中单击 选择图片(L)... 按钮，打开"选择图片"对话框，如图 8-26 所示。

（5）在"查找范围"下拉列表框中选择图片所在的文件夹，该文件夹中的图片即显示在下方的列表框中，选择"背景.jpg"图片（立体化教学:\实例素材\第 8 章\背景.jpg），单击 插入(S) ·按钮，如图 8-27 所示。

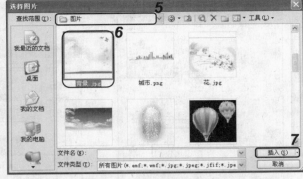

图 8-26 "填充效果"对话框　　　　　　　图 8-27 "选择图片"对话框

（6）在返回的"填充效果"对话框中单击 确定 按钮，如图 8-28 所示。

（7）在返回的"背景"对话框中选中 ☑忽略母版的背景图形(G) 复选框，单击 全部应用(T) 按钮，如图 8-29 所示。

（8）应用背景样式后的最终效果如图 8-30 所示。

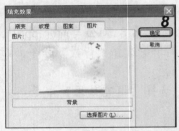

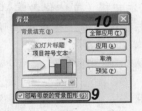

图 8-28 返回"填充效果"对话框　　图 8-29 返回"背景"对话框　　　图 8-30 最终效果

8.4.3 输入与编辑文本

文本是组成幻灯片的主要元素，在幻灯片中进行输入与编辑文本操作可以使幻灯片的内容更加丰富和美观，从而增强吸引力。下面分别进行介绍。

1. 输入文本

为了丰富幻灯片的内容，可以在其中输入文本。在幻灯片中输入文本可在幻灯片编辑区中进行，也可以在"大纲"窗格中进行。下面分别进行介绍。

- ➥ **在幻灯片编辑区中输入**：选择需要输入文本内容的幻灯片后，幻灯片编辑区中将显示出该张幻灯片。单击需要输入内容的文本占位符，插入文本定位点后即可输入文本，如图 8-31 所示。

- ➥ **在"大纲"窗格中输入**：在"大纲"窗格的幻灯片图标 🔲 后面输入的文本，将作为该幻灯片的标题，它将自动输入到相应幻灯片的标题占位符中。输入标题后，按"Ctrl+Enter"键可在该幻灯片中建立下一级小标题，如图 8-32 所示。

图 8-31　在幻灯片编辑区输入文本

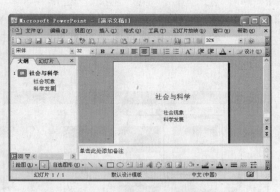

图 8-32　在"大纲"窗格中输入文本

✍ 技巧：

> 在"大纲"窗格中输入小标题后，按"Enter"键可建立同层次的另一个标题。将光标插入小标题中，按"Tab"键可将小标题下降一级，按"Shift+Tab"键可将小标题变为幻灯片标题。

2．编辑文本

为了使文本内容更加美观，可对文本内容进行编辑。在 PowerPoint 中编辑文本的方法与在 Word 中编辑文本的方法相同。选择需要编辑的文本，在"格式"工具栏中进行相应的操作即可，如图 8-33 所示为编辑文本的效果。

图 8-33　编辑文本

8.4.4　插入图片、剪贴画、艺术字

为了使幻灯片的内容更加美观、生动，可在幻灯片中插入图片、剪贴画及艺术字等。其插入方法与在 Word 中的操作方法基本相同，下面分别进行介绍。

➥　**插入图片**：选择"插入/图片/来自文件"命令，打开"插入图片"对话框。在该对话框的"查找范围"下拉列表框中选择图片路径，在下方的列表框中选择需要插入的图片，单击 ⬚ 插入(S) ▾ 按钮即可，如图 8-34 所示。

➥　**插入剪贴画**：选择"插入/图片/剪贴画"命令，打开"剪贴画"任务窗格。在该任务窗格的"搜索文字"文本框中输入需要搜索的关键字，单击 搜索 按钮，在下方的列表框中选择需要的剪贴画后单击即可，如图 8-35 所示。

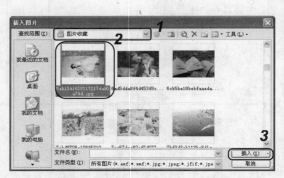

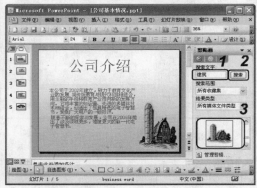

图 8-34 "插入图片"对话框   图 8-35 插入剪贴画

➥ 插入艺术字：选择"插入/图片/艺术字"命令，打开"艺术字库"对话框。在该对话框中选择需要的艺术字类型，单击 确定 按钮，在打开的对话框中输入文字即可，如图 8-36 所示。

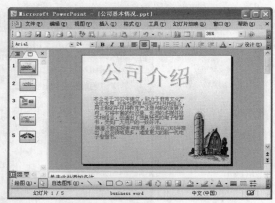

图 8-36 插入艺术字

🔊提示：

> 除了通过菜单命令选择插入的对象外，还可在项目占位符中单击不同的按钮插入相应的对象。

8.4.5 插入媒体文件

在幻灯片中，除了可以插入文字、图片外，还可以插入媒体文件，包括剪辑管理器和文件中的影片或声音。下面分别进行介绍。

1. 插入剪辑管理器中的影片或声音

插入剪辑管理器中的影片或声音可通过对话框和任务窗格两种方式进行，各自的操作方法分别如下。

◆ **通过对话框插入**：单击项目占位符中的 按钮，打开"媒体剪辑"对话框，在"搜索文字"文本框中输入需要搜索的文字，单击 搜索⑤ 按钮，在下方的列表框中选择所需的影片或声音文件后，在打开的提示对话框中单击 确定 按钮，如图 8-37 所示。

◆ **通过任务窗格插入**：选择"插入/影片和声音/剪辑管理器中的影片（或剪辑管理器中的声音）"命令，打开"剪贴画"任务窗格。在"结果类型"列表框中显示了Office 2003 剪辑管理器中的影片（或声音）文件，如图 8-38 所示，单击所需的选项即可将其插入到幻灯片中。

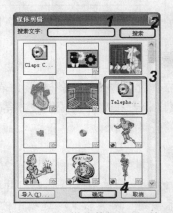　　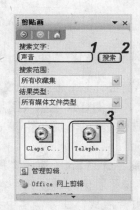

图 8-37　"媒体剪辑"对话框　　　图 8-38　"剪贴画"任务窗格

2．插入文件中的影片或声音

在幻灯片中插入来自外部文件中的影片或声音的方法与插入外部图片的方法相似，只需选择"插入/影片和声音/文件中的影片（或文件中的声音）"命令，然后在打开的"插入影片"（或"插入声音"）对话框中找到并选择要插入的影片或声音文件后，单击 确定 按钮即可。

🔊**提示：**

> 通过任务窗格插入声音文件时，在打开的提示对话框中单击不同的按钮可以选择相应的播放模式。当单击 自动⒜ 按钮时会自动进行播放；当单击 在单击时ⓒ 按钮时只有通过单击才能播放。

8.4.6　插入表格及图表

在幻灯片中插入表格和图表可以使其中的数据变得更加直观和生动，这也是一些企业制作投标书时经常使用的一种表达数据的方式。下面分别介绍表格和图表的插入方法。

◆ **插入表格**：在 PowerPoint 2003 中为幻灯片插入表格的操作与在 Word 中相似。选择需要插入表格的幻灯片，再选择"插入/表格"命令，打开"插入表格"对话框，如图 8-39 所示。在该对话框中输入表格的列数与行数，单击 确定 按钮，即可在幻灯片中插入表格，如图 8-40 所示。

◆ **插入图表**：选择要插入图表的幻灯片，选择"插入/图表"命令，默认插入图表和

Excel 工作表。修改工作表中的数据可呈现不同的图表，如图 8-41 所示。

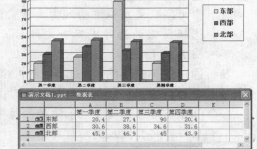

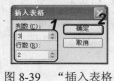

图 8-39　"插入表格"对话框　　图 8-40　插入的表格　　　　　图 8-41　插入图表

8.4.7　应用举例——美化"商务计划"演示文稿

　　本例练习在"商务计划.ppt"演示文稿（立体化教学:\实例素材\第 8 章\商务计划.ppt）中设置幻灯片版式，在幻灯片中插入图片、表格、音频文件及编辑文本等操作。最终效果如图 8-42 所示（立体化教学:\源文件\第 8 章\商务计划.ppt）。

　　操作步骤如下：

　　（1）打开"商务计划.ppt"演示文稿，在"幻灯片"窗格中选择第 2 张幻灯片，单击"开始工作"任务窗格右侧的▼按钮，在弹出的下拉菜单中选择"幻灯片版式"命令。

　　（2）在"幻灯片版式"任务窗格中将光标移到"内容版式"选项中的"标题，文本与内容"选项上，单击该选项，应用幻灯片版式，如图 8-43 所示。

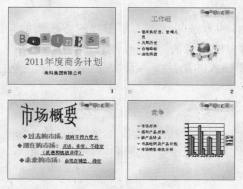

图 8-42　最终效果

图 8-43　应用幻灯片版式

　　（3）单击项目占位符中的"插入图片"按钮，在打开的"插入图片"对话框中选择"圆桌.png"图片（立体化教学:\实例素材\第 8 章\圆桌.png），将图片插入该幻灯片中，效果如图 8-44 所示。

　　（4）选择第 3 张幻灯片，选择"插入/图片/艺术字"命令，打开"艺术字库"对话框，选择如图 8-45 所示的艺术字样式。

　　（5）单击 确定 按钮，打开"编辑'艺术字'文字"对话框，在"文字"文本框中输入文字，这里输入"市场概要"，单击 确定 按钮，如图 8-46 所示。

图 8-44　插入图片效果

图 8-45　"艺术字库"对话框

（6）在该幻灯片中选择文本内容，单击"格式"工具栏中的"居中"按钮，选择"过去的市场："文本，分别在常用工具栏的下拉列表框中选择"方正粗活意简体"和"44"，单击"颜色"按钮，在弹出的下拉菜单中选择绿色，如图 8-47 所示。

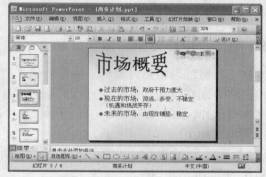

图 8-46　插入艺术字

（7）选中内容文本，单击"格式"工具栏中的"下划线"按钮，效果如图 8-48 所示。

图 8-47　编辑文本

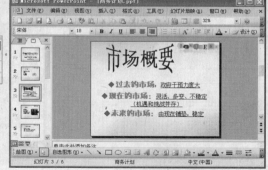

图 8-48　编辑文本效果

（8）选择第 4 张幻灯片，选择"插入/图表"命令，插入默认的图表和 Excel 工作表，将工作表中的数据修改为如图 8-49 所示的效果。单击工作表标题栏中的"关闭"按钮，关闭工作表，效果如图 8-50 所示。

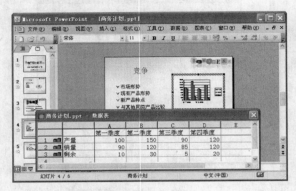
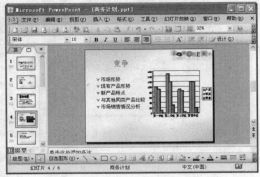

图 8-49　插入图表　　　　　　　　　　图 8-50　插入图表效果

8.5　上机及项目实训

8.5.1　制作"招标方案"演示文稿

本次上机将练习根据内容提示向导新建"招标方案"演示文稿。该演示文稿包括 4 张幻灯片，将分别在该演示文稿中进行删除幻灯片、设置幻灯片背景、插入剪贴画及表格和输入文本等操作。最终效果如图 8-51 所示（立体化教学:\源文件\第 8 章\房产招标方案.ppt）。

操作步骤如下:

（1）启动 PowerPoint 2003，选择"文件/新建"命令，打开"新建演示文稿"任务窗格，如图 8-52 所示。

（2）单击"根据内容提示向导"超链接，打开如图 8-53 所示的"内容提示向导"对话框。

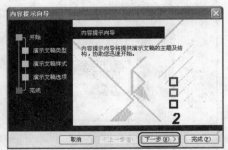

图 8-51　最终效果　　　图 8-52　"新建演示文稿"窗格　　　图 8-53　"内容提示向导"对话框

（3）单击 下一步(N)> 按钮，在打开的界面中单击 企业(T) 按钮，在右侧的列表框中选择"招标方案"选项，如图 8-54 所示。

（4）单击 下一步(N) 按钮，选中 ⊙屏幕演示文稿(S) 单选按钮，如图 8-55 所示。

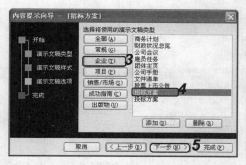
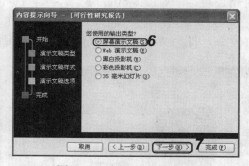

图 8-54　选择演示文稿类型　　　　图 8-55　选择输出类型

（5）单击 下一步(N) 按钮，在"演示文稿标题"文本框中输入"房产招标方案"，如图 8-56 所示。单击 下一步(N) 按钮，再单击 完成(F) 按钮，如图 8-57 所示。

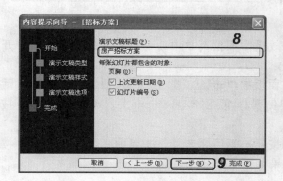
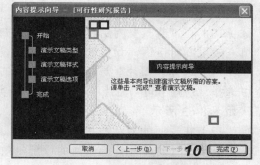

图 8-56　输入标题　　　　图 8-57　完成内容提示向导

（6）在创建好演示文稿后，选择"大纲/幻灯片"窗格中的"幻灯片"选项卡，切换到"幻灯片"窗格，如图 8-58 所示。

（7）在"幻灯片"窗格中选择第 5 张幻灯片，按住"Shift 键"，拖动滚动条至最后，单击最后一张幻灯片，按"Delete"键删除选择的幻灯片，如图 8-59 所示。

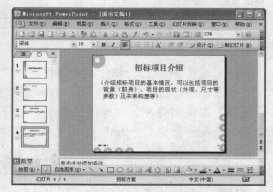

图 8-58　"幻灯片"窗格　　　　图 8-59　删除幻灯片

（8）选择第一张幻灯片，在该幻灯片的"副标题"占位符中输入公司名字为"世纪建设有限公司"，如图8-60所示。

（9）在"幻灯片"窗格的第一张幻灯片上单击鼠标右键，在弹出的快捷菜单中选择"背景"命令，打开"背景"对话框，如图8-61所示。

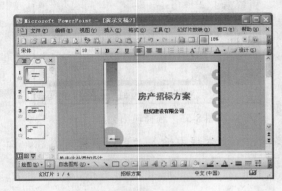
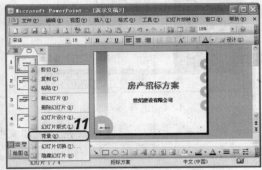

图8-60　输入副标题　　　　　　　　　　图8-61　选择"背景"命令

（10）在"背景"对话框中选择"填充效果"下拉菜单中的"填充效果"命令，打开"填充效果"对话框，如图8-62所示。

（11）选择"图片"选项卡，在打开的面板中单击 选择图片(L)... 按钮，在打开的对话框中选择"房产.png"图片（立体化教学:\实例素材\第8章\房产.png），单击 插入(S) 按钮，如图8-63所示。

（12）在返回的对话框中单击 确定 按钮，返回"背景"对话框，单击 应用(A) 按钮，完成第一张幻灯片背景图片的设置，效果如图8-64所示。

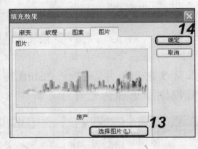

图8-62　"背景"对话框　　　图8-63　"填充效果"对话框　　　图8-64　设置背景图片效果

（13）选择第2张幻灯片，选择"标题"文本占位符，按下"Shift"键，再选择"内容"文本占位符，按"Delete"键，删除文本占位符中的内容。

（14）在该幻灯片的"标题"文本占位符中输入"招标单位简介"，在"内容"文本占位符中输入"公司简介.txt"文本文档（立体化教学:\实例素材\第8章\公司简介.txt）中的内容，如图8-65所示。

（15）选择第3张幻灯片，单击"开始工作"任务窗格右侧的▼按钮，在弹出的下拉菜单中选择"幻灯片版式"命令，如图8-66所示。

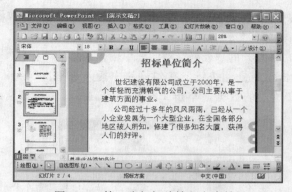

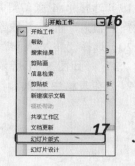

图 8-65　第二张幻灯片输入文本效果　　　　图 8-66　选择"幻灯片版式"命令

（16）在"幻灯片版式"任务窗格中单击如图 8-67 所示的"标题，文本与内容"选项，效果如图 8-68 所示。

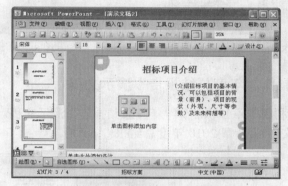

图 8-67　选择需要的版式　　　　　图 8-68　应用幻灯片版式示意图

（17）用相同方法在第 3 张幻灯片中输入标题"招标项目介绍"，在"内容"文本占位符中输入"项目介绍.txt"（立体化教学:\实例素材\第 8 章\项目介绍.txt）中的内容。

（18）单击项目占位符中的"插入剪贴画"按钮，打开"选择图片"对话框，在默认搜索出的结果中选择如图 8-69 所示的图片，单击　确定　按钮，效果如图 8-70 所示。

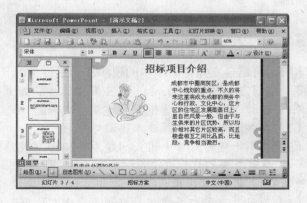

图 8-69　"选择图片"对话框　　　　图 8-70　插入剪贴画示意图

175

（19）选择第 4 张幻灯片，按照上面的操作方法删除原来的文本，然后在"标题"文本占位符中输入"招标地段经济走势分析"。

（20）选择"插入/表格"命令，在打开的"表格"对话框中输入表格的"行数"为"4"、列数为"3"，如图 8-71 所示。单击 确定 按钮，在幻灯片中插入表格。

（21）在表格中输入如图 8-72 所示的数据，单击工具栏中的 按钮保存该演示文稿。

图 8-71　"插入表格"对话框　　　　　　图 8-72　填充数据表

8.5.2　制作"年度总结报告"演示文稿

综合利用本章知识制作"年度总结报告"演示文稿。最终效果如图 8-73 所示（立体化教学:\源文件\第 8 章\2010 年度总结报告.ppt）。

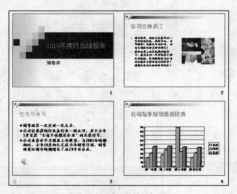

图 8-73　最终效果

本练习可结合立体化教学中的视频演示进行学习（立体化教学:\视频演示\第 8 章\制作"年度总结报告"演示文稿.swf）。主要操作步骤如下:

（1）通过"Pixel"设计模板新建演示文稿。

（2）在该演示文稿中新建 4 张幻灯片。

（3）在第 1 张幻灯片中输入标题为"2010 年度总结报告"，副标题为"销售部"。

（4）在第 2 张幻灯片中输入标题为"公司全体员工"，内容为"公司全体员工.txt"（立体化教学:\实例素材\第 8 章\公司全体员工.txt）文本文档中的内容。

（5）为第 2 张幻灯片应用"标题，文本与内容"版式，插入"团结.jpg"图片（立体化教学:\实例素材\第 8 章\团结.jpg）。

（6）在第 3 张幻灯片中输入标题为"过去与明天"，内容为"过去与明天.txt"（立体化教学:\实例素材\第 8 章\过去与明天.txt）文本文档中的内容，并插入影片剪辑管理器中的"Claps Cheers"声音文件。

（7）在第 4 张幻灯片中输入标题为"公司每季度销售对比表"，插入图表。

（8）将幻灯片中标题文本的颜色设置为红色，分别将第 2、3、4 张幻灯片中标题占位符中的字体设置为"方正粗活意简体"、"迷你简趣味"和"方正粗倩简体"。

8.6　练习与提高

（1）放映"人生.ppt"演示文稿（立体化教学:\实例素材\第 8 章\人生.ppt）。

（2）通过内容提示向导新建"可行性研究报告"演示文稿。

（3）在新建的"可行性研究报告"演示文稿中删除多余的幻灯片，最后剩下 4 张幻灯片。复制第 2 张幻灯片，将第 3 张幻灯片移到最后。

（4）美化"魔法精灵.ppt"演示文稿（立体化教学:\实例素材\第 8 章\魔法精灵.ppt）中的幻灯片。使其由如图 8-74 所示的效果变为如图 8-75 所示的效果（立体化教学:\源文件\第 8 章\魔法精灵.ppt）。本练习可结合立体化教学中的视频演示进行学习（立体化教学:\视频演示\第 8 章\美化魔法精灵.swf）。

🔊提示：

> 插入艺术字和图片（立体化教学:\实例素材\第 8 章\小精灵.png、果实.png），将"魔法小精灵"文本字体设置为"迷你繁唐隶"，"你"文本字体设置为"Adobe 仿宋 Std R"，"童话世界"文本字体设置为"方正剪纸简体"，按"Tab"键调整文字间距。

图 8-74　原效果示意图　　　图 8-75　美化幻灯片后的效果

总结 PowerPoint 2003 的基本操作方法

本章主要介绍了 PowerPoint 的基本操作方法，包括新建演示文稿、幻灯片基本操作和美化幻灯片等操作。这里总结几点快速操作 PowerPoint 2003 的方法，供大家参考和探索。

➥ 在 PowerPoint 2003 中新建演示文稿、插入图片、剪贴画、艺术字和图表等操作的方法与 Word 2003 中的操作方法类似。

➥ 删除幻灯片时按"Delete"键删除比使用"删除"命令更方便。

➥ 想要制作更加美观的演示文稿，可在网上下载已经制作好的模版，然后根据需要修改演示文稿中幻灯片的内容。

第 9 章　PowerPoint 2003 高级应用

学习目标

- ☑　为"出勤奖"演示文稿应用不同的设计模版
- ☑　编辑"水果美容"演示文稿的母版
- ☑　为"古诗"演示文稿设置动画效果
- ☑　设置"培训"演示文稿的幻灯片放映
- ☑　把"课件"演示文稿打包成 CD

目标任务&项目案例

"出勤奖"应用的设计模版

应用动画方案

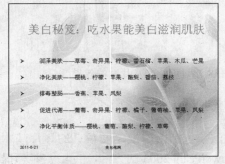

"水果美容"母版效果

"古诗"动画效果

通过上述实例效果的展示可以发现：用户通过演示文稿可以很容易把自己想要表达的东西制作成漂亮的艺术品展示出来。本章主要介绍幻灯片设计、创建动画幻灯片、幻灯片放映及打包演示文稿等。

9.1　幻灯片设计

在幻灯片中插入各种内容之后，还需要对幻灯片进行美化操作使幻灯片内容更形象生动，美化幻灯片主要包括修改幻灯片配色方案、应用设计模版、填写备注页、运用母版等。

9.1.1　应用并编辑配色方案

PowerPoint 2003 有一套控制颜色的机制，即"配色方案"，它以预设的方式控制演示文稿的一些基本颜色特征，如标题文本的颜色、各种对象的线体颜色及封闭对象的填充颜色等。

1．应用配色方案

PowerPoint 2003 中设计了多种配色方案，用户只需根据需要将相应的标准配色方案应用到幻灯片中即可。

【例9-1】　对"广告"演示文稿应用黑色背景方案。

（1）打开"广告.ppt"演示文稿（立体化教学:\实例素材\第 9 章\广告.ppt），单击"开始工作"任务窗格右侧的▼按钮。

（2）在弹出的下拉列表中选择"幻灯片版式设计 – 配色方案"选项，打开"幻灯片设计"任务窗格，如图 9-1 所示。

（3）在打开的"幻灯片设计"任务窗格的"应用配色方案"列表框中选择 方案选项，如图 9-2 所示。

（4）应用配色方案后，其演示文稿的效果如图 9-3 所示（立体化教学:\源文件\第 9 章\广告.ppt）。

图 9-1　配色方案

图 9-2　选择配色方案

图 9-3　应用配色方案后的效果

📢提示：

当用户选择了"应用于所有幻灯片"的配色方案后，幻灯片或整个演示文稿中所有与该方案中控制颜色相关的内容都将自动发生变化。

2．修改配色方案

如果系统提供的配色方案不能满足用户的需要，则可以通过"编辑配色方案"命令对当前应用的配色方案进行修改。

【例9-2】　修改![]的配色方案。

（1）在"幻灯片设计"任务窗格中选择![]配色方案，再选择"编辑配色方案"命令，如图9-4所示。

（2）在打开的"编辑配色方案"对话框中选择"自定义"选项卡，在"配色方案颜色"列表框中选择需要修改的配色方案颜色选项，单击 更改颜色(0)… 按钮，如图9-5所示。

（3）在弹出的"背景色"对话框中选择"自定义"选项卡，在"颜色"列表框中选择需要的颜色，单击 确定 按钮，如图9-6所示，返回"编辑配色方案"对话框，再单击 应用(A) 按钮，修改配色方案完成。

　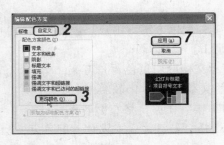　

图9-4　选择配色方案　　　图9-5　"编辑配色方案"对话框　　　图9-6　"背景色"对话框

📣提示：

> 当对现有的配色方案进行修改后，PowerPoint将自动把修改后的样式作为新样式添加在"幻灯片设计"任务窗格的"配色方案"列表框中。

9.1.2　应用设计模板

设计模板决定了幻灯片的主要外观，包括背景、预制的配色方案及背景图形等。PowerPoint 2003 提供了多种幻灯片的设计模板，巧妙地利用这些模板，可以使用户花更少的时间将自己的演示文稿制作得更专业。

【例9-3】　为"出勤奖"演示文稿应用设计模板。

（1）打开"出勤奖.ppt"演示文稿（立体化教学:\实例素材\第 9 章\出勤奖.ppt），单击"开始工作"任务窗格右侧的 ▾ 按钮，在弹出的下拉列表中选择"幻灯片设计"命令。

（2）打开"幻灯片设计"任务窗格，系统提供的设计模板处于下拉列表中。

（3）单击所需的设计模板，则整个演示文稿的幻灯片都按照选择的模板进行改变，也可以右击某一设计模板，或右击其下拉按钮 ▾，在弹出的菜单中选择应用范围，如图9-7所示。

📣提示：

> 若系统提供的设计模板不能满足用户的需要，在联网的情况下可单击"应用设计模板"列表框中的"Microsoft Office Online 设计模板"，可在 Web 上查看可用的模板，如有满意的可下载此模板，添加到应用设计模板中。

图 9-7　应用不同的设计模板

9.1.3　填写备注页

每张幻灯片都有一个备注页，用于为演讲者准备说明性文本或解释、注释，以方便演讲时使用。其中包含幻灯片缩略图及演讲者的注释空间。

添加备注的方法是选择"视图/备注页"命令，单击备注页文本框输入备注文本，如图 9-8 所示。

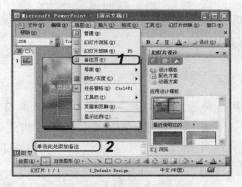

图 9-8　"备注页"选项

9.1.4　应用幻灯片母版

如果要将同一背景、标志、标题文本和主要文字格式运用到演示文稿的每张幻灯片中，可以使用 PowerPoint 的幻灯片母版功能。

1．母版的类型

PowerPoint 2003 提供了幻灯片母版、讲义母版和备注母版 3 种母版，下面分别进行介绍。

➦ **幻灯片母版**：与幻灯片视图相对应，幻灯片母版是指含有标题及文字的版面配置区，它会影响幻灯片中文字格式的设定，选择"视图/母版/幻灯片母版"命令即可查看幻灯片母版，效果如图 9-9 所示。

➦ **讲义母版**：与浏览视图相对应，讲义母版是指在一页纸中显示出 1、2、3、4、6 或 9 张幻灯片的版面配置区，选择"视图/母版/讲义母版"命令即可查看讲义母版，效果如图 9-10 所示。

- **备注母版**：与 "备注" 窗格视图相对应，备注母版是指含有幻灯片的缩小画面以及一个专属参考资料的文本版面配置区，选择 "视图/母版/备注母版" 命令即可进入备注母版，效果如图 9-11 所示。

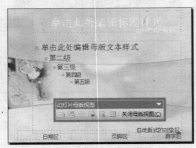

图 9-9　幻灯片母版

图 9-10　讲义母版

图 9-11　备注母版

2．制作幻灯片母版

幻灯片母版通常用来制作具有统一标志和背景的内容、设置占位符、页眉页脚及项目符号的格式等，其设置方法分别如下。

- **设置占位符格式**：打开要设置占位符的演示文稿，选择 "视图/母版/幻灯片母版" 命令，选择标题占位符中的文本，然后对其进行字体格式的设置。

📢 **提示：**

> 在幻灯片母版中设置字体样式、字号、颜色等方法与设置幻灯片文字格式的方法类似。

- **设置项目符号**：项目符号是指文本占位符中各级文本前面的符号样式，如默认的 ●、》或用户自定义的 ■、✓ 等。设置项目符号的方法是选择 "格式/项目符号和编号" 命令，打开 "项目符号和编号" 对话框，然后在其中进行设置，如图 9-12 所示。
- **设置页眉和页脚**：选择 "视图/页眉和页脚" 命令，打开 "页眉和页脚" 对话框，在其中进行设置，完成后单击 [全部应用(Y)] 按钮，返回母版编辑状态，关闭母版视图就能看到设置的效果，如图 9-13 所示。

图 9-12　"项目符号和编号" 对话框

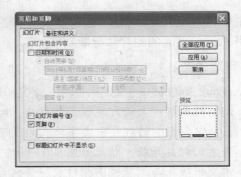

图 9-13　"页眉和页脚" 对话框

📢**提示：**

在幻灯片视图中进行编辑时，不能修改在母版中插入的对象，而只有当选择"视图/母版/幻灯片母版"命令后才能对母版进行修改。

✎**技巧：**

在"项目符号和编号"对话框的"大小"数值框中设置可缩放项目符号，单击"颜色"下拉列表框可在弹出的下拉菜单中选择项目和编号样式的颜色。

9.1.5　应用举例——为"水果美容"演示文稿编辑母版

本例练习编辑"水果美容.ppt"演示文稿的母版，最终效果如图 9-146 所示（立体化教学:\源文件\第 9 章\水果美容 1.ppt）。

操作步骤如下：

（1）打开"水果美容.ppt"演示文稿（立体化教学:\实例素材\第 9 章\水果美容.ppt），选择"视图/母版/幻灯片母版"命令，如图 9-15 所示。

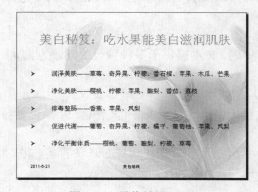
图 9-14　最终效果

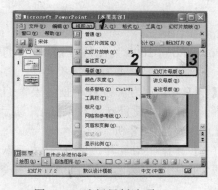
图 9-15　选择母版选项

（2）单击"单击此处编辑母版标题样式"占位符，再单击"格式"工具栏中的"字体颜色"按钮，在弹出的下拉列表框中选择"深绿色"选项。

（3）将鼠标光标定位到"单击此处编辑母版文本样式"文本前，然后选择"格式/项目符号和编号"命令，打开"项目符号和编号"对话框，选择"项目符号"选项卡。

（4）在选项卡中选择所需的项目符号，这里选择第 7 种项目符号样式，单击 确定 按钮，如图 9-16 所示。

（5）然后再选择"视图/页眉和页脚"命令，打开"页眉页脚"对话框，选择"幻灯片"选项卡，在"幻灯片包含内容"栏中选中 日期和时间(D) 和 页脚(F) 复选框。

（6）在 日期和时间(D) 复选框下选择 自动更新(U) 单选按钮，在 页脚(F) 复选框的文本框中输入"美白祛斑"文本，设置完成后，单击"页眉和页脚"对话框中的 全部应用(Y) 按钮，如图 10-17 所示。

（7）返回母版视图中，然后关闭母版视图。

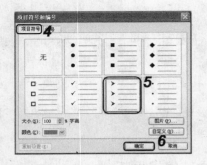

图 9-16 "项目符号"选项卡　　　　　图 9-17 "页眉和页脚"对话框

9.2　创建动画幻灯片

在 PowerPoint 2003 中不仅可以为每张幻灯片的切换设置动画效果，也可以为幻灯片中的相应对象设置动画效果，从而让观众对幻灯片所要表达的内容有更深层次的了解。

9.2.1　应用动画方案

PowerPoint 2003 为幻灯片切换、幻灯片标题、文本提供了多种预设的动画方案，如"细微"、"温和"和"华丽"等类型。

【例 9-4】　为"设置动画效果"幻灯片创建动画。

（1）打开"设置动画效果.ppt"演示文稿（立体化教学:\素材文件\第 9 章\设置动画效果.ppt），如图 9-18 所示。

（2）选择"幻灯片放映/动画方案"命令，打开"幻灯片设计"任务窗格，在"应用于所选幻灯片"列表框中选择"所有渐变"选项，如图 9-19 所示。

图 9-18 演示文稿　　　　　图 9-19 任务窗格

（3）选择动画方案后，单击 ▶ 播放 按钮即可预览动画播放效果（立体化教学:\源文件\第 9 章\设置动画效果.ppt）；单击 应用于所有幻灯片 按钮可将当前动画方案应用于整个演示文稿的所有幻灯片中。

9.2.2　创建"自定义动画"效果

如果系统提供的动画方案不能满足用户要求，则可以通过 PowerPoint 2003 提供的自定义动画功能，对其进行更多的设置，包括为幻灯片中的对象添加动画效果、设置动画效果和设置动画播放顺序等。

1. 添加动画效果

在幻灯片中添加自定义动画效果的类型有进入、强调、退出和动作路径 4 种，介绍分别如下。

- ➥ **进入**：用于设置在幻灯片放映时，文本和对象进入放映界面的动画效果，如飞入、百叶窗、盒状等效果。
- ➥ **强调**：用于在放映过程中对需要强调的部分设置动画效果，如放大或缩小等。
- ➥ **退出**：用于设置放映幻灯片时，相关内容退出放映界面的动画效果，如飞出、百叶窗、盒状等效果。
- ➥ **动作路径**：用于指定放映相关内容时所通过的轨迹，如向下、向上、对角线向上等。设置后将在幻灯片编辑区中以红色箭头显示其路径的起始方向。

📢 **提示：**

> 动画列表框中的每个效果选项前都有一个用于表示该动画效果播放顺序的数字，以 1 开始向后顺序播放。若要改变顺序，可在动画列表框中选择要改变的动画效果进行拖动，也可以单击下面的⬆或⬇按钮将其移到所需位置。

2. 设置动画选项

在"自定义动画"任务窗格的动画效果编辑区中，可以对当前自定义动画效果的开始方式、属性和速度进行编辑，或者打开动画选项对应的对话框设置一些特殊效果。

【**例 9-5**】　更改"古诗"演示文稿的第 2 张幻灯片中的第一句诗的"飞入"效果。

（1）打开"古诗.ppt"演示文稿（立体化教学:\实例素材\第 9 章\古诗.ppt），选择第 2 张幻灯片中的第一句诗，在"自定义动画"任务窗格的"开始"下拉列表框中选择"之后"选项。

（2）在"方向"下拉列表框中选择"自右侧"选项，如图 9-20 所示。

（3）在动画列表的第 1 个动画选项上单击鼠标右键，在弹出的快捷菜单中选择"效果选项"命令，如图 9-21 所示。

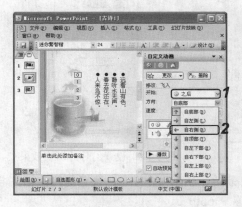

图 9-20　设置动画效果

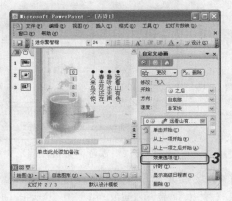

图 9-21　效果选项

（4）打开"飞入"对话框，选择"效果"选项卡，在"设置"栏中选中☑平稳开始(M)和☑平稳结束(N)复选框。

（5）在"声音"下拉列表框中选择"微风"选项，单击 确定 按钮，如图9-22所示。

🔔注意：

只有先选择幻灯片对象，才能设置对象的动画效果，否则"动画"下拉列表框呈灰色，无法进行设置。另外，动画效果不同，打开的设置对话框也就不同。

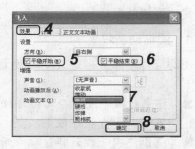

图9-22 "飞入"对话框

3．调整动画播放顺序

要制作出满意的动画效果，往往需要不断地预览动画之间的衔接效果。如果设置的播放顺序效果不好，则应该及时进行调整。"自定义动画"任务窗格的动画列表项目将从上到下按顺序播放，要改变动画播放顺序只需将列表项目进行相应调整即可。

9.2.3 设置幻灯片间切换的动画效果

幻灯片间的动画切换效果是在幻灯片之间相互切换时使用的，它决定了下一张幻灯片是如何承接上一张幻灯片的。

【例9-6】 设置"古诗鉴赏"演示文稿中幻灯片间切换的动画效果。

（1）打开"古诗词鉴赏.ppt"演示文稿（立体化教学:\素材文件\第9章\古诗词鉴赏.ppt），如图9-23所示。

（2）选择"幻灯片放映/幻灯片切换"命令，打开"幻灯片切换"任务窗格。

（3）在"应用于所选幻灯片"列表框中选择所需的切换动画效果，这里选择"水平百叶窗"选项；在"速度"下拉列表框中选择"快速"选项；在"声音"下拉列表框中选择"无声音"选项；在"换片方式"栏中选中☑单击鼠标时复选框，如图9-24所示。

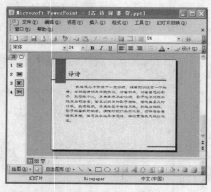

图9-23 "古诗词鉴赏"演示文稿

图9-24 设置幻灯片切换效果

（4）设置完成后单击 应用于所有幻灯片 按钮，最后单击 ▶播放 按钮，预览幻灯片间切换的动画效果（立体化教学:\源文件\第9章\古诗词鉴赏.ppt）。

📢提示：

> 通过按键盘上的"Page Down"键可切换到幻灯片的下一个动画，按"Page Up"键可切换到幻灯片的上一个动画。

9.2.4　应用举例——为"投标方案"创建自定义动画效果

为"投标方案"演示文稿的第一张幻灯片创建自定义动画，要求标题为单击时以"陀螺旋"形式进入幻灯片，文本在标题进入之后以"飞入"形式进入幻灯片，并设置幻灯片间切换的动画效果。

操作步骤如下：

（1）打开"投标方案.ppt"演示文稿（立体化教学:\实例素材\第 9 章\投标方案.ppt），选择第一张幻灯片。

（2）选择"幻灯片放映/自定义动画"命令，打开"自定义动画"任务窗格，选择标题文本，单击"自定义动画"任务窗格中的 ✿ 添加效果 ▼ 按钮，在弹出的下拉列表框中选择"强调/陀螺旋"选项，如图 9-25 所示。

（3）在"开始"下拉列表框中选择"单击时"选项，在"速度"下拉列表框中选择"慢速"选项。

（4）选择第一张幻灯片的文本，单击 ✿ 添加效果 ▼ 按钮，在弹出的下拉列表框中选择"进入/飞入"选项，如图 9-26 所示。

（5）在"开始"下拉列表框中选择"之后"选项，在"速度"下拉列表框中选择"快速"选项。

（6）然后选择"幻灯片放映/幻灯片切换"命令，在打开的"幻灯片切换"任务窗格列表框中选择"横向棋盘式"选项，单击 应用于所有幻灯片 按钮。

（7）设置完成后单击 ▶ 播放 按钮，预览其效果（立体化教学:\源文件\第 9 章\投标方案 1.ppt）。

🔔注意：

> 在一张幻灯片中可为多个对象设置自定义动画，也可在一个对象中定义多种动画。

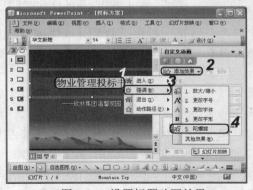

图 9-25　设置标题动画效果

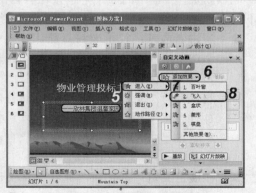

图 9-26　设置文本动画效果

◁❙)) **提示：**

若用户对添加的动画效果不满意，可单击"自定义动画"任务窗格中的 ✕ 删除 按钮，将动画效果删除。

◔ **注意：**

单击 ▶ 播放 按钮后会变为 ■ 停止 按钮；单击 幻灯片放映 按钮可从当前幻灯片开始放映幻灯片。

9.3 幻灯片放映

制作幻灯片的目的是放映，下面讲解在放映幻灯片前的准备工作和在放映过程中的控制等操作。

9.3.1 设置幻灯片放映方式

完成幻灯片动画设置后，需要进行幻灯片放映的准备工作，包括设置幻灯片放映类型、录制旁白和隐藏或放映幻灯片等。

1．设置放映类型

在对幻灯片进行放映之前可以对其放映类型进行设置，以满足不同放映场合的需要。

【例9-7】　为"水果美容1"幻灯片设置放映方式。

（1）打开"水果美容1.ppt"演示文稿（立体化教学:\实例素材\第9章\水果美容1.ppt），选择"幻灯片放映/设置放映方式"命令，打开"设置放映方式"对话框，如图9-27所示。

（2）在"放映类型"栏中选中 ⦿演讲者放映（全屏幕）(P) 单选按钮，单击 确定 按钮。

（3）选择"幻灯片放映/观看放映"命令，将根据设置的参数进行放映。

"放映类型"栏中的3个单选按钮各自的含义如下。

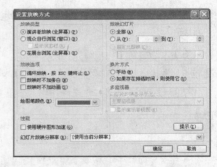

图9-27　"设置放映方式"对话框

- ↘ **演讲者放映：** 该单选按钮默认为选中状态，它是一种传统的全屏放映方式，常用于演讲者在放映幻灯片时手动切换幻灯片和动画效果，是一种正式而又灵活的放映类型，又被称为手动放映类型。

- ↘ **观众自行浏览：** 选中该单选按钮将使幻灯片在标准窗口中进行放映，常用于观众自行浏览演示文稿。利用此种方式提供的菜单可以进行翻页、打印和浏览，但不能通过单击鼠标进行放映，只能自动放映或利用滚动条进行放映，又被称为交互式放映。

- ↘ **在展台浏览：** 选中该单选按钮将使幻灯片在放映时自动进入全屏放映模式。在放映过程中，除了保留鼠标指针用于选择屏幕对象外，其他的功能全部失效，而且如果5分钟后没有得到任何指令将从头开始放映，又被称为自动放映。

2．录制声音旁白

在放映演示文稿时，如果幻灯片的放映方式是观众自行浏览方式，且无演讲者演说，此时可为演示文稿的各幻灯片录制声音旁白。

录制声音旁白的方法是选择"幻灯片放映/录制旁白"命令，打开"录制旁白"对话框，如图 9-28 所示。单击 确定 按钮，在打开的"录制旁白"提示框中选择从哪张幻灯片开始录制旁白，如图 9-29 所示。

PowerPoint 进入幻灯片的放映状态后，用户即可开始录制旁白。当结束放映时，PowerPoint 将提示是否保存已经录制的旁白。

图 9-28　"录制旁白"对话框

图 9-29　"录制旁白"提示框

提示：

在开始录制旁白之前，应提前做好准备工作，包括设置话筒级别和更改质量等。

3．隐藏/显示幻灯片

放映幻灯片时，系统将自动按设置的方式依次放映每张幻灯片，在实际使用时，用户如果不需要放映所有幻灯片，可将不需要放映的幻灯片隐藏起来，需要放映时再进行显示。

【例 9-8】　下面将"古诗"演示文稿的第 1、2 张幻灯片隐藏。

（1）打开"古诗 1.ppt"演示文稿（立体化教学:\实例素材\第 9 章\古诗 1.ppt），按住"Shift"键选择第 1、2 张幻灯片。

（2）在幻灯片上单击鼠标右键，在弹出的快捷菜单中选择"隐藏幻灯片"命令，如图 9-30 所示。

（3）此时第 1、2 张幻灯片被隐藏，隐藏后的幻灯片的左上角的编号将显示为 1、2，如图 9-31 所示（立体化教学:\源文件\第 9 章\古诗 2.ppt）。

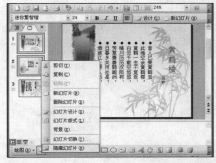

图 9-30　"隐藏幻灯片"选项

图 9-31　幻灯片编号改变

> 将隐藏的幻灯片显示出来的方法是：选择"幻灯片放映/隐藏幻灯片"命令，即可将隐藏的幻灯片显示出来。

4．设置超链接和动作按钮

放映幻灯片时，默认的放映顺序是按幻灯片的顺序进行放映的，通过在演示文稿中添加超链接，在放映幻灯片时，可不按顺序进行放映，而是随意地跳转到所需的幻灯片继续放映。

PowerPoint 2003 中提供了两种创建超链接的方法，一是通过"插入/超链接"命令来创建超链接，二是通过"幻灯片放映/动作按钮"命令来创建超链接。下面分别进行介绍。

- "插入/超链接"命令：首先选择代表超链接起点的对象，选择"插入/超链接"命令，打开"插入超链接"对话框，根据要链接的文档的位置在该对话框中进行设置，如图 9-32 所示。
- "幻灯片放映/动作按钮"命令：选择该命令，在弹出的列表框中选择一个动作按钮，当鼠标指针变成十字形时，在幻灯片要创建动作按钮的位置拖动鼠标绘制按钮，绘制后释放鼠标，弹出"动作设置"对话框，在该对话框中进行设置，如图 9-33 所示。

图 9-32　"插入超链接"对话框

图 9-33　"动作设置"对话框

提示：

> 使用"插入/超链接"命令创建超链接时，必须先建立代表超链接起点的对象，该对象可以是文本、图片或图形等。

9.3.2　开始放映幻灯片

对幻灯片进行设置完成后，根据需要对幻灯片进行放映，预览其放映效果。进入幻灯片放映状态的常用方法有以下几种。

- 通过"幻灯片放映/观看放映"命令，进入幻灯片的放映状态。
- 在"大纲/幻灯片"窗格中底端选择切换视图位置，单击囯按钮，进入幻灯片的放映状态。

演示文稿中的幻灯片放映完成后，将以黑色屏幕进行显示，单击鼠标或按"F5"键可退出幻灯片的放映状态。

9.3.3　控制放映过程

在演讲过程中，演讲者需要随时控制演示过程，如切换和快速定位幻灯片、标记重点内容等，只有这样才能取得较好的演示效果。

1．切换和定位幻灯片

在放映幻灯片时，可通过鼠标和键盘上的方向键对幻灯片进行切换。快速定位幻灯片是指在放映幻灯片时，快速、准确地切换到指定的幻灯片放映，达到精确定位幻灯片的效果。

【例 9-9】　通过鼠标来控制放映"公司简介"演示文稿。

（1）打开"公司简介.ppt"演示文稿（立体化教学:\实例素材\第 9 章\公司简介.ppt），按"F5"键从头开始放映演示文稿，在放映界面中单击鼠标右键，在弹出的快捷菜单中选择"下一张"命令，如图 9-34 所示。

（2）切换到下一张幻灯片进行放映，在其中单击鼠标右键，在弹出的快捷菜单中选择"定位至幻灯片"命令。

（3）在弹出的子菜单中选择"4 销售网站"命令，如图 9-35 所示。

图 9-34　选择幻灯片

图 9-35　定位幻灯片

（4）定位到相应的幻灯片进行放映，在其上单击鼠标右键，在弹出的快捷菜单中选择"上一张"命令，将切换到上一张幻灯片进行放映。

✎技巧：

在放映幻灯片的过程中，按"S"键或"+"键可暂停放映，按"Enter"键或空格键可继续放映。

2．为幻灯片重点内容做标记

在演示文稿的放映过程中如果要对某些内容进行重点讲解，可以在需重点讲解的内容上做标记。在 PowerPoint 中对幻灯片进行标记需要先将光标设置为绘图笔，然后添加下划线或说明等。

设置绘图笔的方法是：单击放映的幻灯片左下角的 ✐ 按钮，在弹出的列表中选择绘图笔，然后拖动鼠标在重点内容处做标记或进行说明，如图 9-36 所示。

📢提示：

设置绘图笔的另一种方法是在放映的幻灯片上单击鼠标右键，在弹出的快捷菜单中选择"指针选项"

命令，然后在弹出的子菜单中选择所需要的绘图笔。

图 9-36　设置绘图笔

9.3.4　应用举例——设置并放映幻灯片

本例将对"投标方案 1"演示文稿进行设置并放映，包括将其放映方式设置为"观众自行浏览"，为第一张幻灯片创建超链接，使其链接到最后一张幻灯片（立体化教学:\源文件\第 9 章\投标方案 1.ppt）。

操作步骤如下：

（1）打开"投标方案 1.ppt"演示文稿（立体化教学:\实例素材\第 9 章\投标方案 1.ppt），选择"幻灯片放映/设置放映方式"命令，打开"设置放映方式"对话框，如图 9-37 所示。

（2）在"放映类型"栏中选中 ⊙观众自行浏览(窗口) (B) 单选按钮，单击 确定 按钮。

（3）选择第一张幻灯片，再选择"幻灯片放映/动作按钮/▭"命令，此时光标变为十形状，在幻灯片编辑区右下角拖动鼠标绘制一个按钮，如图 9-38 所示。

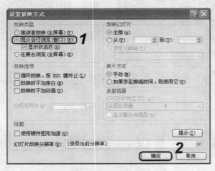

图 9-37　设置放映方式

图 9-38　设置动作按钮

（4）在释放鼠标的同时打开"动作设置"对话框，选中 ⊙超链接到(H) 单选按钮，在其下方的下拉列表框中选择"幻灯片"选项。

（5）打开"超链接到幻灯片"对话框，在"幻灯片标题"列表框中选择第 5 张幻灯片，单击 确定 按钮，如图 9-39 所示。

（6）返回"动作设置"对话框，单击 确定 按钮。

（7）设置完成后，选择"幻灯片放映/观看放映"命令，开始放映幻灯片，预览其效果，在切换幻灯片时直接单击鼠标右键，在弹出的快捷菜单中选择"前进"命令进行放映。

（8）放映完成后，屏幕将显示为如图 9-40 所示的黑色屏幕，按"Esc"键退出幻灯片的放映状态。

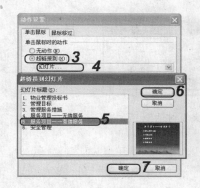 

图 9-39　设置超链接　　　　　　　　　　　图 9-40　放映结束

9.4　打包演示文稿

为了让演示文稿能更好地进行传输，即使电脑中没有安装 PowerPoint 2003 或没有电脑的用户也能了解到演示文稿的内容，可将幻灯片进行打包。

9.4.1　打包成 CD

PowerPoint 2003 新增加了"打包成 CD"功能，使用该功能可以快速利用刻录机将制作好的演示文稿打包并刻录。

【例 9-10】　将制作好的"课件"演示文稿打包到文件夹。

（1）打开"课件"演示文稿（立体化教学:\实例素材\第 9 章\课件.ppt），选择"文件/打包成 CD"命令，打开"打包成 CD"对话框，如图 9-41 所示。

（2）单击 选项(O)... 按钮，打开"选项"对话框，如图 9-42 所示。

（3）在"选项"对话框中选中 ☑PowerPoint 播放器 复选框，单击 确定 按钮返回"打包成 CD"对话框。

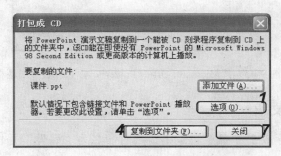 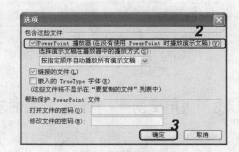

图 9-41　"打包成 CD"对话框　　　　　　　图 9-42　"选项"对话框

（4）在"打包成 CD"对话框中单击 复制到文件夹(F)... 按钮，打开"复制到文件夹"对话框，如图 9-43 所示。输入文件夹名称及位置后单击 确定 按钮。

（5）文件复制完毕之后，在"打包成 CD"对话框中单击 关闭 按钮完成设置。

图 9-43　"复制到文件夹"对话框

注意:

将演示文稿打包前必须进行保存，否则系统将提示用户保存文档后再执行打包操作。

9.4.2　打包演示文稿的放映

打包的演示文稿可使用打包文件夹中的"PowerPoint 浏览器"进行放映。

【例 9-11】　将打包的"课件演示文稿 CD"进行放映。

（1）打开"课件演示文稿 CD"文件夹，用鼠标双击名为"pptview.exe"文件，在打开的页面中单击 接受(A) 按钮，如图 9-44 所示。

（2）打开"Microsoft Office PowerPoint Viewer"对话框，在"查找范围"下拉列表框中选择"'课件'演示文稿 CD"文件夹，如图 9-45 所示。

（3）在列表框中选择"课件.ppt"选项，单击 打开(O) 按钮即可放映该演示文稿。

图 9-44　打包文件夹

图 9-45　"Microsoft Office PowerPoint Viewer"对话框

9.4.3　应用举例——打包并放映演示文稿

本例将"课件"演示文稿进行打包并存放于 F 盘根目录下，同时命名为"课件"并使用 PowerPoint 浏览器进行放映。

操作步骤如下：

（1）打开"课件"演示文稿（立体化教学:\实例素材\第 9 章\课件.ppt），选择"文件

/打包成 CD" 命令，如图 9-46 所示。

（2）打开 "打包成 CD" 对话框，单击 [选项(O)...] 按钮，在打开的 "选项" 对话框中，选中 ☑PowerPoint 播放器 复选框，单击 [确定] 按钮返回 "打包成 CD" 对话框。

（3）在 "打包成 CD" 对话框中单击 [复制到文件夹(F)...] 按钮，打开 "复制到文件夹" 对话框。在 "文件夹名称" 文本框中输入 "课件"，位置在 "F:\"，如图 9-47 所示。单击 [确定] 按钮保存该演示文稿。

图 9-46　"打包成 CD" 命令　　　　图 9-47　"复制到文件夹" 对话框

（4）打开 F 盘根目录，进入 "课件" 文件夹，运行 "pptview.exe" 程序，打开 "Microsoft Office PowerPoint Viewer" 对话框。

（5）选择打包文件所在目录中的演示文稿文件，单击 [打开(O)] 按钮放映演示文稿。

9.5　上机及项目实训

9.5.1　设置并放映 "名著欣赏" 演示文稿

本次上机将设置 "名著欣赏" 演示文稿的效果，包括演示文稿的动画效果和放映效果，然后对其进行放映。

操作步骤如下：

（1）打开 "名著欣赏" 演示文稿（立体化教学:\实例素材\第 9 章\名著欣赏.ppt）。选择第 2 张幻灯片，选择 "幻灯片放映/自定义动画" 命令。

（2）打开 "自定义动画" 窗格，选择标题文本，单击 [添加效果 ▼] 按钮，在弹出的下拉菜单中选择 "强调/螺旋状" 选项。

（3）在 "开始" 下拉列表框中选择 "单击时" 选项，在 "速度" 下拉列表框中选择 "中速" 选项，如图 9-48 所示。

（4）选择第 2 张幻灯片的文本，单击 [添加效果 ▼] 按钮，在弹出的下拉菜单中选择 "进入/菱形" 选项。

（5）在 "开始" 下拉列表框中选择 "之后" 选项，在 "速度" 下拉列表框中选择 "中速" 选项，如图 9-49 所示。

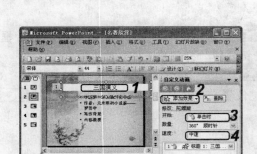

图 9-48　设置标题动画效果　　　　　　　　图 9-49　设置文本效果

（6）选择第 4 张和第 5 张幻灯片，然后选择"幻灯片放映/幻灯片切换"命令，打开"幻灯片切换"任务窗格。

（7）在"应用于所选幻灯片"列表框中选择所需的切换动画效果"垂直百叶窗"选项；在"速度"下拉列表框中选择"快速"切换速度；在"声音"下拉列表框中选择切换时"无声音"选项；在"换片方式"栏中选中□单击鼠标时复选框，如图 9-50 所示。

（8）设置完成后，选择另外一张幻灯片，重复进行以上操作即可在两张幻灯片间设置切换效果。

（9）选择"幻灯片放映/设置放映方式"命令，打开"设置放映方式"对话框，选中◎在展台浏览（全屏幕）（K）单选按钮，单击 确定 按钮，如图 9-51 所示。

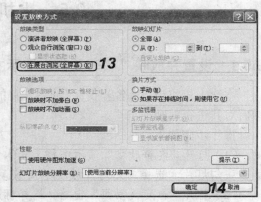

图 9-50　幻灯片切换效果图　　　　　　　　图 9-51　"设置放映方式"对话框

（10）选择第 1 张幻灯片，然后选择"幻灯片放映/动作按钮"命令，在弹出的子菜单中选择回按钮，如图 9-52 所示。

（11）在需要设置动作按钮的位置拖动鼠标，到达所需位置和适当大小后释放鼠标，同时程序打开"动作设置"对话框，在"单击鼠标"选项卡中设置单击该按钮时将要执行的操作，单击 确定 按钮。完成后的效果如图 9-53 所示。

图 9-52　动作设置

图 9-53　动作设置后的效果

（12）设置完成后按"F5"键，从第 1 张开始放映幻灯片。

9.5.2　编辑"公司简介"演示文稿

综合本章和前面所学知识，编辑"公司简介"演示文稿，其中包括更改演示文稿的设计模版、设置占位符格式和项目符号，其最终效果如图 9-54 所示（立体化教学:\源文件\第 9 章\公司简介 1.ppt）。

本练习可结合立体化教学中的视频演示进行学习（立体化教学:\视频演示\第 9 章\编辑"公司简介"演示文稿.swf）。主要操作步骤如下：

（1）打开"公司简介.ppt"演示文稿（立体化教学:\实例素材\第 9 章\公司简介.ppt），选择"幻灯片设计"命令，打开"幻灯片设计"任务窗格，在设计模版下拉列表中选择所需的模版，如图 9-55 所示。

图 9-54　"公司简介"演示文稿

图 9-55　应用模版

（2）选择"视图/母版/幻灯片母版"命令，选择标题并设置字体格式。

（3）将光标对位于文本样式中，选择"格式/项目符号和编号"命令，打开"项目符号和编号"对话框，在其中选择所需项目符号的样式。

（4）编辑完成后关闭幻灯片母版。

9.6　练习与提高

（1）为"出勤奖"演示文稿（立体化教学:\实例素材\第9章\出勤奖.ppt）应用不同设计模版，其效果如图9-56所示（立体化教学:\源文件\第9章\出勤奖1.ppt、出勤奖2.ppt）。

📢提示：

应用的设计模版是系统提供的，不需要到网上下载。

图9-56　应用不同设计模版的效果

（2）设置如图9-57所示幻灯片（立体化教学:\实例素材\第9章\世上无难事.ppt）的动画效果，要求按"标题"、"文本"、"图片"的顺序播放。设置完成后，该幻灯片的动画效果列表如图9-58所示。本练习可结合立体化教学中的视频演示进行学习（立体化教学:\视频演示\第9章\编辑并放映"世上无难事"演示文稿.swf）。

📢提示：

将"标题"设置为单击时进入的"盒状"效果；将"文本"设置为单击时进入的"菱形"效果；将"图片"设置为"陀螺旋"效果。

图9-57　设置幻灯片的动画效果　　　　图9-58　幻灯片的动画效果列表

（3）为"课件"演示文稿（立体化教学:\实例素材\第9章\课件.ppt）的重点内容做上标记，其效果如图9-59所示（立体化教学:\源文件\第9章\课件1.ppt）。

提示：

绘图笔选择"圆珠笔"来为重点内容做标记。

（4）将"课件"演示文稿（立体化教学:\实例素材\第 9 章\课件.ppt）的第 4～6 张幻灯片隐藏，然后放映未隐藏的幻灯片，如图 9-60 所示（立体化教学:\源文件\第 9 章\课件2.ppt）。

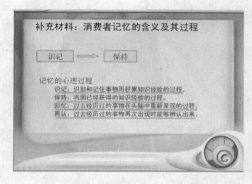

图 9-59　最终效果

图 9-60　隐藏幻灯片

（5）制作一份演示文稿，参考幻灯片如图 9-61 所示。

提示：

内容自己选择，然后再选择一种模板进行设计（立体化教学:\源文件\第 9 章\葬花吟.ppt）。

图 9-61　制作演示文稿

经验技巧　总结为幻灯片设置动画效果所需要注意的几点

本章主要讲解在制作演示文稿时所涉及到的知识，要想把演示文稿制作得更专业、更有使用价值，除了掌握本章知识外，还要注意在设置幻灯片动画效果时需注意的问题，下面列出几点供大家参考。

- 只有先选择设置动画效果的幻灯片，才能设置幻灯片的动画效果，否则动画下拉列表框呈灰色，无法进行设置。
- 在一张幻灯片中可为多个对象设置自定义动画，也可在一个对象中定义多种动画。
- 单击 ▶播放 按钮后会变为 ■停止 按钮，单击 幻灯片放映 按钮可以从当前幻灯片开始放映。
- 在设置幻灯片的动画效果时，不同的效果，打开的对话框也不同。

第 10 章 Internet 基础知识

学习目标

- ☑ 了解连接 Internet 的方法
- ☑ 掌握浏览网上信息的方法
- ☑ 掌握搜索网络资料的方法
- ☑ 掌握下载网络资源的方法

目标任务&项目案例

浏览网页

搜索资料

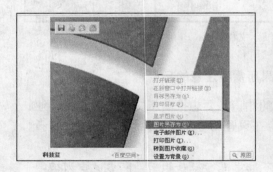

保存图片

下载软件

随着网络的普及，现代办公进入了网络时代。方便快捷的网络为办公提供了诸多方便。在本章中将对连接 Internet、浏览网页、收藏夹的使用、设置主页、保存网页资料、搜索与下载网络资源等 Internet 的基础知识进行介绍，使读者对 Internet 有一个初步认识。

10.1　浏览网上信息

在 Internet 中，使用浏览器能够浏览网络中各种各样的信息，但在此之前要首先连入 Internet。

10.1.1　连入 Internet

通常网络运营商的工作人员在进行网络安装时，会帮助用户创建拨号连接，但如果在使用时遇到麻烦，用户可以自己重新建立拨号连接。

1．建立网络连接

通过 Windows XP 操作系统自带的"新建连接向导"即可创建拨号连接。

【例 10-1】　利用"新建连接向导"建立 ADSL 宽带连接。

（1）选择"开始/所有程序/附件/通讯/新建连接向导"命令，打开"欢迎使用新建连接向导"对话框，单击 下一步(N) > 按钮。

（2）打开"网络连接类型"对话框，选中 ⊙ 连接到 Internet(C) 单选按钮，然后单击 下一步(N) > 按钮。

（3）打开"准备好"对话框，若已经从 ISP 服务商处申请了账号和密码，则选中 ⊙ 手动设置我的连接(M) 单选按钮，然后单击 下一步(N) > 按钮。

（4）打开"Internet 连接"对话框，询问用户想怎样连接到 Internet，在其中选中 ⊙ 用拨号调制解调器连接(D) 单选按钮，单击 下一步(N) > 按钮。

（5）打开"连接名"对话框，在"ISP 名称"文本框中输入申请账号的 ISP 名称，如"电信"，然后单击 下一步(N) > 按钮，如图 10-1 所示。

（6）打开"要拨的电话号码"对话框，在"电话号码"文本框中输入 ISP 服务商所提供的电话号码，如"16300"，然后单击 下一步(N) > 按钮，如图 10-2 所示。

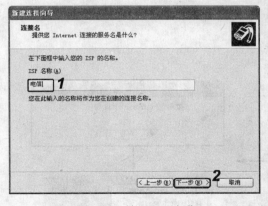

图 10-1　输入 ISP 名称

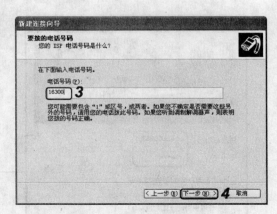

图 10-2　填写拨号上网的电话号码

（7）打开"Internet 账户信息"对话框，在"用户名"、"密码"和"确认密码"文本框中分别输入ISP服务商提供的账户及密码，单击 下一步(N) > 按钮，如图10-3所示。

（8）打开"正在完成新建连接向导"对话框，选中 ☑ 在我的桌面上添加一个到此连接的快捷方式(S) 复选框，然后单击 完成 按钮完成拨号连接的建立，如图10-4所示。

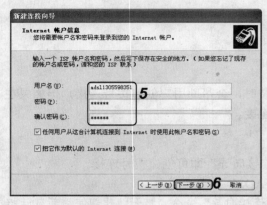 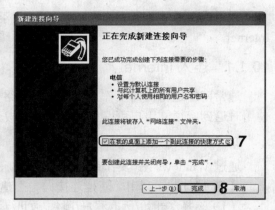

图10-3　输入用户名和密码　　　　　　　　图10-4　创建拨号连接成功

2. 连入网络

创建与设置好拨号连接后，就可以利用该网络连接将电脑连接到Internet了。

【例10-2】　通过新建的宽带连接接入Internet。

（1）双击桌面的拨号连接快捷方式图标，或在该图标上单击鼠标右键，在弹出的快捷菜单中选择"连接"命令。

（2）打开"连接 电信（此处为设置的ISP名称）"对话框，在相应的文本框中输入用户名和密码，然后单击 连接(C) 按钮，如图10-5所示。

（3）打开"正在连接 电信"对话框开始进行网络连接。

（4）当连接成功后，在任务栏的通知区中将出现图标，并提示已连接成功及连接的速度，如图10-6所示。

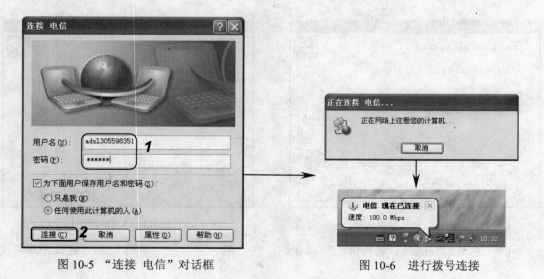

图10-5　"连接 电信"对话框　　　　　　　图10-6　进行拨号连接

3．断开网络连接

拨号连接成功后即可启动 IE 浏览器开始上网了。一般情况下，只要连上 Internet，用户就需要付费，如果不需要上网，就应该断开网络连接。断开网络连接的方法有以下几种。

➥ 双击任务栏中提示区的连接图标，系统将打开如图 10-7 所示的对话框，单击 断开(D) 按钮。

➥ 在"网络连接"窗口中用鼠标右键单击拨号连接图标，在弹出的快捷菜单中选择"断开"命令。

➥ 在任务栏的连接图标上单击鼠标右键，在弹出的快捷菜单中选择"断开"命令。

图 10-7　连接状态对话框

10.1.2　浏览网页

在 Internet 中，使用浏览器能够浏览网络中各种各样的信息。下面将介绍使用 Internet Explorer 浏览网上信息的方法和技巧。

1．认识 IE 浏览器

Internet Explorer 简称 IE 浏览器，它是在 Internet 中浏览信息的重要工具。双击桌面上的 Internet Explorer 快捷方式图标 启动 IE 6.0 后，在浏览器的界面中将打开 IE 的初始网页，其窗口由标题栏、菜单栏、工具栏、地址栏、网页浏览窗口和状态栏等部分组成，如图 10-8 所示。

图 10-8　IE 6.0 浏览器的界面

标题栏、菜单栏、状态栏这3个部分的作用及功能与"我的电脑"窗口中的类似，下面介绍IE浏览器特有的组成部分。

- **工具栏**：其中列出了浏览网页时最常用的工具按钮，如"后退"按钮 、"前进"按钮、"停止"按钮、"刷新"按钮、"主页"按钮以及"搜索"按钮等，通过单击这些按钮可快速对浏览的网页进行各种相应的操作。

- **地址栏**：用来显示或输入用户当前打开网页的地址，也就是常说的网址。单击地址栏右侧的按钮，在弹出的下拉列表中将显示曾经访问过的网址，选择某网址可快速打开相应网页。

- **网页浏览窗口**：所有的网页信息都显示在网页浏览窗口中，元素主要包括文字、图片、声音和视频等。

2. 用IE浏览网页

使用Internet Explorer浏览网页的方法很多，例如，通过地址栏浏览、使用工具栏浏览和利用网页中的超链接浏览等。下面将分别介绍这些浏览网页的方法。

1）通过地址栏浏览

在浏览网页之前，如果用户已经知道某个网站的网址或IP地址，可以直接在IE浏览器的地址栏中输入网址或IP地址后，按"Enter"键进入该网站，浏览其中的信息。例如，打开IE浏览器后，在地址栏中输入"新浪"的网址"http://www.sina.com.cn"，然后单击 转到按钮或按"Enter"键，在打开的窗口中便可浏览该网站中的内容，如图10-9所示。

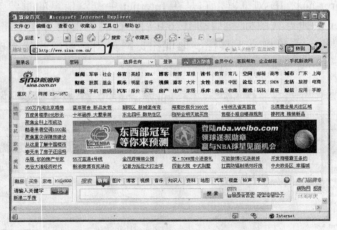

图10-9　"新浪"主页

2）使用工具栏浏览

利用IE浏览器界面工具栏中的按钮可以快速对网页进行相关浏览操作。

- 单击按钮返回到上次查看过的网页。
- 单击按钮可查看在单击按钮前浏览的网页。
- 单击或按钮旁边的按钮，在弹出的下拉列表中可查看刚才访问过的网页列表。
- 单击按钮，可打开在浏览器中预先设置的起始主页。

3) 利用网页中的超链接浏览

在浏览网页时，可以通过单击网页中具有超链接的文字或图像，打开或跳转到超链接指向的位置。例如，单击如图 10-10 所示的图像超链接，即可打开如图 10-11 所示的目标链接网页。

图 10-10　单击图像超链接

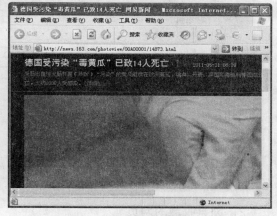

图 10-11　打开的目标链接网页

🔊提示：

在浏览网页时，将光标移到某处，若其变为 形状，说明该处是超链接，单击它可进入目标链接网页。

10.1.3　收藏夹的使用

使用收藏夹可以将经常浏览的网站地址添加到收藏夹中，这样可以使打开网站的操作更加简单，免去重复输入网站地址的麻烦，也无须记住那些复杂的网站域名。

1．在收藏夹中添加网站地址

打开网页后，通过选择"收藏/添加到收藏夹"命令，在打开的"添加到收藏夹"对话框中进行设置，即可将网站添加到收藏夹。

【例 10-3】　将"网易"网址添加到收藏夹新建的"综合网站"文件夹中。

（1）在 IE 浏览器中打开需要收藏的网页，如网易网站（www.163.com），选择"收藏/添加到收藏夹"命令。

（2）打开"添加到收藏夹"对话框，在"名称"文本框中为收藏的网页取一个新的名字，这里保持默认名称不变，单击 创建到(C) >> 按钮，展开该对话框，在"创建到"列表框中选择"收藏夹"文件夹选项，单击 新建文件夹(M)... 按钮，如图 10-12 所示。

（3）打开"新建文件夹"对话框，在"文件夹名"文本框中输入文件夹名，这里输入"综合网站"文本，单击 确定 按钮，如图 10-13 所示。

（4）返回"添加到收藏夹"对话框，单击 确定 按钮将页面添加到收藏夹中。

提示：

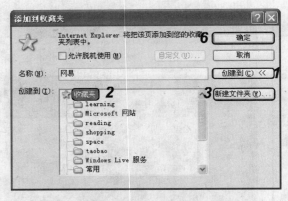 

图 10-12　"添加到收藏夹"对话框　　　　　图 10-13　"新建文件夹"对话框

2．浏览收藏的网页

将网站添加到收藏夹后，在"收藏"菜单中选择相应命令，或者单击工具栏中的"收藏夹"按钮☆，在浏览器左侧出现的"收藏夹"任务窗格中依次选择文件夹及相应的网页名称，Internet Explorer 将自动打开对应的网页，如图 10-14 所示。

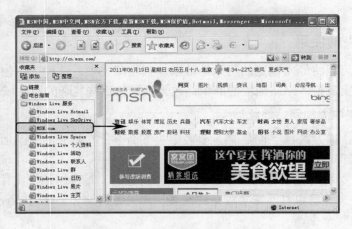

图 10-14　从收藏夹中打开网页

3．整理收藏夹

在使用收藏夹添加网站地址时，还可以将收藏的网站分成不同类型，分别收藏到不同的文件夹中，以便快速地查找和管理收藏夹中的网站。

【例 10-4】　通过新建文件夹整理收藏夹中的网址，使其分门别类地存放。

（1）打开 IE 浏览器，选择"收藏/整理收藏夹"命令，打开"整理收藏夹"对话框。

（2）在"整理收藏夹"对话框中单击 [创建文件夹(C)] 按钮，在右侧的列表框将出现一个名称呈可编辑状态的文件夹，输入名称后按"Enter"键，如图 10-15 所示。

（3）在"整理收藏夹"对话框右侧的列表框中选择一个收藏的网址后，单击 移至文件夹(M)… 按钮，如图 10-16 所示。

（4）打开如图 10-17 所示的"浏览文件夹"对话框，选择一个文件夹后，单击 确定 按钮，将所选网址放入该文件夹中。

（5）返回"整理收藏夹"对话框，继续移动其他网址，完成后单击 关闭(L) 按钮。

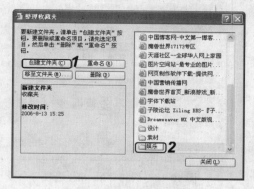

图 10-15　创建文件夹

🔊提示：

如果发现收藏夹中有失效或者不再使用的网页，则可以将其或其所在的文件夹删除，在选择相应的文件或文件夹后单击 确定 按钮。

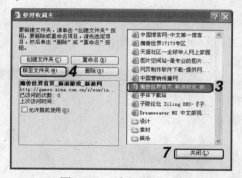

图 10-16　选择网址

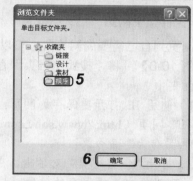

图 10-17　"浏览文件夹"对话框

10.1.4　设置主页

在启动 Internet Explorer 浏览器时，它将打开默认设置的主页，用户可以更改这个默认的主页，将它设置成自己经常浏览的网页站点。

【例 10-5】　将 Internet Explorer 默认主页更改为"www.google.com"。

（1）打开 Internet Explorer 浏览器，选择"工具/Internet 选项"命令，如图 10-18 所示。

（2）打开"Internet 选项"对话框的"常规"选项卡，在"主页"栏的"地址"文本框中输入要设置为主页的网址，这里输入"www.google.com"，完成设置后单击 确定 按钮，如图 10-19 所示。

（3）重新启动 IE 浏览器使设置生效。

🔊提示：

在"主页"栏中单击 使用当前页(C) 按钮，可以将当前打开的网页设置为主页；单击 使用默认页(D) 按钮，可将主页设置为 IE 默认的主页；单击 使用空白页(B) 按钮，可将主页设置为空白页。

图 10-18　选择"Internet 选项"命令

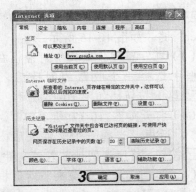

图 10-19　"Internet 选项"对话框

10.1.5　保存网页资料

用户在浏览网页的过程中若遇到所需的资料和信息时，可以通过多种方法将这些资料和信息保存到本地电脑中，以方便工作和学习时使用。

1．保存整个网页

当浏览到自己需要的网页时，可以把它当作资料保存在本地电脑中。

【例 10-6】　将"搜狐"网页保存到"资料"文件夹中。

（1）使用 IE 打开要保存的网页，这里打开"搜狐"网页（http://www.sohu.com/），选择"文件/另存为"命令。

（2）打开"保存网页"对话框，在"保存在"下拉列表框中选择保存的位置，这里选择新建的"资料"文件夹，在"文件名"文本框中输入一个新名称，这里使用默认名称，在"保存类型"下拉列表框中选择文件保存的类型，这里选择"网页，全部(*.htm;*.html)"选项，单击 保存(S) 按钮，如图 10-20 所示。

图 10-20　保存网页

📢提示：

双击保存的网页文件，即可自动启动 IE 浏览器并打开该网页。

2．保存网页中的文字

如果某个网页中的文字写得特别生动或者特别富有诗意，或网页中的信息或资料具有参考价值，可对其进行选择并将其复制到 Word、记事本等程序中，以便以后进行查看。

3．保存网页中的图片

在浏览网页时，如果遇到十分美丽的图片或需要的图片素材时，可以通过下面的操作将其保存到本地电脑中。

【例 10-7】　将网页中的图片保存到电脑中的指定文件夹中。

（1）在打开的网页中找到要保存的图片后，在图片上单击鼠标右键，在弹出的快捷菜单中选择"图片另存为"命令，如图 10-21 所示。

（2）打开"保存图片"对话框，如图 10-22 所示。从中选择保存路径、文件名及格式后单击 保存(S) 按钮，将图片保存到指定文件夹中。

图 10-21　选择"图片另存为"命令

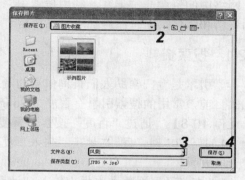

图 10-22　"保存图片"对话框

10.1.6　应用举例——浏览"雅虎"首页并将其设置为主页

本例将通过 IE 浏览器对"雅虎"首页中的内容进行浏览，并将其设置为主页。

操作步骤如下：

（1）双击桌面上的 Internet Explorer 快捷方式图标 启动 IE 6.0，在地址栏中输入"雅虎"网站的首页网址"http://cn.yahoo.com/"，然后单击 转到 按钮。

（2）打开"雅虎"网站的首页，单击要浏览内容的超链接，例如，单击如图 10-23 所示的图片超链接。

（3）在打开的网页窗口即可对其进行浏览，浏览完毕后单击"关闭"按钮 关闭该网页窗口。

（4）返回"雅虎"网站的首页，选择"工具/Internet 选项"命令。

（5）打开"Internet 选项"对话框的"常规"选项卡，在"主页"栏中单击 使用当前页(C) 按钮，此时"地址"文本框中自动显示出"雅虎"网站的首页网址"http://cn.yahoo.com/"，完成设置后单击 确定 按钮，如图 10-24 所示。

图 10-23　浏览网页

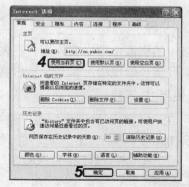

图 10-24　设置主页

（6）重新启动 IE 浏览器即可看到"雅虎"首页已被设置为浏览器主页。

10.2　搜索与下载资料

网络中的资源非常丰富，利用搜索引擎可以方便用户在浩如烟海的资源中找到自己需要的资料和信息，同时在遇到所需资料后可将其下载并保存到电脑中以便查看。

10.2.1　搜索资料

搜索引擎是专门帮助人们查询信息的网站，这些网站可以提供全面的信息查询和搜索功能。目前，常用的搜索引擎有百度、Google、搜狗、雅虎和搜搜等。

【例 10-8】　通过"百度"搜索引擎搜索关于"计划书"的相关网页。

（1）打开 IE 浏览器，在地址栏输入百度网站的网址"http://www.baidu.com"，按"Enter"键打开其首页。

（2）在打开网页的文本框中输入"计划书"，单击 百度一下 按钮，如图 10-25 所示。

（3）在网页中列出搜索结果超链接，如图 10-26 所示。

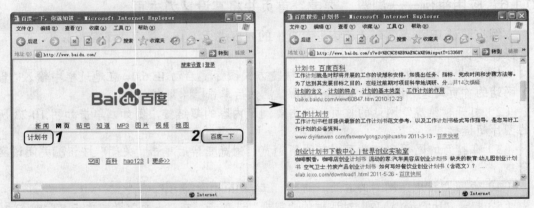

图 10-25　输入关键字　　　　图 10-26　搜索结果

（4）单击其中的超链接可打开相关页面。

10.2.2　下载网络资源

网络中的资源十分丰富，用户在网络中查找到合适的资源后，可以将其下载到自己的电脑中，方便日后使用，尤其是常用软件、办公文书的模板等。

1. 使用 IE 下载

使用 IE 浏览器下载网络资源，这是最简单也是最实用的一种下载方法。

【例 10-9】　通过 IE 自带功能下载"QQ2011"软件。

（1）打开 IE 浏览器，找到"QQ2011"的下载地址，如"http://im.qq.com/qq/2011/beta1/"，单击 立即下载 按钮，如图 10-27 所示。

（2）打开如图 10-28 所示的"文件下载–安全警告"对话框，单击 保存(S) 按钮。

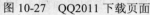

图 10-27　QQ2011 下载页面

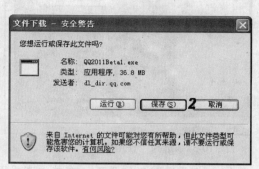

图 10-28　"文件下载–安全警告"对话框

（3）打开"另存为"对话框，从中选择软件的保存路径和文件名，单击 保存(S) 按钮，如图 10-29 所示。

（4）开始下载该软件，稍等片刻，完成下载后打开如图 10-30 所示的"下载完毕"对话框，单击 打开文件夹(F) 按钮即可看到已经下载的文件。

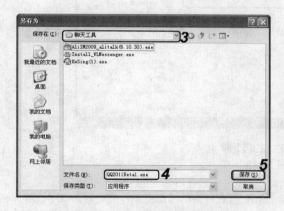

图 10-29　"另存为"对话框

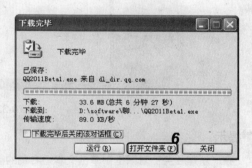

图 10-30　下载完毕

2．使用迅雷下载

用户在使用 IE 浏览器下载时，经常会感到速度不尽如人意，而且不支持断点续传。此时，可借助下载工具进行下载。目前最流行的下载工具软件有迅雷、网际快车等。

【例 10-10】　使用迅雷下载"金山词霸 2011"软件。

（1）在电脑中安装好迅雷下载软件，找到"金山词霸 2011"软件的下载地址，如"http://ciba.hp009.com/"，在 免费下载 按钮上单击鼠标右键，在弹出的快捷菜单中选择"使用迅雷下载"命令，如图 10-31 所示。

（2）打开"新建任务"对话框，在中间的文本框中输入保存地址，单击 立即下载 按钮，如图 10-32 所示。

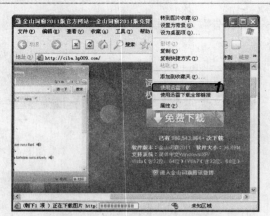

图 10-31　选择"使用迅雷下载"命令　　　　图 10-32　"新建任务"对话框

（3）打开迅雷工作界面，在其中查看下载进度，完成下载后的界面如图 10-33 所示。

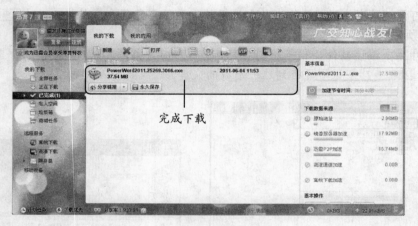

图 10-33　完成下载

提示：

在"新建任务"对话框中单击文本框右侧的███按钮，可在打开的"浏览文件夹"对话框中设置保存位置。此外，一般情况下在单击类似于下载的按钮和超链接时，会自动出现 IE 和下载软件两种下载方式的对话框，用户可以选择其一进行下载。

10.2.3　应用举例——搜索并下载促销方案

本例练习通过"搜搜"搜索引擎网站浏览器搜索"促销方案"，并下载其资源。

操作步骤如下：

（1）打开 IE 浏览器后，在地址栏输入搜搜网站的网址"http://www.soso.com"，按"Enter"键打开其首页，在文本框中输入"促销方案"，单击 搜搜 按钮，如图 10-34 所示。

（2）在网页中列出搜索结果超链接，单击所需的超链接，如"超市端午节促销方案"，如图 10-35 所示。

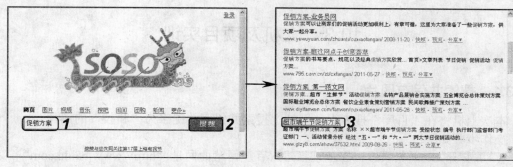

图 10-34　输入关键字　　　　　　　　　　图 10-35　搜索结果

（3）在打开的网页中根据提示一步步找到下载页面，在 立即免费下载 按钮上单击鼠标右键，在弹出的快捷菜单中选择"使用迅雷下载"命令，如图 10-36 所示。

（4）打开"新建任务"对话框，在中间的文本框中输入保存地址，单击 立即下载 按钮，如图 10-37 所示。

图 10-36　选择"使用迅雷下载"命令　　　　图 10-37　"新建任务"对话框

（5）打开迅雷工作界面；在其中查看下载进度，完成下载后的界面如图 10-38 所示。

图 10-38　完成下载

10.3 上机及项目实训

10.3.1 搜索并保存图片

本次上机将在"百度"搜索引擎网站上搜索并保存关键字为"科技"的图片。

操作步骤如下：

（1）打开 IE 浏览器后，在地址栏输入百度网站的网址"http://www.baidu.com"，按"Enter"键打开其首页。

（2）选择"图片"选项卡，在中间的文本框中输入"科技"文本，单击 百度一下 按钮，如图 10-39 所示。

（3）在网页中以缩略图形式列出搜索结果，单击所需图片的缩略图或其下方的超链接，如图 10-40 所示。

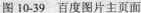

图 10-39 百度图片主页面

图 10-40 搜索结果

（4）在打开的网页中查看到该图片，在其上单击鼠标右键，在弹出的快捷菜单中选择"图片另存为"命令，如图 10-41 所示。

（5）打开"保存图片"对话框，从中选择保存路径、文件名及格式后单击 保存(S) 按钮，将图片保存到指定文件夹中，如图 10-42 所示。

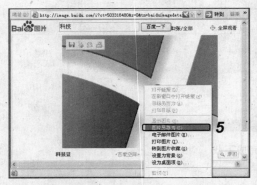

图 10-41 选择"图片另存为"命令

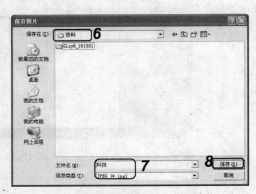

图 10-42 "保存图片"对话框

10.3.2　搜索、浏览并收藏网页

综合利用本章所学知识，在"百度"搜索引擎中搜索"公文网"，并将打开的网站添加到收藏夹中。本练习可结合立体化教学中的视频演示进行学习（立体化教学:\视频演示\第 10 章\搜索浏览并收藏网页.swf）。主要操作步骤如下：

（1）打开"百度"搜索引擎，搜索"公文网"，如图 10-43 所示。

（2）在搜索结果列表中列出了关键字为"公文网"的网页，单击"中国公文网精品文秘网站"超链接，如图 10-44 所示。

（3）在打开的网页中选择"收藏/添加到收藏夹"命令，将其添加到收藏夹中。

图 10-43　搜索网页

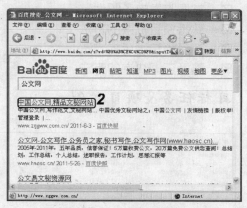

图 10-44　打开网页

10.4　练习与提高

（1）在自己的电脑中创建一个名为"宽带上网"的 ADSL 网络连接（立体化教学:\视频演示\第 10 章\创建网络连接.swf）。

（2）将常用网址添加到 IE 收藏夹中，并将其整理归类。

（3）在网络中搜索最新的 WinRAR 软件并将其下载到自己的电脑中。

总结网络基础操作注意事项

本章主要介绍了 Internet 的基础知识和常用操作，要想使用网络进行日常办公，课后还必须学习和总结一些相关的方法，这里总结以下几点供大家参考和探索。

➤　使用搜索引擎不仅可以搜索网页，还可以对视频、音频、地图等进行搜索，在搜索引擎网站中单击相应的超链接或选项卡，然后输入关键字进行搜索即可。

➤　若 Internet 中的临时文件过多，不仅会占用磁盘空间，还可能影响浏览网页的速度，可通过"Internet 选项"对话框将其删除，在该对话框中单击"Internet 临时文件"栏中的 删除文件(F)... 按钮可删除临时文件，单击该栏中的 设置(S)... 按钮可在打开的对话框中对保存临时文件的文件夹位置、使用的磁盘空间进行设置。

215

第 11 章　办公网络化

学习目标

- ☑ 掌握使用 QQ 即时通信
- ☑ 掌握收发电子邮件
- ☑ 熟悉预订机票的方法
- ☑ 熟悉预订酒店的方法
- ☑ 熟悉查询快递的方法

目标任务&项目案例

申请 QQ 号码

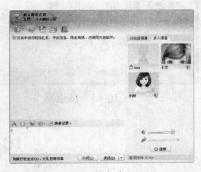

多人语音会议

转发电子邮件

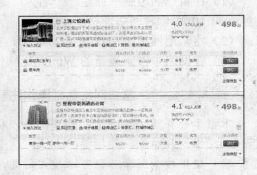

预订酒店

　　在快节奏、高效率的现代社会中，网络化办公越来越受到办公用户的青睐。本章将具体讲解通过即时通讯工具、电子邮件快速地与天南海北的生意伙伴、工作同事取得联系，通过网上预订轻松解决在外出差旅行的吃住行和通过网络对快递等信息进行查询等知识。

11.1　使用 QQ 即时通信工具

用户通过即时商务通信工具可以及时与客户、同事取得联系，进行交换信息、传送文件等。常用的即时通信工具软件有 QQ、MSN、雅虎通等，下面以使用范围较广的 QQ 为例对即时商务通信工具进行介绍。

11.1.1　申请账号

要使用 QQ 软件进行即时通信的一系列操作，首先必须拥有一个 QQ 账号。登录腾讯官方网站"im.qq.com"，下载并安装 QQ 即时通信软件后就可以进行申请操作了。

【例 11-1】　通过网页免费申请方式申请一个 QQ 账号。

（1）双击桌面上的 QQ 图标，启动 QQ 聊天软件，在打开的"QQ2011"对话框中单击"注册账号"超链接，如图 11-1 所示。

（2）在打开的"免费账号"网页中选择注册账号的方式，这里在"网页免费申请"栏中单击 立即申请 按钮，如图 11-2 所示。

（3）在打开的"申请免费 QQ 账号"网页中单击"QQ 号码"超链接，即由一串数字组成的经典账号。

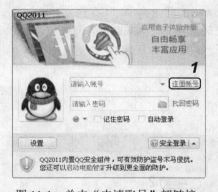

图 11-1　单击"申请账号"超链接

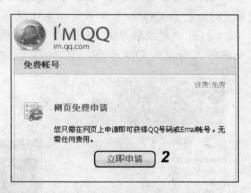

图 11-2　选择账号类型

（4）打开如图 11-3 所示的网页，根据提示依次填写昵称、生日、性别等基本信息，单击"腾讯 QQ 用户服务条款"超级链接，查看服务条款后单击 确定 并同意以下条款 按钮。

图 11-3　填写资料

（5）在打开的网页中提示申请成功，并以红色显示申请的 QQ 号码，如图 11-4 所示。

图 11-4 申请成功

11.1.2 添加联系人

要利用 QQ 与同伴进行交流，还需要知道对方的 QQ 账号，并将其添加为好友。

【例 11-2】 在 QQ 中添加联系人。

（1）双击 QQ 图标，在打开的"QQ2011"对话框中输入账号及密码，单击 安全登录 按钮登录 QQ，打开 QQ 的工作界面，单击底部的 查找 按钮，如图 11-5 所示。

（2）打开"查找联系人/群/企业"对话框，默认选中的 精确查找 单选按钮，在"账号"文本框中输入好友的 QQ 号码，单击 查找 按钮，如图 11-6 所示。

图 11-5 单击"查找"按钮

图 11-6 输入对方账号

（3）在随即打开的列表框中将显示查找到的结果，单击 添加好友 按钮，如图 11-7 所示。

（4）打开"添加好友"对话框，若对方设置有验证信息，则在"请输入验证信息"文本框中输入验证信息，在"备注姓名"文本框中输入备注名以便识别，在"分组"下拉列表框中选择分组名称，单击 确定 按钮，如图 11-8 所示。

图 11-7　单击"添加好友"按钮　　　　　　　　图 11-8　设置添加信息

（5）在打开的对话框中提示添加请求发送成功，单击 按钮，如图 11-9 所示。

（6）等对方收到发送的验证信息并通过验证后，单击任务栏通知区域中闪烁的 图标，在打开的对话框中单击 完成 按钮，如图 11-10 所示。

（7）此时即可在工作界面中查看到添加的好友的头像，如图 11-11 所示。

图 11-9　请求发送成功　　　　图 11-10　对方接受请求　　　图 11-11　添加后的效果

11.1.3　即时通信

登录 QQ 后就可以与在线的同事、客户进行沟通、交流了。

【例 11-3】　　与之前添加的好友进行即时交流。

（1）登录 QQ 后，在"我的好友"列表框中双击要进行聊天的好友的头像，即可打开聊天窗口，在对话框下方的文本框中输入聊天内容后，单击 发送(S) 按钮，如图 11-12 所示。

（2）在聊天窗口上方的列表框中即可查看到发送的信息，稍侯片刻待对方进行回复后，即可在上方的列表框中查看到对方回复的消息，如图 11-13 所示，继续在下方的文本框中输入内容，即可以同样的方法继续进行交谈。

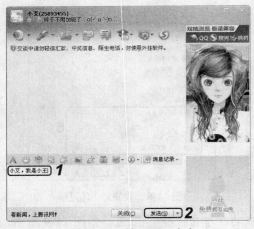

图 11-12　输入聊天内容

图 11-13　进行聊天

📢提示：

在聊天窗口中单击工具栏中的"字体选择"按钮A，在出现的工具栏中可对自己聊天的文字格式、颜色等进行设置；单击"选择表情"按钮😊，在弹出的列表框中可选择QQ自带的表情。

11.1.4　传送文件

在使用 QQ 进行交流的过程中，还可直接通过 QQ 传送文件或文件夹。

【例 11-4】　使用 QQ 传送文件。

（1）登录 QQ 后，在"QQ 好友"列表框中双击要接收文件的好友的 QQ 头像，在打开的聊天窗口中，单击上方工具栏中"传送文件"按钮📄右侧的·按钮，在弹出的下拉菜单中选择"发送文件"命令，如图 11-14 所示。

（2）打开"打开"对话框，在"查找范围"下拉列表框中选择要传送的文件的保存位置，在中间的列表框中选择要传送的文件名称，单击 打开(O) 按钮。

（3）待对方同意接收该文件后，就开始传送文件了。稍候片刻，完成文件的操作后，即可在对话框中查看到文件已发送完毕的信息，如图 11-15 所示。

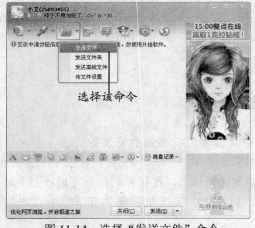

图 11-14　选择"发送文件"命令

图 11-15　完成文件的传送

✎ **技巧**：

通过聊天窗口上方工具栏中的相应按钮，还可以进行视频、语音通话等。

11.1.5　应用举例——发起多人语音会议

本例将使用 QQ 聊天窗口上方工具栏中的"开始语音会话"按钮，发起多人语音会议。

操作步骤如下：

（1）登录 QQ 后，在"QQ 好友"列表框中，双击要进行语音会议的其中一个好友的 QQ 头像。

（2）在打开的聊天窗口中，单击上方工具栏中"开始语音会话"按钮　右侧的按钮，在弹出的下拉菜单中选择"发起多人语音"命令，如图 11-16 所示。

（3）打开"选择联系人"对话框，在"选择范围"下拉列表框中选择联系人所在组，这里选择"全部联系人"选项，选择要参加会议的人员，单击　添加>　按钮，将其加入"已选联系人"栏中，单击　确定　按钮，如图 11-17 所示。

（4）打开"多人语音会话"窗口，待对方同意接语音会话后，就可以开始语音会议了，如图 11-18 所示。

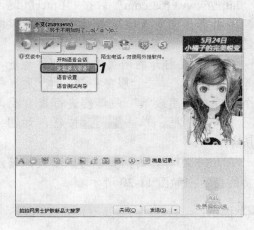

图 11-16　选择"发起多人语音"命令

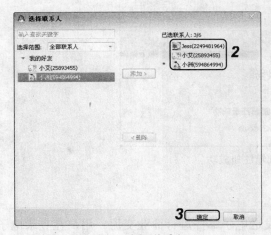

图 11-17　选择联系人

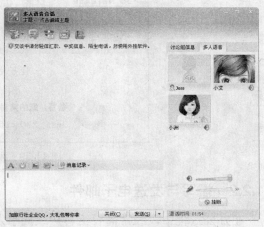

图 11-18　进行多人语音会话

11.2　收发电子邮件

电子邮件又称 E-mail，使用它可快速、方便地通过网络进行信息的跨地域传递和接收。

如今，各大门户网站都提供了多种多样的电子邮箱服务，因此申请电子邮箱也相当方便。

11.2.1　申请电子邮箱

免费邮箱是指用户无须支付费用的电子邮箱。目前，在"网易"和"新浪"网站都可以申请到1GB以上空间的免费邮箱，被普通用户广泛接受。

【例11-5】　申请网易免费电子邮箱。

（1）打开 IE 浏览器，在地址栏中输入"http://www.163.com"后按"Enter"键，进入网易主页。在主页中单击"注册免费邮箱"超链接。

（2）在打开的网页中填写邮件地址、密码等注册信息，单击"服务条款"和"隐私保护和个人信息利用政策"超链接进行查看后，选中 ☑ 同意 复选框，单击 立即注册 按钮，如图 11-19 所示。

（3）在打开的网页中可以看到邮箱注册成功的提示，如图11-20所示。

图 11-19　填写用户信息

📢 提示：

> 在填写用户名时，应尽量多使用"数字＋英文"，或者使用下划线等方式取名，这样可以避免与其他用户名重复的情况发生。每个 QQ 账号都对应一个 QQ 邮箱。

图 11-20　邮箱注册成功

11.2.2　撰写与发送电子邮件

在办公过程中，经常需要给客户或同事发送电子邮件进行商业交流。用户在登录电子邮箱后，就能够撰写并接收电子邮件了。

【例11-6】　撰写邮件并添加附件后发送给同事。

（1）登录电子邮箱后，单击 写信 按钮，在出现的写信界面的对应的文本框中填写收件人的电子邮件地址和标题信息。

（2）单击"添加附件"超链接，在打开的对话框中选择要发送的文件，单击 打开(O) 按钮，完成附件的添加，在"内容"文本框中输入邮件内容，仔细检查编写完成的邮件后，单击 发送 按钮，如图 11-21 所示。

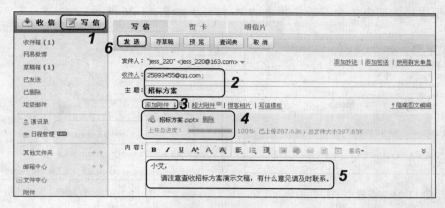

图 11-21　编写电子邮件

（3）开始发送该邮件，发送成功后会出现如图 11-22 所示的提示信息。

📢提示：

在第一次发送邮件时，163 邮件系统会打开如图 11-23 所示的对话框，提示用户设置姓名，设置完成后单击 保存并发送 按钮即可发送邮件。

图 11-22　发送成功

图 11-23　设置姓名

11.2.3　接收与回复电子邮件

当其他用户向您发送了电子邮件后，需要将其接收，对于一些邮件还需要进行回复。

【例 11-7】　接受并回复电子邮件。

（1）登录电子邮箱后，单击 收信 按钮，在收件箱中将以列表的形式显示出已经接收到的电子邮件，单击要查看的电子邮件的标题链接，如图 11-24 所示。

图 11-24　接收邮件

（2）在窗口中即可查看该电子邮件的详细信息和内容，若需回复则单击 回复 按钮，如图 11-25 所示。

（3）在出现的写信界面的对应的文本框中，已默认填写了收件人及标题信息，在"内容"文本框中输入回复的内容后，单击 [发送] 按钮，如图 11-26 所示。

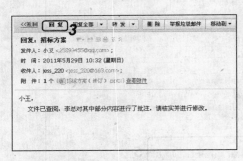

图 11-25　查看电子邮件内容　　　　　　图 11-26　回复邮件

11.2.4　应用举例——转发电子邮件

本例练习当用户接收到诸如通知一类的电子邮件时，为了让其他人也得知该消息，可以使用邮箱中的转发功能将电子邮件转发出去。

操作步骤如下：

（1）登录电子邮箱并查看通知邮件后，单击 [转发▼] 按钮，如图 11-27 所示。

（2）在出现的写信界面的"收件人"文本框中输入收件人的电子邮箱地址，在"主题"文本框中已默认填写了主题信息，在"内容"文本框已默认引用了要转发信件的内容，单击 [发送] 按钮，如图 11-28 所示。

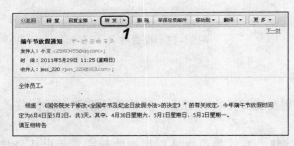

图 11-27　查看邮件　　　　　　　　　图 11-28　转发邮件内容

11.3　网上预订及快递查询

在文秘办公的过程中，经常会涉及到网上预订机票、酒店以及查询快递等工作，下面分别进行介绍。

11.3.1　网上预订机票

通过网络可轻松查询到出行当日的航班信息并进行预订，目前很多网站都提供有预订机票的服务，如携程旅行网、艺龙网等。

【例 11-8】　在携程旅行网中预订机票。

（1）在 IE 浏览器地址栏中输入要预订机票网站的网址，这里输入携程旅行网的网址"http://www.ctrip.com"，按"Enter"键打开网页。

（2）在打开的网页中左侧设置相应的机票信息，在"出发城市"文本框中输入乘坐飞机的城市，如"重庆"，在"目的城市"文本框中输入目的地，如"上海"，在"出发日期"文本框中单击，在弹出的列表中选择乘坐日期，如需订返程机票，可在"返程日期"文本框中单击，在弹出的列表中选择返程日期，单击 搜索 按钮，如图 11-29 所示。

（3）在打开的网页中间显示了与输入信息相关的航班情况，单击需乘坐航班栏右侧对应的 预订 按钮，如图 11-30 所示。

图 11-29　设置条件

图 11-30　选择航班

（4）打开用户登录网页，根据实际情况选择登录方式，如果是携程网的会员可直接登录预订，如果是第一次使用携程网，可在"非携程会员"栏的"手机号"文本框中输入自己的手机号码，单击 直接预订 按钮，如图 11-31 所示。

（5）打开乘机人信息网页，根据实际情况填写乘机人的姓名、身份证号码等信息，如图 11-32 所示。

图 11-31　选择登录方式

图 11-32　填写基本信息

（6）继续在网页中填写联系人信息及选择出票时间，确认无误后单击 下一步 按钮，如图 11-33 所示。

（7）打开确认预订信息网页，确认联系人、支付方式等信息后单击 提交订单 按钮，完成预订机票操作，如图 11-34 所示。

图 11-33　选择配送方式　　　　　　　　图 11-34　确认配送信息

11.3.2　网上预订酒店

在网上预订酒店和预订机票的方法大致相同，寻找到预订酒店的网站后，设置酒店的条件，网站会自动搜索出符合要求的酒店列表，用户选择所需的酒店及房间后单击 预订 按钮，如图 11-35 所示。

打开信息确认网页，确认预计的房间后，在下方填写联系人的相关信息后，单击 下一步 按钮，如图 11-36 所示。然后依次按照网页提示填写相应信息，并单击 提交订单 按钮，完成预订酒店的操作。

图 11-35　选择酒店　　　　　　　　　　图 11-36　输入入住信息

11.3.3　网上查询快递

目前很多公司都会通过快递与客户进行资料、商品等物品的传送，因此查询快递也是文秘的一项基本工作。在进入快递公司网站后，在相应的文本框中输入订单号之后，单击相应的 查询 按钮，即可在打开的网页中查看到该订单的跟踪记录。

11.3.4　应用举例——进行快递查询

本例练习在申通快递网页中对快递信息进行查询。

操作步骤如下：

（1）在 IE 浏览器地址栏中输入申通快递的网址 "http://www.sto.cn"，按 "Enter" 键打开网页，在左侧文本框中输入订单号，单击 查询 按钮。

（2）在打开的网页中单击 显示验证码 按钮，将出现的验证码输入到 "验证码" 文本框中，单击 查询 按钮，如图 11-37 所示。

（3）在打开的网页中即可查看该单号的跟踪记录，如图 11-38 所示。

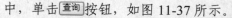

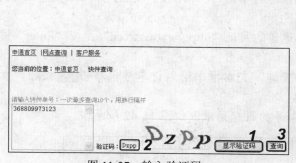

图 11-37　输入验证码

【368809973123】跟踪记录		
扫描日期时间	跟踪扫描记录	车辆GPS定位信息
2011/04/11 9:59:02	【北京林河工业区分公司】的收件员【司机】(13811330457) 手机 (13811330457) 已收件	
2011/04/11 20:08:47	由【北京林河工业区分公司】发往【北京中转部】	
2011/04/11 21:43:36	快件已到达【北京中转部】扫描员是【李志伟】上一站是【北京林河工业区分公司】	
2011/04/13 02:59:46	快件已到达【重庆公司】扫描员是【唐吉美】上一站是【】	
2011/04/13 03:01:36	由【重庆公司】发往【重庆南坪公司】	

图 11-38　查看订单跟踪记录

11.4　上机及项目实训

11.4.1　接收电子邮件并下载附件

本次上机将使用 QQ 邮箱接收邮件并下载附件。

操作步骤如下：

（1）登录 QQ，然后单击 QQ 界面上方的"QQ 邮箱"按钮 ✉，打开 QQ 邮箱（首次启动可根据提示开通该邮箱）。

（2）单击 ⬇ 收信按钮，在收件箱中将以列表的形式显示出已经接收到的电子邮件，单击要查看的电子邮件的标题链接，如图 11-39 所示。

（3）在窗口中即可查看到该电子邮件的详细信息和内容，单击页面下方"附件"栏中的"下载"超链接，如图 11-40 所示。

（4）打开"文件下载"对话框，单击 保存(S) 按钮。

（5）打开"另存为"对话框，选择保存路径和文件名后，单击 保存(S) 按钮可将附件下载并保存在指定的路径中。

图 11-39　查看电子邮件内容

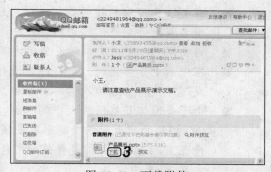

图 11-40　下载附件

11.4.2　对快递订单进行查询

综合利用本章所学知识，在中通速递网页中对快递订单进行查询。

本练习可结合立体化教学中的视频演示进行学习（立体化教学:\视频演示\第 11 章\对快递订单进行查询.swf）。主要操作步骤如下：

（1）在 IE 浏览器地址栏中输入中通速递的网址"http://www.zto.cn"，按"Enter"键打开网页。

（2）在中通速递首页左侧的"运单查询"文本框中输入订单号，单击 提交 按钮，如图 11-41 所示。

（3）在打开的网页中即可查看到该单号的跟踪记录，如图 11-42 所示。

图 11-41　输入订单号

日期	时间	跟踪记录
2011-5-19	18:08	快件离开 义乌 ,已发往 金华中转部
2011-5-19	18:09	义乌 *** 3 已收件,进入公司分拣
2011-5-20	10:20	快件离开 杭州中转部 ,已发往 南京中转部
2011-5-21	06:30	快件到达 南京中转部 ,正在分拣中,上一站是 义乌
2011-5-21	06:31	快件离开 南京中转部 ,已发往 西安中转
2011-5-22	16:20	快件到达 重庆 ,正在分拣中,上一站是 南京中转部
2011-5-23	05:27	快件离开 重庆 ;已发往 南岸

图 11-42　提示信息

11.5　练习与提高

（1）申请一个 QQ 账号，并将公司的同事与客户添加为联系人。

（2）与添加的同事或客户进行联系，并召开语音会议。

（3）在"新浪"网中申请一个免费电子邮箱（立体化教学:\视频演示\第 11 章\申请邮箱.swf）。

（4）在新申请的电子邮箱中撰写一封电子邮件，并将其发送到自己的邮箱中。

（5）在网上练习预订机票、酒店和查询快递的方法。

经验技巧　总结网络化办公的基本操作

本章主要介绍了网络化办公的常用操作，要想充分利用网络资源用于办公，课后还必须学习和总结一些相关的方法，这里总结以下几点供大家参考和探索。

➥ 在 QQ 中可以新建讨论组或群，可为整个公司或部门新建一个讨论组或群，以便大家进行交流、传达消息、分享文件。

➥ 当使用 QQ 发送文件时，若对方不在线，可以选择离线方式传送。

➥ 在使用电子邮箱时，可将经常进行联系的同事或客户存储为常用联系人，以便发送邮件时快速输入其邮箱地址。

➥ 由于普通邮箱有附件大小的限制，超过限制则只有分为几封邮件发送，而使用 QQ 邮箱的超大附件功能则可发送单个 2GB 以下的附件，但要注意的是，一般情况下，超大附件都是存储到文件中转站中的且有效期为 30 天，一定要通知对方在 30 天内下载。

第 12 章　常用办公设备

学习目标

- ☑ 掌握移动设备的使用方法
- ☑ 掌握打印机的使用方法
- ☑ 掌握扫描仪的使用方法
- ☑ 掌握传真机的使用方法
- ☑ 熟悉刻录机的使用方法

目标任务&项目案例

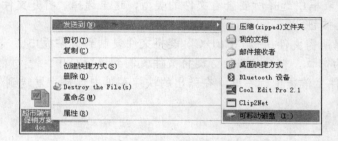

将文件发送至可移动磁盘

安装的打印机

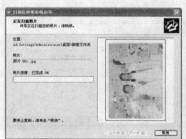

扫描图片

发送传真

刻录文件

在日常办公中会经常使用各种办公设备，如可移动设备、打印机、扫描仪、传真机以及刻录机等。本章将介绍这些办公设备的使用方法，使用户在使用这些设备时得心应手。

12.1　移动设备的使用

在办公的过程中通常会产生大量文件，而办公人员通常会使用移动硬盘、U盘等移动设备对电脑中的资料进行传输。下面将对其进行详细讲解。

12.1.1　U盘的使用

U盘（又称闪存盘或Flash盘）是一种体积小巧、外观别致、易于携带的可移动式存储设备，如图12-1所示。它可用于临时存储需移动的各类型数据文件，并支持热插拔（即在不关闭电脑的情况下连接或断开硬件设备）。

图12-1　U盘的外观

【例12-1】　将U盘中的文件传输到电脑中，再将电脑中的文件发送到U盘中。

（1）将U盘插入电脑主机箱的USB接口，在任务栏的通知区中将出现"发现新硬件"的提示信息，并出现一个新硬件设备图标，这表示USB设备已被电脑识别，并安装到电脑中。

（2）如果U盘中存储了不同类型的文件，系统会自动打开如图12-2所示的对话框，在"您想让Windows做什么？"列表框中选择所要查看文件的类型，这里选择"打开文件夹以查看文件"选项，单击 确定 按钮。

（3）打开"U盘"窗口，选择所需文件，按"Ctrl+C"键将文件复制到剪贴板中。

（4）在电脑中打开保存文件的窗口，按"Ctrl+V"键将文件复制到该窗口中。

（5）在要传送到U盘中的文件上单击鼠标右键，在弹出的快捷菜单中选择"发送到/可移动磁盘"命令，如图12-3所示。

图12-2　选择"打开文件夹以查看文件"选项

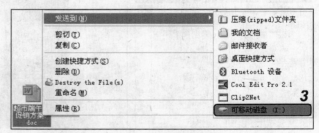

图12-3　将文件发送到可移动磁盘

（6）完成操作后，单击任务栏通知区域中的 图标，然后选择如图12-4所示的命令。

（7）若在出现的提示框中提示可以安全地将硬件移出，则只需直接从USB接口拔出U盘即可。

图 12-4 选择"安全删除"命令

12.1.2 移动硬盘的使用

移动硬盘实际上就是一个便携式电脑硬盘,它是一种大容量且可长期保存数据的移动存储设备,如图 12-5 所示。移动硬盘的使用方法与 U 盘的使用方法大致相同,唯一不同的是,移动硬盘也可像电脑内置硬盘一样分区。此外,在使用移动硬盘时需注意以下几点。

图 12-5 移动硬盘

- 使用移动硬盘时需轻拿轻放,以免损坏硬盘,造成数据丢失。
- 避免不必要的震动。
- 定期整理磁盘碎片。

12.1.3 应用举例——使用移动硬盘传输文件

本例练习将电脑中的文件发送到移动硬盘中。

操作步骤如下:

(1)将移动硬盘的数据线接头插入电脑主机箱的 USB 接口,在任务栏的通知区中将出现"发现新硬件"的提示信息并将其安装到电脑中。

(2)系统自动打开多个对话框,单击 取消 按钮。

(3)在电脑中打开要传送的文件所在的窗口,在要传送的文件上单击鼠标右键,在弹出的快捷菜单中选择"发送到"命令,在弹出的子菜单中显示了移动硬盘的几个分区,选择所需分区所在的"可移动磁盘"命令,如图 12-6 所示。

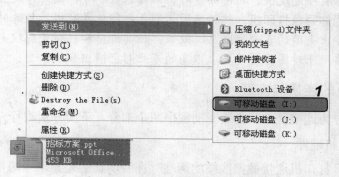

图 12-6 发送文件到移动硬盘中

(4)完成操作后,单击任务栏通知区域中的 图标,然后选择如图 12-7 所示的命令。

(5)若在出现的提示框中提示可以安全地将硬件移出,则只需直接从 USB 接口拔出硬盘的数据线接头即可。

图 12-7　选择"安全删除"命令

12.2　打印机的使用

打印机是日常办公中必不可缺的办公设备，它可以用来打印文件、合同等，下面将具体介绍打印机的使用方法。

12.2.1　打印机简介

打印机是用来打印文件的一种设备，根据其工作原理可分为针式打印机、喷墨打印机、激光打印机和热转换固体彩色打印机 4 种类型。根据打印机类型的不同，其应用领域也有所不同，因此，用户应综合考虑自己的需要后，选择合适的类型。4 种类型打印机的特点分别如下。

> ➤ **针式打印机**：针式打印机通过打印头中的电磁铁吸合或释放，来驱动打印针向前撞击打色带和打印介质，从而打印出点阵，再对点阵排列形式进行组合控制，来完成规定字符或图形的打印。该类打印机的机械结构与电路组织比其他打印设备简单，且耗材费用低、性价比好、纸张适应面广，多用于超市等场所。

> ➤ **喷墨打印机**：喷墨打印机是一种采用墨水作为耗材的打印机，其输出质量较高，应用范围十分广泛，既能满足专业设计或出版公司的印刷色彩要求，又能胜任简单快捷的黑白文字和表格打印任务。但缺点是打印速度较慢、墨水较贵且用量较大，主要适用于打印量不大、打印速度要求不高的家庭和小型办公室等场合。

> ➤ **激光打印机**：激光打印机与前面介绍的两种打印机相比，有着较为显著的几个优点，包括打印速度快、打印品质好、工作噪音小等，因此广泛应用于各个领域。

> ➤ **热转换固体彩色打印机**：热转换固体彩色打印机具有极其特殊的色彩还原性能，可以打印出亮丽的真彩"照片"效果，但其价格和耗材费用较高，且打印速度较慢，主要用于对图像质量要求很高的专业彩色输出领域。

12.2.2　打印机的连接与安装

安装打印机分为连接硬件和安装驱动程序两个部分，下面分别进行介绍。

1．连接打印机硬件

一般情况下，打印机连接数据线缆的两端存在着明显的差异，一端是卡槽，另一端是带有螺丝或旋钮的插头。由于电脑并口和打印机端口采用的都是梯形接口设计，所以电缆插接时是不会发生错误的。如果插不进去，只需检查两者的接口是否对应。将卡槽一头接到打印机后，将带有螺丝或者旋钮的一头接到电脑上。电脑机箱背面并行端口通常使用打印机图标标明，将电缆的接头接到并行端口上，拧紧旋钮或者螺丝将插头固定即可。如

图 12-8 所示为数据线连接到电脑，如图 12-9 所示为数据线连接到打印机。

图 12-8　数据线连接到电脑　　　图 12-9　数据线连接到打印机

提示：

如果打印机使用 USB 接口，那么只需找到电脑机箱背面的 USB 接口，将打印机连线插入即可。

2. 安装打印机驱动程序

连接好打印机的硬件后，还需安装其驱动程序才能使用该打印机。

【例 12-2】　为打印机安装默认提供的打印机驱动程序。

（1）在"开始"菜单中选择"开始/打印机和传真"命令，打开"打印机和传真"窗口，单击左侧任务窗格中的"添加打印机"超链接，如图 12-10 所示。

（2）打开"添加打印机向导"对话框，单击 下一步(N) 按钮。

（3）打开"本地或网络打印机"界面，选中 ⊙ 连接到此计算机的本地打印机(L) 单选按钮，然后单击 下一步(N) 按钮，如图 12-11 所示。

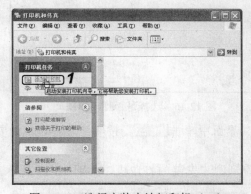 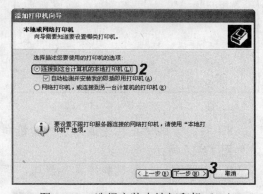

图 12-10　选择安装本地打印机（一）　　　图 12-11　选择安装本地打印机（二）

提示：

如需安装网络打印机，则选中 网络打印机或连接到其他计算机的打印机(E) 单选按钮，然后根据提示进行操作。

（4）打开"选择打印机端口"界面，这里使用默认端口，单击 下一步(N) 按钮，如图 12-12 所示。

（5）在如图 12-13 所示的界面中选择默认的打印机驱动程序。

技巧：

若 Windows 自带的驱动程序不匹配当前打印机，可单击 从磁盘安装(H)... 按钮，打开"从磁盘安装"对话框，利用打印机自带的光盘驱动程序来安装。

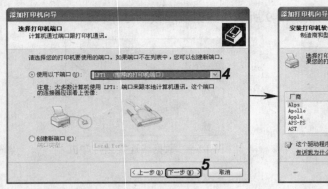
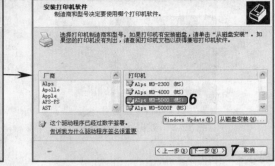

图 12-12　选择打印机端口 　　　　　　　　图 12-13　选择驱动程序

（6）打开"打印机共享"界面，选中 ◎不共享这台打印机(O) 单选按钮，单击 下一步(N) > 按钮，如图 12-14 所示。

（7）打开"打印测试页"界面，选中 ◎是(Y) 单选按钮，要求打印机打印一张测试页，以确定打印机是否安装成功，并单击 下一步(N) > 按钮，如图 12-15 所示。

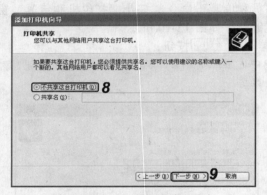
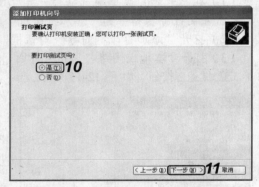

图 12-14　选择是否共享打印机 　　　　　　图 12-15　选择是否打印测试页

（8）在打开的"正在完成添加打印机向导"界面中单击 完成 按钮结束打印机的安装，如图 12-16 所示。

（9）返回到"打印机和传真"窗口，即可看到刚才安装的打印机，如图 12-17 所示。

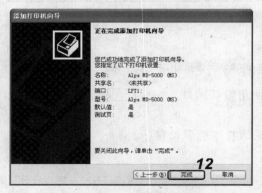

图 12-16　完成打印机安装 　　　　　　　　图 12-17　查看安装好的打印机

12.2.3　打印机的设置

安装完打印机后，还可根据实际需要对其属性进行设置，如将经常使用的纸型、墨盒和打印质量等常用打印参数设置为默认值。

【例 12-3】　设置 Canon LBP3000 打印机的属性参数。

（1）选择"开始/打印机和传真"命令，打开"打印机和传真"窗口，在 Canon LBP3000 打印机图标上单击鼠标右键，在弹出的快捷菜单中选择"属性"命令，打开"Canon LBP3000 属性"对话框，单击 打印首选项(I)... 按钮。

（2）打开"Canon LBP3000 打印首选项"对话框，在"页面设置"选项卡中设置"页面尺寸"、"页面布局"和"输出尺寸"，如图 12-18 所示。

（3）选择"质量"选项卡，在其中的"对象"列表框中设置输出对象的类型，默认为"标准"类型，如图 12-19 所示。

（4）在其他几个选项卡中可以进行相应设置，设置完成后单击 确定 按钮。在对话框中所做的设置将作为该打印机的默认设置，最后单击 确定 按钮完成设置。

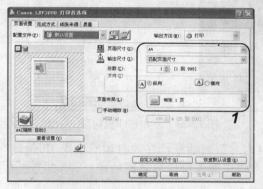

图 12-18　"页面设置"选项卡

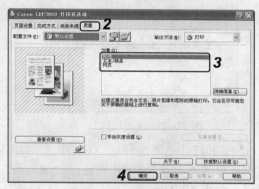

图 12-19　"质量"选项卡

12.2.4　应用举例——安装网络打印机

本例练习安装网络打印机，不但能够提高打印机的处理速度，还能降低电脑资源的消耗。下面安装网络打印机"FX DocuPrint 181 XPL2"。

操作步骤如下：

（1）打开"添加打印机向导"对话框，单击 下一步(N) > 按钮，打开"本地或网络打印机"对话框，选中 ◎ 网络打印机或连接到其他计算机的打印机(E) 单选按钮，然后单击 下一步(N) > 按钮。

（2）启动打印机驱动程序安装向导，打开"设置驱动程序"对话框，在"机型选择"列表框中显示了网络中的所有打印机，选择"FX DocuPrint 181 XPL2"选项，单击 安装打印机驱动程序(I)... 按钮，如图 12-20 所示。

（3）打开"打印机驱动程序安装"对话框，单击 添加端口(D)... 按钮，如图 12-21 所示。

（4）打开"添加端口"对话框，在"可用的端口"列表框中选择"Standard TCP/IP Port"选项，单击 确定 按钮，如图 12-22 所示，在打开的"欢迎使用添加标准 TCP/IP 打印机端口向导"对话框中单击 下一步(N) > 按钮，如图 12-23 所示。

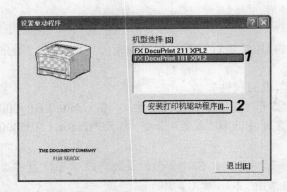

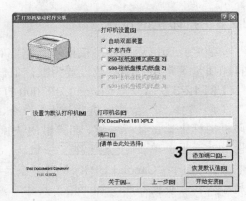

图 12-20　选择需安装的打印机　　　　图 12-21　"打印机驱动程序安装"对话框

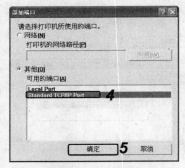

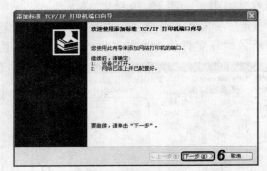

图 12-22　添加端口　　　　　　　　图 12-23　添加打印机向导

（5）打开"添加标准 TCL/IP 打印机端口向导"对话框，在"打印机名或 IP 地址"文本框中输入打印机的 IP 地址，在"端口名"文本框中输入打印机访问的端口，单击 下一步(N) 按钮，如图 12-24 所示。

（6）在打开的界面中查看打印机信息，确认后单击 完成 按钮，如图 12-25 所示。

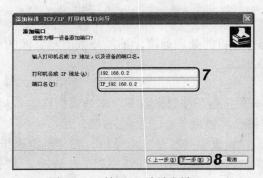

图 12-24　填写 IP 地址和端口　　　　　图 12-25　完成端口的添加

（7）在返回的"打印机驱动程序安装"对话框的"端口"下拉列表框中显示新的端口，单击 开始安装(I) 按钮，如图 12-26 所示。

（8）安装网络打印机，安装完成后在打开的提示对话框中单击 确定 按钮，如图 12-27 所示。此时即可正常使用网络打印机。

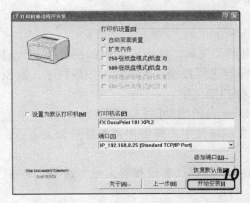

图 12-26　准备添加打印机　　　　　图 12-27　提示对话框

📢 提示：

在一些采用局域网进行管理的场所，可在局域网中共享打印机，使多台电脑使用一台打印机。

12.3　扫描仪的使用

使用扫描仪可以将照片、图片、图表、报纸、文稿等纸质物品中的图像和文字转化为电脑能够识别的数字图像，然后将信息传入电脑中，即可使用相应软件对其进行编辑和处理。随着办公自动化的日渐普及，扫描仪的用途也越来越大，特别是在对印刷品的处理上尤其突出。

12.3.1　连接扫描仪

扫描仪诞生于 20 世纪 80 年代初，是一种光机电一体化高科技产品，它是继键盘和鼠标之后的又一电脑输入设备。

【例 12-4】　连接 USB 接口的扫描仪。

（1）将扫描仪数据线的输入端插入扫描仪的后部，如图 12-28 所示。

（2）将扫描仪的数据线输出端插入电脑机箱背面的 USB 接口，如图 12-29 所示。

（3）将扫描仪的电源接口连接到扫描仪后部的电源插孔中，然后将扫描仪电源插头插在电源插板上，如图 12-30 所示。

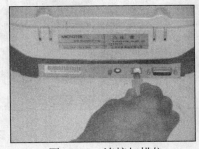
　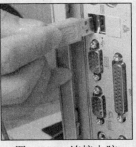

图 12-28　连接扫描仪　　　　图 12-29　连接电脑　　　　图 12-30　连接电源线

12.3.2 使用扫描仪

连接电脑和扫描仪并打开扫描仪的电源开关后，就可以使用扫描仪了。一般情况下，可通过 Windows 自带的扫描仪和照相机向导进行扫描，也可使用扫描程序，如 ScanWizard 扫描图片，使用"尚书"等 OCR 识别软件扫描文字。

【例 12-5】 使用扫描仪通过 Windows 自带的功能扫描图片。

（1）将要扫描的图片正面朝下平放在扫描仪中，将图片调整好后合上盖子。在"我的电脑"窗口中双击 ➢ 图标，如图 12-31 所示。

（2）在打开的对话框中选择"Microsoft 扫描仪和照相机向导"选项，单击 确定 按钮，如图 12-32 所示。

（3）在打开的"欢迎使用扫描仪和照相机向导"界面中单击 下一步(N) > 按钮，如图 12-33 所示。

图 12-31 选择扫描仪

图 12-32 打开向导

（4）打开"选择扫描首选项"界面，在"图片类型"栏中选中 ◉ 彩色照片(C) 单选按钮，单击 预览(P) 按钮，然后单击 下一步(N) > 按钮，如图 12-34 所示。

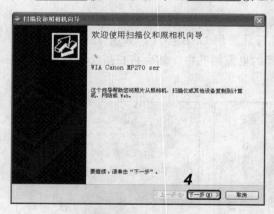

图 12-33 打开向导

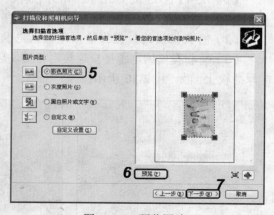

图 12-34 预览图片

（5）系统开始扫描图片并显示扫描进度，如图 12-35 所示。

（6）完成扫描后，将自动打开"照片名和目标"界面，在其中设置文件名称、格式及保存路径，这里保持默认设置，单击 下一步(N) 按钮，如图 12-36 所示。

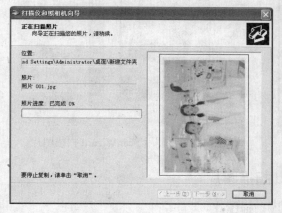

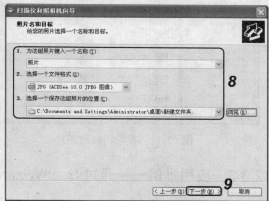

图 12-35　扫描图片　　　　　　　　　　　　图 12-36　保存设置

（7）在打开的"其他选项"界面中选中 什么都不做。我已处理完这些照片(G) 单选按钮，单击 下一步(N) 按钮，如图 12-37 所示。

（8）在打开的对话框中单击 完成 按钮，完成扫描，如图 12-38 所示。

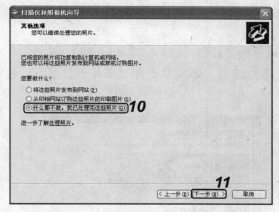

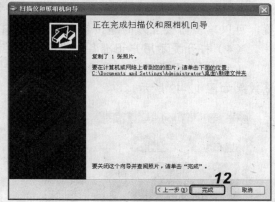

图 12-37　设置其他选项　　　　　　　　　　图 12-38　完成图片的扫描

（9）在系统自动打开的文件夹中可以查看扫描的目标图片文件，如图 12-39 所示，双击文件图标即可查看其效果。

📣提示：

在电脑中安装 ScanWizard 扫描程序进行扫描，其扫描过程与使用向导类似，只需打开扫描程序，对对话框中的内容进行设置后即可开始扫描，如图 12-40 所示。扫描仪和打印机一样，都可在局域网中共享。

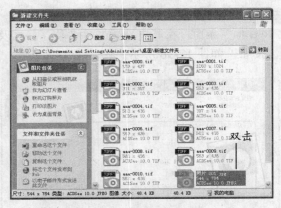

图 12-39　查看扫描的图片　　　　　　　　图 12-40　使用 ScanWizard 扫描图片

12.3.3　应用举例——通过 ScanWizard 扫描图片

本例将使用扫描仪，通过 ScanWizard 程序扫描图片。

操作步骤如下：

（1）打开扫描仪的电源开关后，掀起扫描仪上面的盖子，将要扫描的照片正面向下放入扫描仪中，然后合上盖子。

（2）选择"开始/所有程序/Microtek Scanwizard 5 for windows/Scanwizard 5"命令，启动扫描仪程序。

（3）启动扫描仪程序后，可以看见其初始安装的标准控制面板，如果要进行更多的设置，可以单击面板上方的　按钮，如图 12-41 所示。

（4）打开提示用户正准备转换到高级控制面板模式的对话框，单击　确定　按钮。

（5）切换至高级控制面板模式后，单击　预扫　按钮，扫描仪开始对图片进行预览，预览效果如图 12-42 所示。

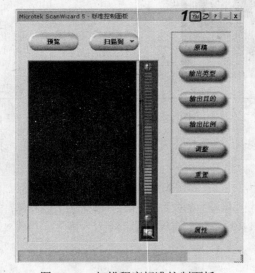

图 12-41　扫描程序标准控制面板　　　　　　图 12-42　预览要扫描的照片

240

（6）将光标指向图像预览窗口中的虚线框上，待光标变成双向箭头时拖动鼠标，用虚线框框住需要扫描的图像区域，单击 扫描到 按钮，如图 12-43 所示。

（7）打开"另存为"对话框，在"保存在"下拉列表框中选择保存位置，在"文件名"文本框中输入图片名称，单击 保存(S) 按钮完成扫描并将其保存到电脑中，如图 12-44 所示。

图 12-43　扫描选择的区域

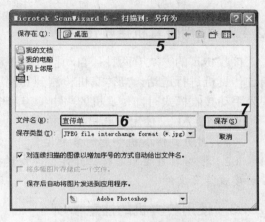

图 12-44　保存扫描的照片

12.4　传真机的使用

传真机是通过公用电话网或其相应网络，来传输文件、报纸、相片、图表和数据等信息的通信设备。它在日常办公事务中发挥着非常重要的作用，因不受地域限制、传送速度快、接收的副本质量好、准确性高等特点已成为众多公司传递信息的重要工具之一。

传真机的外观与结构各不相同，但一般都包括操作面板、显示屏、话筒、纸张入口和纸张出口等部分，如图 12-45 所示。

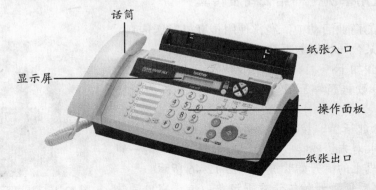

图 12-45　传真机的外观

12.4.1　使用传真机发送传真

在连接好传真机之后，便可使用传真机发送传真了。

【例12-6】　使用传真机发送传真。

（1）将导纸器调整到需要发送的文件的宽度，再将要发送的文件正面朝下放入纸张入口中，在发送时，应把先发送的文件放置在最下面。

（2）拨打接收方的传真号码，要求对方传输一个信号，当听到从接收方传真机传来的传输信号（一般是"嘟"声）时，按"开始"键即可进行文件的传输。

12.4.2　使用传真机接收传真

接收传真的方式有两种：自动接收和手动接收。当设置为自动接收模式时，用户无法通过传真机进行通话，当传真机检测到其他用户发来的传真信号后便开始自动接收；当设置为手动接收模式时，传真机的来电铃声和电话铃声一样，用户需手动操作来接收传真。

【例12-7】　使用传真机接收传真。

（1）当听到传真机响起时拿起话筒。

（2）根据对方要求，按"开始"键发送接收信号，当对方发送传真数据后，传真机将自动接收传真文件。

12.4.3　使用传真机的注意事项

为了确保传真机发信和收信达到最佳质量，在使用传真机时应注意以下几点。

- ➥　在使用传真机时，建议采用单独的电源插座，以确保传真机收发信息的质量。
- ➥　传真机应安装在免受阳光直射和热辐射的位置，勿将传真机置于潮湿、灰尘多、震动以及不稳固的环境中，且环境温度应保持在5℃～35℃。
- ➥　在使用传真机发送文件前，必须去掉附于文件上的回型针和钉书针等坚硬物。
- ➥　在使用传真机时，切勿发送过厚的文件以及被弄湿的文件。
- ➥　传真机使用的记录纸属于热敏纸，因此不要长期暴露在阳光或紫外线下，以免逐渐褪色，造成复印或接收的文件不清晰等情况。

12.4.4　应用举例——给公司发传真

在日常的商业活动中，经常使用传真机发送传真，下面练习给某公司传送数据清单文件。

操作步骤如下：

（1）将数据清单正面向下，放入传真机的纸张入口。

（2）拿起话筒，拨打该公司传真机的号码，拨通电话后，要求对方传输接收信号，待听到"嘟"的一声后，按传真机上的"开始"键，如图12-46所示。

（3）稍后便可开始传送数据清单，传送完成后数

图12-46　按"开始"键传送数据

据清单从传真机出口移出。

12.5 刻录机的使用

对于一些重要文件，可将其刻录保存，刻录的过程就是刻录机通过某个刻录软件，将硬盘或另外一个存储设备中的数据，暂存到刻录机的缓冲区中，然后将这些资料刻录到光盘上，如图 12-47 所示。

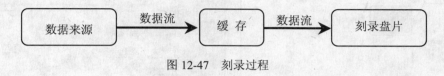

图 12-47 刻录过程

12.5.1 刻录机的安装

刻录机的安装分为硬件安装和软件安装两部分，只有安装好刻录机和刻录软件后，才可以刻录文件。下面分别进行介绍。

1．硬件安装

安装刻录机与安装普通光驱的方法相似。由于刻录机功率较大，因此对电脑的电源要求比较高，而且在安装的过程中要充分考虑其散热性。

2．软件安装

要实现刻录功能，安装相应的刻录软件必不可少。如 Nero-Burning ROM、Easy CD Creator、WinOnCD、CloneCD 和 Nero Express 等都是相当不错的刻录软件。这些软件的安装相当简便，只需按照各自提供的安装向导进行操作，而不再需要安装刻录机的驱动程序。

12.5.2 应用举例——使用 Nero 刻录备份文件

本例将通过 Nero 9 刻录软件将文件刻录到光盘中。

操作步骤如下：

（1）选择"开始/所有程序/Nero/Nero 9/Nero StartSmart"命令，启动 Nero 刻录软件。

（2）在打开的工作界面中单击界面左侧的"数据刻录"选项卡（如果要制作其他类型的光盘，单击相应的选项卡即可），然后在右侧的"光盘名称"文本框中输入光盘的名称，单击 ⊕ 添加 按钮，如图 12-48 所示。

（3）打开"添加文件和文件夹"对话框，在"位置"下拉列表框中选择要刻录数据的保存位置，在中间的列表框中选择所需

图 12-48 单击"添加"按钮

的一个或多个文件（或文件夹），然后单击 **添加** 按钮，如图 12-49 所示，即可将选择内容添加到"Nero StartSmart"对话框中。

（4）此时，"添加文件和文件夹"对话框并未关闭，在其中还可以添加位于其他位置的需要刻录的文件或文件夹，添加完毕后单击 **关闭** 按钮。

（5）返回"Nero StartSmart"对话框，从中可以看到已经添加的文件和文件夹列表，将刻录盘放入刻录机中，单击"刻录"按钮 **刻录**，如图 12-50 所示。

图 12-49　选择要添加的对象　　　　　图 12-50　单击"刻录"按钮

（6）Nero 程序开始将数据写入光盘，同时显示刻录信息、进度和速度等信息。

（7）刻录完毕后将打开提示刻录完成的对话框，单击 **确定** 按钮，系统将自动弹出刻录机中的光盘，单击 Nero 工作界面中的"关闭"按钮 ✕，退出 Nero 程序。

12.6　上机及项目实训

12.6.1　共享扫描仪

本次上机将选择一款能够支持网络访问的扫描仪，然后进行共享连接。

操作步骤如下：

（1）正确安装扫描仪驱动程序后，打开"开始"菜单中对应的程序组，检查其中是否包括"网络扫描仪伺服器"、"网络扫描仪管理者"等内容，如果没有这些组件，则说明扫描仪的网络功能还没有被激活。

（2）双击系统托盘区中的网络连接图标，打开"本地连接 状态"对话框，单击 **属性(P)** 按钮，打开"本地连接 属性"对话框。

（3）在对话框的列表中检查是否有"IPX/SPX 兼容协议"选项，如果有，直接选择该协议；如果没有，单击 **安装(N)...** 按钮，如图 12-51 所示。

（4）打开"选择网络组件类型"对话框，选择"协议"选项后，单击 **添加(A)...** 按钮，如图 12-52 所示。

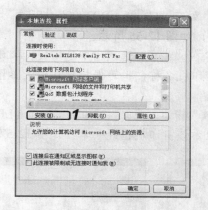

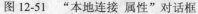

图 12-51　"本地连接 属性"对话框

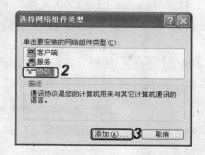

图 12-52　"选择网络组件类型"对话框

（5）打开"选择网络协议"对话框，在"网络协议"列表框中选择"IPX/SPX"兼容协议后，单击 ▭确定▭ 按钮，如图 12-53 所示。

（6）将"IPX/SPX 兼容协议"添加到网络组件列表框中后，用户便可以在网络组件列表中发现已经添加的 NetBIOS 协议已经被选中，如图 12-54 所示。

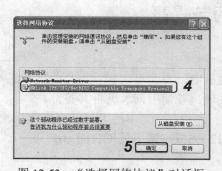

图 12-53　"选择网络协议"对话框

图 12-54　添加协议完成

（7）在安装有扫描仪的电脑系统中选择"开始/所有程序/网络扫描仪管理者"命令，进入扫描仪管理设置界面。单击该界面菜单栏中的"扫描仪"菜单项，从弹出的下拉菜单中选择"扫描仪共享名称设定"命令。

（8）在打开的"扫描仪共享"对话框的"共享名称"设置栏中任意输入一个扫描仪共享名称，设置完成后单击 ▭确定▭ 按钮，即可完成共享设置工作。

12.6.2　共享打印机

综合利用本章所学知识，将本地打印机共享到局域网中。

本练习可结合立体化教学中的视频演示进行学习（立体化教学:\视频演示\第 12 章\共享打印机.swf）。主要操作步骤如下：

（1）选择"开始/设置/打印机和传真"命令，打开"打印机和传真"窗口，可以查看到已经安装的打印机。

（2）在需要共享的打印机上单击鼠标右键，如在"Canon LBP3000"打印机上单击鼠标右键，在弹出的快捷菜单中选择"共享"命令，如图12-55所示。

（3）打开"Canon LBP3000 属性"对话框，在"共享"选项卡中选中 ⊙ 共享这台打印机(S) 单选按钮，在"共享名"文本框中输入共享的打印机名称，也可保持默认值，如图 12-56 所示。

（4）单击 ┌ 确定 ┐ 按钮，返回"打印机和传真"窗口。此时，可看到"Canon LBP3000"打印机图标上出现了手形的共享图标，表示该打印机已经共享，如图12-57所示。

图12-55　选择"共享"命令　　　图12-56　共享打印机　　　图12-57　共享后的效果

12.7　练习与提高

（1）使用传真机向公司发送一份传真。

（2）使用扫描仪将一份公司文件扫描到电脑中。

（3）将公司最近一个月的文件资料进行整理，并使用刻录机将其备份。

（4）拟定一份公司聘用员工合同，并使用打印机打印。本练习可结合立体化教学中的视频演示进行学习（立体化教学:\视频演示\第 12 章\拟定聘用员工合同.swf）。

经验技巧　总结常用办公设备的使用方法

　　本章主要介绍了办公设备的使用方法，要想充分利用这些设备进行办公，还应注意以下几点。

➔　在扫描前最好先将扫描仪预热 4～6 分钟，使扫描仪内的扫描灯管能够均匀发光，以确保光线能够平衡地照射到待扫描的稿件上，从而使扫描的效果更好。

➔　在完成 U 盘操作并拔出 U 盘时，必须保证 U 盘中的文件未被使用，否则会打开对话框提示"无法卸载"。

第 13 章 常用办公软件

学习目标

- ☑ 掌握压缩软件 WinRAR 的使用方法
- ☑ 熟悉 Windows 图片和传真查看器的使用方法
- ☑ 熟悉金山词霸 2011 的使用方法
- ☑ 掌握 360 安全卫士的使用方法
- ☑ 掌握 360 杀毒软件的使用方法
- ☑ 了解 Ghost 备份工具的使用方法

目标任务&项目案例

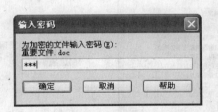

设置压缩密码

浏览图片

使用金山词霸软件

进行电脑体检

查杀病毒

在日常办公中,使用办公软件将给工作带来诸多方便。本章主要讲解常用的办公软件,如硬盘备份工具 Ghost、压缩软件 WinRAR、翻译软件金山词霸 2011 等的使用方法。

13.1　压缩软件 WinRAR

WinRAR 是一款性能相当不错的压缩软件，它在 Windows 环境下能够对 RAR 等众多压缩格式文件进行压缩和管理，减少文件的体积，提高文件的传输速度。

13.1.1　压缩文件

安装好 WinRAR 后，便可以使用它对文件进行压缩操作了。

【例 13-1】　使用 WinRAR 对文件进行压缩。

（1）选择需要压缩的文件或文件夹，然后单击鼠标右键，在弹出的快捷菜单中选择"添加到压缩文件"命令，如图 13-1 所示。

（2）打开"压缩文件名和参数"对话框，从中输入压缩文件的名称，同时还可以设置压缩的格式，如图 13-2 所示。

（3）单击 确定 按钮后，对选择的文件进行压缩操作。

（4）文件压缩成功后，在刚才的路径中可以看到已经压缩好的文件，如图 13-3 所示。

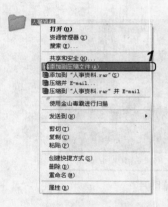
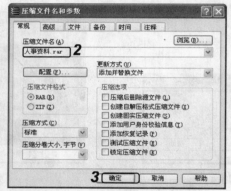

　图 13-1　选择压缩命令　　　图 13-2　"压缩文件名和参数"对话框　　　图 13-3　压缩文件

📢提示：

在压缩文件时，还可为其设置密码，使压缩文件更安全。

13.1.2　解压缩文件

对于已经压缩的文件，需要对其进行解压缩操作后才能进行查看。

【例 13-2】　解压缩"人事资料"文件夹。

（1）选择需要解压缩的压缩文件并单击鼠标右键，在弹出的快捷菜单中选择"解压文件"命令，如图 13-4 所示。

（2）在打开的"解压路径和选项"对话框中选择需要的解压路径后，单击 确定 按钮，如图 13-5 所示。

（3）稍等片刻，文件就解压成功了，如图 13-6 所示为解压前后文件夹的对比。

图 13-4　选择"解压文件"命令

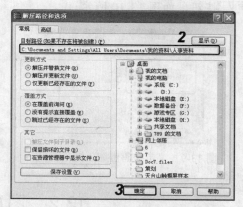

图 13-5　"解压路径和选项"对话框

解压前 ────  人事资料 ──── 解压后

图 13-6　解压前后的对比

13.1.3　应用举例——压缩文件并设置密码

本例将对"重要文件"文件进行压缩，并为其设置密码，使压缩文件更加安全。

操作步骤如下：

（1）在需要进行压缩的文件上单击鼠标右键，在弹出的快捷菜单中选择"添加到压缩文件"命令，如图 13-7 所示。

（2）打开"压缩文件名和参数"对话框，选择"高级"选项卡，然后再单击 设置密码(P)... 按钮，如图 13-8 所示。

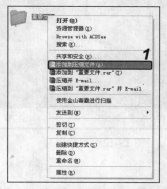

图 13-7　选择"添加到压缩文件"命令

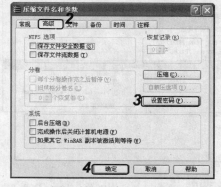

图 13-8　"高级"选项卡

（3）打开如图 13-9 所示的"带密码压缩"对话框，在其中输入相应的密码，然后单击 确定 按钮。

（4）返回"压缩文件名和参数"对话框，单击 确定 按钮开始压缩文件。

（5）带密码的文件压缩完成后，如果需要打开该压缩文件，需要先输入密码，再单击 确定 按钮，如图 13-10 所示。

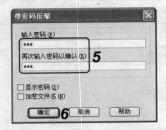

图 13-9 "带密码压缩"对话框

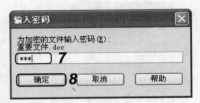

图 13-10 "输入密码"对话框

13.2 图片浏览工具

使用图片浏览工具不仅可对多种图像格式的图片进行浏览，还能对图片进行旋转、转换图形图像文件的格式等操作，如 Windows 图片和传真查看器等。下面将对其进行详细讲解。

13.2.1 浏览图片

使用 Windows 图片和传真查看器可方便地浏览图片，下面对其进行讲解。

【例 13-3】 使用 Windows 图片和传真查看器浏览图片。

（1）打开保存图片的文件夹，在要浏览的图片上单击鼠标右键，在弹出的快捷菜单中选择"打开方式/Windows 图片和传真查看器"命令，如图 13-11 所示。

（2）在启动后的窗口中即可对图片进行查看，如图 13-12 所示。

图 13-11 选择命令　　　　　　　　图 13-12 浏览图片

✍技巧：

> 在工具栏中单击"上一个图像"按钮◀或"下一个图像"按钮▶可以浏览当前图片所在文件夹中的前一张或后一张图片；单击"最适合"按钮将按当前窗口自动将图片缩放为最合适的大小；单击"实际大小"按钮将按照图片的实际大小进行查看；单击"幻灯片"按钮将以全屏模式自动进行播放；单击🔍和🔍按钮，可对图片进行放大和缩小查看。

13.2.2　设置图片

通过 Windows 图片和传真查看器还可对图片文件进行旋转、转换格式等操作，其方法介绍如下。

- ➥ 单击工具栏中的 🔄 或 🔄 按钮可对图片进行顺时针或逆时针旋转。
- ➥ 单击×按钮可将当前图片删除。
- ➥ 单击 🖨 按钮可对当前图片进行打印。
- ➥ 单击 🖫 按钮可对图片进行复制，同时可以将其格式转存为其他格式。

13.2.3　应用举例——浏览并编辑图片

本例将使用 Windows 图片和传真查看器对图片进行浏览，并对其方向进行调整，最后将其保存为指定格式。

操作步骤如下：

（1）在要浏览的图片上单击鼠标右键，在弹出的快捷菜单中选择"打开方式 /Windows 图片和传真查看器"命令。

（2）在启动后的窗口中即可对图片进行查看，此时发现图片的方向不利于查看，则单击"逆时针旋转"按钮 🔄，如图 13-13 所示。

（3）旋转后的图片如图 13-14 所示，单击 🖫 按钮准备复制并另存图片。

（4）打开"复制到"对话框，在"保存在"下拉列表框中选择图片的保存位置，在"文件名"下拉列表框中为图片重命名，

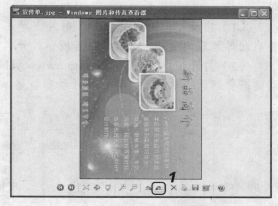

图 13-13　准备旋转图片

也可保持默认名称，在"保存类型"下拉列表框中可以设置图片格式，完成后单击 保存(S) 按钮，如图 13-15 所示。

图 13-14　准备复制图片

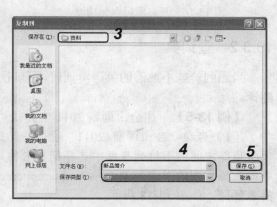

图 13-15　转换格式并保存图片

13.3　翻译软件金山词霸 2011

金山词霸 2011 是一款成熟的翻译软件，其功能相当强大，能够满足用户中英文翻译的常用要求。在电脑中安装好金山词霸 2011 后（其安装方法与第 3 章中安装非系统自带输入法的方法类似）便可使用其进行翻译了。

13.3.1　屏幕取词

屏幕取词是金山词霸 2011 中实用性较强的功能之一。在浏览英文网页或者阅读英文文档时，如果遇到了不认识的单词，可以方便地通过屏幕取词获得中文解释。同样，也可以通过屏幕取词快速获取中文字词对应的英文单词。

【例 13-4】　使用"屏幕取词"功能查询雅虎英文网页"http://www.yahoo.com/"中的单词。

（1）启动"金山词霸 2011"程序，单击其工作界面底端"●"显示为红色的 取词 按钮启动屏幕取词功能，如图 13-16 所示，开启后"●"便显示为绿色。

（2）打开雅虎英文网页"http://www.yahoo.com/"，浏览其中的新闻文字，将光标移动到需要翻译的单词上，将出现浮动窗口显示解释内容，如图 13-17 所示。

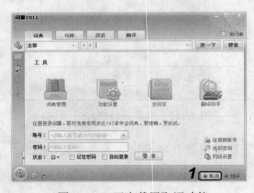

图 13-16　开启截屏取词功能

图 13-17　显示翻译内容

13.3.2　查词典

当遇到一些不熟悉的英语单词时，可以使用金山词霸 2011 查词典的方法对该单词进行翻译。

【例 13-5】　在金山词霸 2011 中查找"sempiternal"的中文解释。

（1）启动"金山词霸 2011"程序，其工作界面默认打开了"词典"选项卡。在该选项卡顶部左侧的下拉列表框中选择词典名称，这里保持默认选项不变，在其右侧的文本框中输入要查找的单词，这里输入"sempiternal"，在该界面右下方的显示框中将显示它的简单解释，如图 13-18 所示。

（2）此时，再单击 查一下 按钮，显示框中将给出更为详细的解释，如图 13-19 所示。

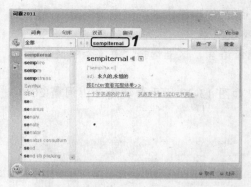

图 13-18　翻译英文单词或词组　　　　　　　图 13-19　详细翻译

13.3.3　查句库

由于每个单词在不同的情景下有不同的释义，因此在金山词霸中也提供了句库查询功能，通过查找句库内容，用户可以根据不同的搭配了解某个单词不同的意思。

【例 13-6】　在金山词霸 2011 中查找包含"piece"的句库信息。

（1）启动"金山词霸 2011"程序，在打开的工作界面中选择"句库"选项卡，在文本框中输入要查找的单词，这里输入"piece"，在该界面右下方的显示框中将显示包含该单词的短句，如图 13-20 所示。

（2）选择界面左侧的"情景会话"选项，在界面右侧出现列表框，在其中显示了包含该单词的句子、段落以及其翻译，如图 13-21 所示。

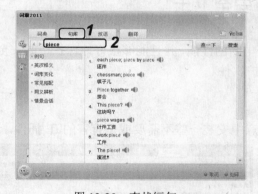

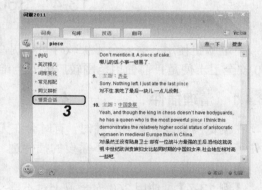

图 13-20　查找短句　　　　　　　　　　图 13-21　查找情景会话

✍技巧：

要查找中文字词的英文解释，只需在界面顶部左侧的文本框中输入中文即可；除了查词典、句库的功能外，还可以在"汉语"选项卡中查询汉语的意思，在"翻译"选项卡中进行整段翻译。

13.3.4　应用举例——使用金山词霸进行整段翻译

本例将在金山词霸 2011 的"翻译"选项卡中对整段文字进行翻译。

操作步骤如下：

（1）启动"金山词霸 2011"程序，在打开的工作界面中选择"翻译"选项卡，在"请输入您要翻译的内容"列表框中输入要查询的整段文本。

（2）在界面左下方的下拉列表框中选择翻译语言，这里选择"英文->中文"选项，然后单击 翻译 按钮。

（3）在下方的列表框中显示出翻译结果，如图 13-22 所示为使用金山词霸 2011 进行整段翻译的过程。

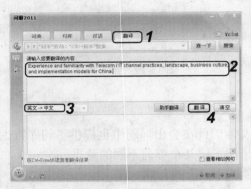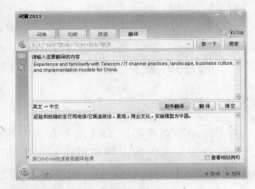

图 13-22　进行整段翻译

🔔注意：

对于使用整段翻译功能翻译出的内容，由于只是机械性翻译，有时会不太准确。

13.4　360 安全卫士

在电脑中使用一些安全维护软件可以提高电脑的性能，并且能够很好地保护电脑安全，360 安全卫士便是目前使用范围较广的安全维护软件。

13.4.1　清理插件

在浏览网页或者安装软件时，有时会在无意中安装一些不需要或是有害的 IE 插件，这时便可使用 360 安全卫士对不需要的插件进行清理，以加快电脑及浏览器的速度。

【例 13-7】　使用 360 安全卫士对不需要的插件进行清理。

（1）启动"360 安全卫士"，选择"清理插件"选项卡，单击 按钮开始进行扫描，在 360 安全卫士中会显示扫描进度。

（2）完成扫描后在下方的列表框中显示出扫描结果，根据最后一列中的"清理建议"选中要进行清理的插件前的复选框，然后单击 立即清理 按钮，如图 13-23 所示。

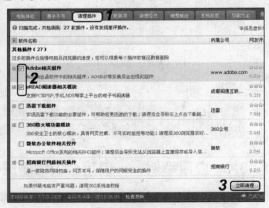

图 13-23　清理插件

（3）完成清理后会在界面中显示清除成功。

13.4.2　修复漏洞

漏洞是操作系统在逻辑设计上的缺陷或在编写时产生的错误，这个缺陷或错误有可能会被不法者或电脑黑客利用，通过植入木马、病毒等方式来攻击或控制整个电脑，从而窃取电脑中的重要资料和信息，甚至破坏用户的系统，使用 360 安全卫士可以对漏洞进行选择性修复，从而保护电脑安全。

【例 13-8】　使用 360 安全卫士对系统漏洞进行修复。

（1）在"360 安全卫士"工作界面中选择"修复漏洞"选项卡，软件自动开始进行扫描，并在其界面中显示需要更新的补丁。

（2）根据实际情况选中要安装的补丁前的复选框，然后单击 立即修复 按钮，如图 13-24 所示。

（3）开始对系统漏洞进行修复。完成修复后会在界面中显示修复的漏洞个数，单击 立即重启 按钮重启电脑使设置生效，如图 13-25 所示。

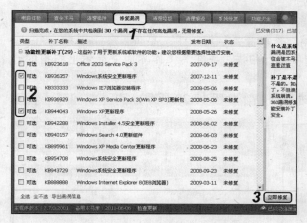

图 13-24　修复漏洞

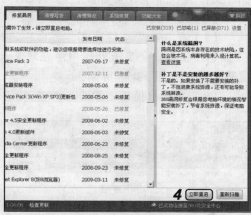

图 13-25　修复成功

13.4.3　清理垃圾

系统中的一些不再需要或者已经失效的文件被称为系统垃圾，使用 360 安全卫士将其清理，可以释放这部分磁盘空间，从而提高系统性能。

【例 13-9】　使用 360 安全卫士对系统垃圾进行清理。

（1）在 360 安全卫士工作界面中选择"清理垃圾"选项卡，在下方的列表框中选中要进行扫描的垃圾文件类型的复选框，然后单击 开始扫描 按钮，如图 13-26 所示，开始对系统垃圾进行扫描。

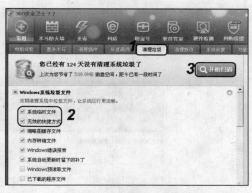

图 13-26　扫描垃圾文件

（2）完成扫描后会在界面中显示清除的垃圾文件类型及个数，并显示出通过清理这些文件获得的磁盘空间，如图13-27所示。

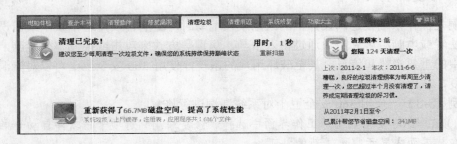

图13-27　完成垃圾文件的清理

13.4.4　修复系统

通过使用360安全卫士可以对系统进行修复，以解决浏览器主页、开始菜单、桌面图标、文件夹、系统设置等被恶意篡改的问题。

【例13-10】　使用360安全卫士对系统漏洞进行修复。

（1）在360安全卫士工作界面中选择"系统修复"选项卡，单击 开始扫描 按钮。

（2）360安全卫士开始对潜在修复选项进行扫描，并在其工作界面中显示出扫描的选项及进度，如图13-28所示。

（3）完成扫描后，单击 一键修复 按钮进行修复，如图13-29所示。

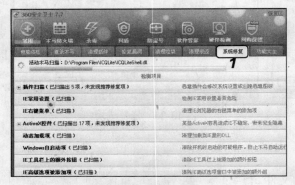

图13-28　扫描进度　　　　　　　　　　图13-29　一键修复

（4）完成修复后，软件会在其界面中提示修复数量，如图13-30所示。

图13-30　完成修复

13.4.5　应用举例——进行综合性的电脑体检

本例将启动 360 安全卫士，在默认打开"电脑体检"选项卡中为电脑进行综合测评并对测出的问题进行修复。

操作步骤如下：

（1）启动"360 安全卫士"，在默认打开"电脑体检"选项卡中单击 按钮，如图 13-31 所示。

（2）360 安全卫士开始进行电脑体检，并显示体检进度，如图 13-32 所示。

图 13-31　立即体检

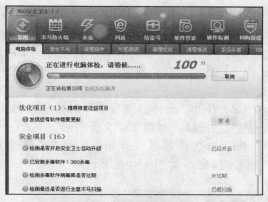

图 13-32　显示体检进度

（3）完成体检后在其工作界面中显示出待优化的项目，若发现所有项目都需要进行优化则可单击 按钮；若发现只需要对其中的一部分项目进行优化，则可分别单击要优化项目后面的按钮进行相应的处理，这里单击"发现您有软件需要更新"选项后的 查看 按钮，如图 13-33 所示。

（4）在打开的"360 软件管家"界面窗口中选中要更新软件前的复选框，然后单击 升级全部已选软件 按钮，如图 13-34 所示。

（5）选择的软件随后进行下载，并进行升级安装。

图 13-33　查看待更新软件

图 13-34　升级选择的软件

13.5 360杀毒软件

360杀毒软件是一款十分优秀的免费杀毒软件，它能保护计算机免受病毒、黑客、垃圾邮件、木马和间谍软件等网络危害，与360安全卫士结合使用，可以更加有效地保护电脑的安全。

13.5.1 查杀电脑中的病毒

在360杀毒软件中提供有快速扫描、全盘扫描和指定位置扫描3种扫描方式，通过它们可以有针对性地查杀电脑中的病毒。

【例13-11】 用360杀毒软件查杀指定文件夹中的病毒。

（1）启动360杀毒软件，在默认打开的"病毒查杀"选项卡中单击"指定位置扫描"图标 。

（2）打开"选择扫描目录"对话框，在其中选中要进行扫描位置前的复选框，然后单击 扫描 按钮，如图13-35所示。

（3）360杀毒软件开始查找病毒，若有病毒会做出相应的提示，在扫描结束后单击 完成 按钮，如图13-36所示。

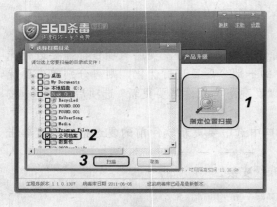

图13-35 选择扫描路径

图13-36 完成扫描

13.5.2 设置实时防护

对电脑进行实时防护可以拦截一些对电脑构成潜在威胁的操作，一般情况下，在安装360杀毒软件便会自动开启实时防护，但若是发现该功能未开启，则可重新将其开启并对防护等级进行设置。

【例13-12】 开启实时防护功能，并将防护等级设置为中度防护。

（1）在360杀毒软件工作界面中选择"实时防护"选项卡，单击 开启防护 按钮，如图13-37所示。

（2）在"防护级别设置"栏中将滑动条中的滑动块拖动至中间"中度防护"位置，完成设置，如图13-38所示。

图 13-37 开启实时防护

图 13-38 设置防护级别

13.5.3 应用举例——对电脑的系统盘进行快速扫描

电脑的系统盘的安全是至关重要的，因此需要经常对系统盘进行快速扫描，以确保其处于安全状态。

操作步骤如下：

（1）启动 360 杀毒软件，单击"快速扫描"图标，如图 13-39 所示。

（2）随后开始对电脑关键目录和极易有病毒隐藏的目录进行扫描，完成扫描后将在360 杀毒软件的界面中显示相应的提示信息，这里表示未发现病毒，此时可单击 完成 按钮完成病毒的扫描，如图 13-40 所示。

图 13-39 快速扫描

图 13-40 扫描结果

13.6 硬盘备份工具 Ghost

Norton Ghost 是一款出色的硬盘备份工具，它不但可以把一个硬盘中全部内容复制到另一个硬盘中，还可以将一个磁盘中的全部内容复制为一个磁盘映像文件后再备份至另一个磁盘中，其功能堪称一流。下面将介绍这款工具的使用方法。

13.6.1 系统备份

Ghost 是一款常用的系统备份工具，当用户重新安装了操作系统，再将常用工具安装好以后，即可使用 Ghost 将当前系统进行备份，以便以后调用。

【例 13-13】 使用 Ghost 对系统进行备份。

（1）启动电脑后，当出现选择启动系统界面时，通过方向键"↓"键选择"MaxDOS v5.7s"选项，按"Enter"键，如图 13-41 所示。

（2）打开如图 13-42 所示的界面，使用方向键"↓"或"↑"选择"运行 MaxDOS v5.7s！"选项，按"Enter"键。

图 13-41　启动菜单选择　　　　　　　　　图 13-42　运行 MaxDOS v5.7s

（3）程序将回到 DOS 系统模式，要求输入进入 MaxDOS 工具箱的密码，如图 13-43 所示。输入默认密码"max"，按"Enter"键。

（4）打开 MaxDOS v5.7s 启动选择菜单，选择第一个选项，如图 13-44 所示，然后按"Enter"键。

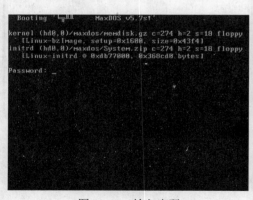

图 13-43　输入密码　　　　　　　　　　图 13-44　选择启动菜单

（5）在打开的"MaxDOS v5.7 菜单"界面中选择操作任务，按"4"键启动"GHOST V8.3 企业版"，如图 13-45 所示。

（6）在打开的 Ghost 主界面中显示了软件的基本信息，按"Enter"键，如图 13-46

所示。

图 13-45 选择操作任务

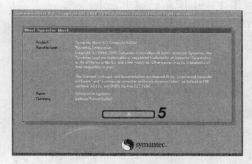

图 13-46 显示软件基本信息

（7）打开 Ghost 的操作界面，按键盘中的方向键选择 "local/Partition/To Image" 命令，然后按 "Enter" 键，如图 13-47 所示。

（8）打开选择硬盘的对话框，选择安装了 Windows XP 的硬盘，按 "Tab" 键切换到 ▨▨OK 按钮上，按 "Enter" 键，如图 13-48 所示。

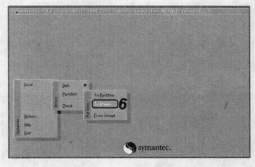

图 13-47 选择备份命令

图 13-48 选择硬盘

（9）在打开的选择硬盘分区的对话框中选择安装了 Windows XP 的硬盘分区，这里选择第一行的选项，按 "Tab" 键切换到 ▨▨OK 按钮上，按 "Enter" 键，如图 13-49 所示。

（10）在打开的对话框的 "Look in" 下拉列表框中选择备份要保存的位置，这里选择 E 盘，再按 "Enter" 键确认，如图 13-50 所示。

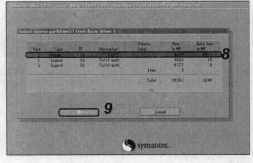

图 13-49 选择硬盘分区

图 13-50 选择保存位置

（11）在"File name"文本框中输入保存的文件名，按"Tab"键切换到 Save 按钮上，如图 13-51 所示，按"Enter"键。

（12）打开选择压缩方式对话框，按"Tab"键切换到 High 按钮上，如图 13-52 所示，按"Enter"键。

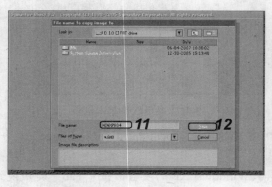 

图 13-51　输入文件名　　　　　　　　　　　　图 13-52　选择压缩方式

（13）打开确认是否创建备份文件的对话框，按"Tab"键切换到 Yes 按钮上，按"Enter"键，开始备份文件，如图 13-53 所示。

（14）在 Ghost 程序界面中可以查看到当前的备份进度，备份完成后，打开成功完成备份的对话框，如图 13-54 所示，按"Enter"键返回 Ghost 软件界面，重新启动电脑即可。

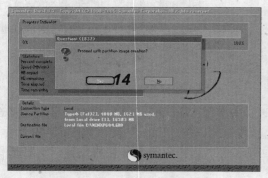 

图 13-53　确认创建备份　　　　　　　　　　　图 13-54　完成备份

🔔注意：

在 Ghost 进行备份的过程中，如果自动打开对话框，则提示用户要备份的分区上的文件总量小于 Ghost 软件最初报告的总量（一般是由虚拟内存文件造成的），是否继续进行备份操作。只需激活 Yes 按钮，再按"Enter"键确认即可继续进行备份操作。

13.6.2　系统还原

电脑系统出现了问题，使用 Ghost 可以将系统还原到原来备份系统时的状态，其操作与备份系统类似，只是在进入 Ghost 的操作界面后，按键盘中的方向键选择"local/Partition/

From Image"命令，然后选择创建的备份文件，将系统还原为该文件创建时的状态。

13.6.3　应用举例——使用 Ghost 还原系统

本例将利用 Ghost 程序将 Windows XP 备份文件还原回硬盘分区，使还原的 Windows XP 中所包含的软件仍能继续使用。

操作步骤如下：

（1）按照 13.6.2 节中讲解的方法启动 MaxDOS 和 Ghost，在打开的 Ghost 主界面中按 "Enter"键，如图 13-55 所示。

（2）打开 Ghost 软件的工作界面，按键盘中的方向键选择 "local/Partition/From Image"命令，然后按 "Enter"键，如图 13-56 所示。

图 13-45　显示软件基本信息

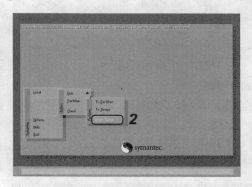

图 13-56　选择还原命令

（3）打开选择备份文件对话框按，"Tab"键切换到 "look in"下拉列表框，并在其中选择备份文件所在的位置，在中间的文本框中选择要还原的文件，按 "Tab"键切换到 Open 按钮上，如图 13-57 所示，按 "Enter"键。

（4）在打开的界面中可查看备份文件的大小及类型等相关信息，如图 13-58 所示，按 "Enter"键。

图 13-57　选择备份文件

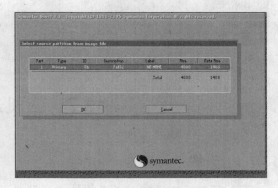

图 13-58　查看备份文件信息

（5）打开选择硬盘的对话框，在列表框中选择需还原的硬盘分区所在的硬盘，如图 13-59 所示，按 "Tab"键切换到 OK 按钮上，然后按 "Enter"键。

（6）打开选择需还原的硬盘分区对话框，在列表框中选择需还原的第一个硬盘分区，按"Tab"键切换到 OK 按钮上，如图 13-60 所示，并按"Enter"键。

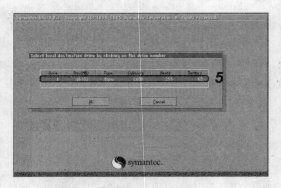

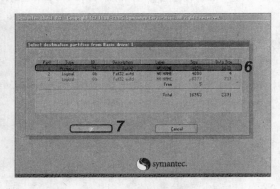

图 13-59　选择硬盘

图 13-60　选择硬盘分区

（7）在打开的对话框中，按"Tab"键切换到 Yes 按钮，如图 13-61 所示，然后按"Enter"键。

（8）Ghost 开始恢复该镜像文件到系统盘，并显示恢复速度、进度和还需要的时间等信息。

（9）待还原完成后，在打开的完成对话框中按"Tab"键切换到 Reset Computer 按钮，如图 13-62 所示，重新启动电脑即可。

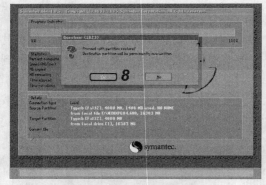

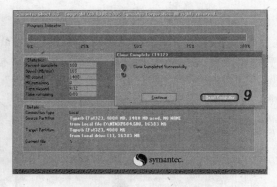

图 13-61　确认是否覆盖原硬盘分区内容

图 13-62　完成还原操作

13.7　上机及项目实训

13.7.1　升级杀毒软件

我们都知道，经常对杀毒软件进行升级可以扩展病毒库，从而将最近出现的病毒特征添加到其中，以便软件对系统内的文件进行识别。因此本次实训将升级 360 杀毒软件。

操作步骤如下：

（1）启动 360 杀毒软件，在其工作界面中选择"产品升级"选项卡，在其中显示了当前版本的状态，单击 检查更新 按钮。

（2）软件开始连接网络，并对病毒库进行升级，其进度如图 13-63 所示。

（3）完成升级后将在其界面中显示当前病毒库的情况，单击 确定 按钮确认操作，如图 13-64 所示。

图 13-63　升级进度

图 13-64　完成升级

13.7.2　分卷压缩大文件

综合本章所学知识，对在办公过程中占用空间较大的文件进行分卷压缩，然后进行分开传送，待所有分卷文件都传送至同一位置后，再对其进行解压还原为一个文件。

本练习可以结合立体化教学中的视频演示进行学习（立体化教学:\视频演示\第 13 章\分卷压缩大文件.swf）。主要操作步骤如下：

（1）在需要压缩的占用空间较大的文件或文件夹上单击鼠标右键，在弹出的快捷菜单中选择"添加到压缩文件"命令，如图 13-65 所示。

（2）打开"压缩文件名和参数"对话框，在"压缩文件名"下拉列表框中输入压缩文件的名称，在"压缩文件格式"栏中选中 RAR(R) 单选按钮。

（3）在"压缩分卷大小、字节"下拉列表框中选择分卷大小，若内置设置中无所需大小，则需自行输入，这里输入"10M"代表每个分卷的大小小于或等于 10MB，单击 确定 按钮，如图 13-66 所示。

图 13-65　选择压缩命令

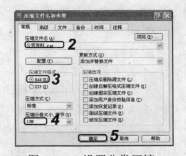
图 13-66　设置分卷压缩

（4）开始压缩文件，完成后将出现多个压缩文件，如图 13-67 所示。

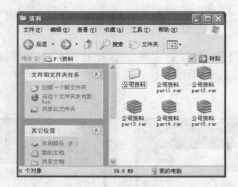

图 13-67　压缩后的效果

13.8　练习与提高

（1）将需要进行存储或传送的文件或文件夹进行压缩，以节约其所占用的空间，对于机密文件可为其添加密码，对于过大的文件可进行分卷压缩。

（2）对电脑中的所需图片进行浏览、旋转、转换格式等操作，使其符合办公要求。

（3）使用金山词霸软件，对不认识的单词进行翻译，并且在浏览英语文件或网页时开启屏幕取词的功能。

（4）使用 360 安全卫士或其他安全维护软件对电脑进行综合体检，并修复出现的问题。

（5）使用杀毒软件进行全盘杀毒，以确保电脑安全。

（6）使用 Ghost 对系统进行备份。

经验技巧 总结常用办公软件的基本操作

本章主要介绍了常用办公软件的一些基本操作，要想充分利用各类办公软件辅助办公，课后还必须学习和总结一些相关的方法，这里总结以下几点供大家参考和探索。

➥ 在本章中介绍的 Windows 图片和传真查看器是一款操作较为简单的图片查看软件，通过它只能进行一些一般的操作，如果需要对图片进行更复杂的操作、处理，则可以使用 ACDSee、Photoshop 等专业图形图像软件。

➥ 电脑感染病毒后应对所有磁盘分区进行全面杀毒，并且在这期间不要在磁盘分区之间复制或移动文件，以免病毒又被复制或移动到已查杀过毒的磁盘分区中；如果感染病毒的电脑位于局域网中，应及时断开网络，以避免将病毒传播到其他电脑上，这样也会造成始终无法清除病毒的现象；如果感染了恶性引导型病毒，则尽量不要用带病毒的硬盘启动电脑，因为引导次数越多，破坏的范围也就越大。正确的方法是用光盘或 U 盘直接启动到 DOS 状态下进行全面杀毒。另外，对于受过恶性病毒侵害的电脑，即使全面杀毒也很难保证系统的安全，可以将有用数据备份到其他硬盘，对硬盘进行格式化。